Manfred Rebhandl

IN DER HÖLLE IST FÜR ALLE PLATZ

GEGRÜNDET
1999

Manfred Rebhandl

IN DER HÖLLE IST FÜR ALLE PLATZ

Czernin Verlag, Wien

Gedruckt mit Unterstützung der Kulturabteilung
des Landes Oberösterreich und der Stadt Wien, MA7/
Literaturförderung

Rebhandl, Manfred: In der Hölle ist für alle Platz/
Manfred Rebhandl
Wien: Czernin Verlag 2013
ISBN: 978-3-7076-0458-0

Lektorat: Eva Steffen
Umschlaggestaltung: Bernd Püribauer
Autorenfoto: Daniel Kovalenko
Satz: Burghard List
Druck: Druckerei Theiss GmbH, A-9431 St. Stefan
ISBN Print: 978-3-7076-0458-0
ISBN E-Book: 978-3-7076-0459-7

Für meinen Vater –
in dankbarer Erinnerung

Ich hatte wieder mal Ja gesagt, obwohl ich eigentlich Nein sagen wollte.

Dabei hatte ich mir geschworen, nie wieder etwas zu machen, wohinter ich nicht hundertprozentig stand – keine Übersiedlungen mehr für Freunde, keine Krankenbesuche, keine Begräbnisse, keinen Mist hinuntertragen und nicht mehr für andere den Aschenbecher ausleeren. Nichts, wo einem die gute Laune abhanden kam.

Nun geriet ich aber überraschend unter Druck, weil so ein Scheiß-Pole für meine nigerianische Flamme Happiness die Elektroleitungen stemmte, nachdem sie erst kürzlich den Sprung in die neue Selbstständigkeit gewagt und das Etablissement Pink Flamingo erworben hatte. Diese verdammten Zuwanderer wollen ja heute nicht mehr nur knapp dem sozialen Elend entkommen, was für uns Alteingesessene das alleinige Ziel ist. Die wollen irgendwie gleich ganz hoch hinaus, das Heft selbst in die Hand nehmen und dann mit blindwütigem Eifer Kohle wie Heu machen.

Zwar gab ich gegenüber Happiness noch kleinlaut zu bedenken, dass ein Angestelltenverhältnis immer besser wäre, weil ich ja das elende Los der Selbstständigen aus eigener leidvoller Erfahrung kannte, nämlich unregelmäßiges bis gar kein Einkommen. Aber Happiness gab ihrerseits zu bedenken, dass sie als Nutte ja nicht im eigentlichen Sinne angestellt war und also keinen Anspruch auf Krankenversicherung und Pensionsvorsorge hatte, wenn sie auch nicht schlecht verdiente, wie sie selbst einräumen musste. Wesentlich besser jedenfalls als ich, und so gut, dass sie den Laden mit ihren Ersparnissen sofort übernehmen konnte, als dem moldawischen Investoren-Konsortium um Fistfuck-Ivan und Bondage-Boris infolge schwerer Schussverletzungen die Luft ausgegangen war. Und nachdem ich ihr dann noch ein paar weitere gedankliche Steine in den Weg gelegt hatte, die alle im Kern kapitalismusfeindlich waren („Besitz belastet!"), hatte sie mich nur noch mitleidig angesehen, als wäre ich nichts weiter als ein steinzeitlicher Klotz an ihrem Bein, ein Möchtegern und Großmaul, das ein bisschen den Elan verloren hat und sie daran hinderte, sich irgendwann bis ins Vorstadtglück samt Garten und Buchsbaum vorzuarbeiten.

Also stand ich jetzt in meinem Büro und krempelte die Hosenbeine hoch, hängte mir eine Schutzmaske um, schlüpfte in die Stahlkappenschuhe und steckte mir ein paar Arbeitshandschuhe in den Latz meines Blaumannes, nachdem ich die 48 Jahre zuvor als großer Neinsager hinter mich gebracht hatte und mir dabei nie Sorgen um meinen Stellenwert bei den Mädels hatte machen müssen, im Gegenteil: Ich war das kleine Ich-bin-ich, und das war immer irgendwie top gewesen.

Aber nun merkte ich, dass es jüngere und besser Aussehende gab als mich, also hatte ich Happiness in Aussicht gestellt, die Stemmarbeiten für die Wasserleitungen im Pink Flamingo zu übernehmen, damit ich nicht ganz ins Hintertreffen geriet, wenn mir der Scheiß-Pole schon mit den Elektroleitungen zuvorkam.

Vermutlich hing es mit ihrer schönen schwarzen Hautfarbe zusammen, dass nun jeden Tag einer vom Amt bei ihr auf der Matte stand und sagte: „Die Belüftung funktioniert nicht!", „Der Notausgang ist nicht gekennzeichnet!"

Jahrzehntelang hatte man es im Pink Flamingo ohne Notausgang treiben können, aber was bei Moldawiern mit viel Schmiergeld durchgegangen war, das ging bei einer nigerianischen Supernutte noch lange nicht durch. Also schikanierte man sie von morgens bis abends, und ein Spinner vom Bauamt verlangte nun, dass sie die alten Wasserleitungen auswechseln müsste, mit der schönen Begründung, dass die noch aus Blei waren und Wasser, das aus Bleileitungen kommt, angeblich auf lange Sicht das Gehirn der Wassertrinker vergiften und sie zu vollkommenen Idioten machen würde. Darum trank ich ja selbst am liebsten Bier aus der Flasche und niemals Wasser aus irgendeiner beschissenen Leitung.

Ich hatte den Job nun schon ein paar Mal verschoben, aber heute würde nichts mehr dazwischenkommen. Ich sah einen sonnigen Frühlingstag vor mir, mit ein bisschen Arbeit, ein bisschen Kiffen, ein bisschen Biertrinken und vielleicht auch wieder mal ein bisschen Geschlechtsverkehr, wie ich insgeheim hoffte. Denn es hatte sich schon ein dünner Schleier der Krise über unsere Beziehung gelegt, seit sie sich gesellschaftlich über mir ansiedelte. Das letzte Mal, als ich bei ihr gewesen und über sie drübergerutscht war, hatte sie schon nicht mehr so laut geschrien, wenn sie gekommen war, und es war ihr egal, ob ich vielleicht doch noch irgendwann kommen würde. Das konnte man auf die grassierende Frühjahrsmüdigkeit schieben, so wie sie es tat. Oder man deutete es richtig, wovor ich mich aber irgendwie scheute.

Ich schulterte also die Hilti und war schon fast bei der Tür angekommen, da läutete die Schelle, ich drückte auf Grün und sagte: „Superschnüffler Rock Rockenschaub löst auf alle Fälle alle Fälle, was kann ich für Sie tun?“

„Hi Brotha, it’s me, Lovegod!“

Es war Lovegod, mein nigerianischer Brotha, der zwar nicht mein richtiger Bruder war, aber eben mein Brotha. Er hatte während der letzten Jahre von Bratislava aus den mitteleuropäischen Crystal-Meth-Markt kontrolliert, war dabei aber wegen der schädlichen Einflüsse westlicher Nahrung ziemlich aus dem Leim gegangen und hatte die Kontrolle über das Business langsam an die kleinen und wieselflinken vietnamesischen Designerdrogen-Billigköche verloren.

Ich hätte ihm natürlich sofort sagen sollen, dass ich einen wichtigen Job für seine nigerianische Sista Happiness zu erledigen hatte, die nicht seine richtige Schwester war, aber eben seine Sista. So stand es nämlich in jedem Ratgeber für glückliche Zweierbeziehungen – first things first! Aber wie von fremder Hand gelenkt, stellte ich die Hilti wieder ab, setzte mich noch mal kurz auf meinen Arsch, als hätte ich nur auf seinen Anruf gewartet, und fragte neugierig: „Was gibt's denn Wichtiges, Brotha?"

Mit Betonung auf „Wichtiges".

Es war einer der ersten wärmeren Frühlingstage und die Luft draußen war mild und rein. Da haben die Leute oft die besten Ideen für einen Neubeginn in ihrem Leben und trauen sich auch, darüber zu reden. Also sagte mir Lovegod in tadellosem Bratislaver Deutsch, dass er mir unbedingt und ganz dringend etwas wirklich total Geiles zeigen müsse. „It will blow your fuckin' mind!", sagte er dann noch auf Nigerianisch, und was auch immer das heißen mochte: Es reizte mich so sehr, dass ich plötzlich „Bin schon unterwegs!" zu ihm sagte anstatt „Sorry, Brotha, aber ich kann gerade wirklich nicht weg".

Für einen Mann ist es von größter Wichtigkeit, sich nicht vom rechten Weg zu seiner Flamme abbringen zu lassen, und man muss unbedingt den Kurs halten, den sie vorgibt, damit man sie nicht irgendwann verliert.

Andererseits sind wir Männer nun mal so gestrickt, dass wir viele verschiedene Interessen gleichzeitig haben, und manchmal bringt man diese Scheiß-Interessen eben nicht alle unter einen Hut. Dann muss man sich schweren Herzens für die eine Sache unter vielen entscheiden, die gerade wichtiger ist als alle anderen, und mal ehrlich: Welcher Mann geht schon ins Puff, um dort Wasser zu trinken? Also konnten die alten vergifteten Bleileitungen ruhig noch einen Tag länger in der Wand des Pink Flamingo bleiben, wohingegen Lovegod unmöglich länger warten konnte, mir seinen heißen Scheiß zu zeigen.

***

Ich verschob die Stemmarbeiten daher um einen Tag, schulterte die Hilti aber trotzdem, um sie wenigstens endlich in den Kofferraum meines alten Datsun 280 ZX zu werfen, ein alter Japaner, den ich mal von Guttmann dem Bullen bekommen hatte, als kleine Gefälligkeit für die Klärung eines Mordes.

Davor schlüpfte ich mit der Hilti aber noch die enge Stiege hinunter zu meinem Kumpel Lemmy, der im Souterrain seines heruntergekommenen Mietshauses am Wiener Brunnenmarkt den Plattenladen Quattro Stazzione betrieb, eine ehemalige Pizzeria, die freilich seit Langem keine Pizzeria mehr war, aber auch kein richtiger Plattenladen, sondern ein Drogenvertrieb mit Hanfplantagen, die sich unter dem ganzen Kellergewölbe seines Hauses erstreckten.

Ich hatte seit Langem einen Schlüssel zu seinem Laden, weil er gesundheitlich schwer angeschlagen war und man nie wusste, ob er einem noch die Tür aufmachen konnte oder ob er schon irgendwo mit Würmern im Arsch und Käfern in der Nase herumlag. Aber hier herunten stank es auch ohne Leiche so erbärmlich nach porösen Knochen und sterbendem Fleisch, dass ich Lemmy am liebsten auf dem Beifahrersitz meines Datsun festgeschnallt hätte und mit offenen Fenstern und reichlich Fahrtwind in den schütteren Haaren nach Bratislava gedonnert wäre, damit er endlich wieder mal geduftet hätte wie der neue Frühling. Und genau das hätte ich dann morgen Happiness als Ausrede präsentieren können – dass ich dringend meinen Freund Lemmy hatte auslüften müssen!

Lemmy, dem Stinker, war es aber im Moment streng verboten, seine Visage in den Wind zu hängen, nachdem er zwei Wochen zuvor während eines Heimspiels unserer Mannschaft von der Tribüne auf ein paar Bullen hinuntergepisst hatte, die ihn nun wegen Landfriedensbruchs suchten.

Normalerweise lag er nun also Tag und Nacht auf der Couch, aber heute fand ich ihn hinten im Anbaugebiet, zusammen mit Kubelka, dem Gehirnschlosser, der heute einer seiner Großkunden war. Bei dem Schisser lief wie immer alles wie geschmiert, was man an seiner auffälligen Gesichtsbräune, dem bodenlangen Trenchcoat und den etwas schwulen Wildlederschuhen an seinen Füßchen sehen konnte.

Ich hatte ihn in Dirty Willis Swedish Pornhouse kennengelernt, wo ich im Brotberuf das Mädchen für alles spielte. Kubelka saß dort immer in Reihe 19 und schaute sich Psychopornoklassiker wie *Über-Fick* oder *Don't have Sex with your Es* an, aber nicht alleine, wie er mir später mal erklärte, sondern zusammen mit seinem Es und seinem Über-Ich. Seine Psychopathen- und Lebensberatungspraxis war zum Selbstläufer geworden, seit ich ihn mit Lemmy zusammengebracht hatte. Denn mittlerweile kam niemand mehr zu Ku, weil er mit ihm reden wollte, sondern nur noch, um Lemmys *Oregano Speziale* gegen einen schönen Aufpreis bei ihm zu kaufen und sich wegzuschießen aus einem beschissenen Leben voller Lügen und juckender Ausschläge, von denen seine Klienten nie so recht wussten, woher sie plötzlich kamen. Aber mit Lemmys *Oregano Speziale* in den Venen taten sie einem wenigstens nicht mehr so weh!

Lemmy kam also gar nicht mehr nach mit der Produktion, aber seit ein paar Wochen quälte ihn Kubelka damit, dass er gerne „etwas Leichteres, etwas Bekömmliches, etwas für die späten, frustrierten Mütter“ hätte, die den Großteil seines Psychopathen-Klientel ausmachten. „Die werden in letzter Zeit immer so müde, wenn sie dein *Oregano Speziale* rauchen“, beklagte er sich gerade wieder, „sie fühlen sich wie von Bleigewichten beschwert, dabei wollen sie doch nur ein bisschen fliegen. Herrgott, Lemmy, hier ist alles so vorindustriell, du musst deine Produktion endlich auf modernere Beine stellen!“

Ich hatte keine Ahnung, wovon der Spinner genau redete, aber auch ich fühlte mich in letzter Zeit immer ein wenig schlapp und wusste nicht so recht, ob es an Lemmys Gras lag oder an der Frühjahrsmüdigkeit. Irgendwie wusste ich gerade überhaupt nicht, was richtig und was falsch war, was gerade und was gebogen. Aber wenigstens Lemmy wusste es, denn mit dem war nicht zu reden, wenn es um die Qualität seines Grases ging, und letztlich ist es wohl wirklich keine Neuigkeit, dass man müde wird, wenn man etwas raucht.

Wir begrüßten einander und gingen dann wieder nach vorne in den Verkaufsraum, der vollgestellt war mit alten Schellacks und Platten von A wie Al Green bis Z wie ZZ Top, es war alles da, was sich im Kreis drehen konnte.

Wir setzten uns um Lemmys Couch herum, und der zog dann feierlich ein kleines Probesäckchen aus seiner Lederhosentasche und erklärte Kubelka, dass er seit Längerem an der Züchtung eines neuen Krautes arbeitete – top secret! –, das aber noch stärker sein würde als sein bewährtes *Oregano Speziale*, welches hinten im Keller unter Dutzenden Wärmelampen und einer schon etwas löchrigen Bewässerungsanlage wuchs, er sagte: „Das Zeug wird dich auf eine wirklich sehr schöne und sehr leuchtende Erkundungsfahrt mitnehmen, es wird deine Ohren auf NASA stellen, und dann wirst du da draußen das Mondkalb scheißen hören, und wenn du Glück hast, vielleicht sogar Gott beim Rülpsen. Darum nenne ich es *Vaya con Dios.*"

Verpackungszusatz: „Nur für richtige Männer."

Dabei zeigte er auf den Fetzen Papier, der neben seiner Couch auf dem Boden herumlag und mal ein Zeitungscover der *Gosse* gewesen war, auf dem man sein Gesicht und seinen verschrumpelten Schwanz sehen konnte, und dann sagte er wieder mal stolz: „Seht ihr, Leute? Das bin ich."

Als wäre ich nicht selbst dabei gewesen, als er vor zwei Wochen von der Osttribüne unseres Stadions auf ein Rudel Polizisten hinunterpisste, mit zwei ausgestreckten Stinkefingern und einer Art Wahnsinn im Gesicht, den nur jahrzehntelanger Drogenmissbrauch mit sich brachte, oder vielleicht noch ein Schuss Blei im Wasser.

Mein Lemmy!

Die *Gosse* hatte damals natürlich auch noch eine schöne Schlagzeile für ihn parat, auf die er zu Recht stolz war:

SKANDAL!
WER KENNT DIESES SCHWEIN?
FUSSBALL-HOOLIGANS HELFEN GUTMÖNCHEN!

Wir waren alle natürlich ein bisschen neidisch auf diese Titelseite. Sie zwang Lemmy allerdings auch, sein Gesicht für die nächsten paar Wochen nicht unter die Leute zu bringen, um nicht von einer lokalen Berühmtheit zu einem Häftling abzusteigen, dem man dann vielleicht noch draufkam, dass er nicht nur Landfriedensbrecher war, sondern auch der größte Drogendealer um den Brunnenmarkt.

Kubelka schaute sich die Zeitung an und tat begeistert, wodurch er nicht nur Lemmys Selbstwertgefühl steigern wollte, wie er mir mal erklärt hatte, sondern auch den Preis für sein Gras senken. Um sich noch beliebter bei ihm zu machen, sagte er in meine Richtung: „Nimm dir mal ein Beispiel an Lemmy, er ist berühmt. Aber du? Läufst im Blaumann mit einer Hilti herum, ts, ts, ts."

„Ts, ts, ts" dürfen normalerweise nur Mütter sagen, die einen beim Wichsen überraschen.

Ich erzählte ihm, dass ich eigentlich auf dem Weg zu Happiness ins Pink Flamingo war, um dort Stemmarbeiten zu erledigen. Dass ich zuvor aber noch einen kurzen Umweg nach Bratislava zu meinem Brotha Lovegod machen müsse. Ku fragte: „Hast du ihr denn schon gesagt, dass du nicht kommen wirst?"

Ich sagte: „Nein, das hab ich nicht. Ich dachte, ich komm einfach nicht."

„Willst du gelten, mach dich selten", sagte Ku und nickte zufrieden. „Das ist die oberste Regel, wenn du es mit den Weibern zu tun hast. Du zeigst ihr dadurch, dass du der Mann im Haus bist und die Hosen anhast, auch wenn ich mir das mit den aufgekrempelten Hosenbeinen an deiner Stelle noch mal überlegen würde, solange deine Waden so weiß sind, das sieht echt scheiße aus."

„Arschloch!"

„Aber Vorsicht!", redete er weiter, als wüsste er alles über die Weiber. „Wenn du dann doch wieder mal bei ihr auftauchen willst, dann sollten möglichst deine Zähne ausgeschlagen sein und das Mammut auf deiner Schulter, das du tagelang gejagt hast, sollte möglichst groß sein, damit sie auch wirklich beeindruckt ist, wenn du sagst: ‚Das Fleisch ist für dich, mein Schatz, mach Schnitzel daraus. Ich leg mich jetzt ein bisschen schlafen, denn ich hatte wirklich Wichtigeres zu tun als deine Leitungen zu stemmen.' Das alles meine ich natürlich bildlich gesprochen."

Ich fragte: „Hast du übrigens schon was vor heute?"

„Ich hab nichts Besonderes vor", sagte Kubelka, „warum fragst du?"

Es war Samstagvormittag, und Samstagvormittage können einen Mann richtig fertigmachen, wenn er nicht weiß, was er tun soll. Man kann entweder möglichst lange schlafen, oder man geht einkaufen. Sonst gibt es für einen Mann an einem Samstagvormittag nichts zu tun. Kubelka schien daher richtig froh zu sein, als ich ihn fragte: „Willst du nicht mitkommen nach Fressburg?"

Das ließ mich als den dastehen, der ihm den Tag rettete. In Wahrheit fuhr ich aber einfach in letzter Zeit sehr ungern alleine mit dem Auto, ich spürte immer wieder mal ein Stechen in der Brust oder die Hand schlief mir ein, da hatte ich gerne jemanden neben mir sitzen, der den Arzt rufen konnte, falls ich den Datsun irgendwann in den Straßengraben lenkte.

„Okay“, sagte er. „Ich fahr mit. Auch wenn ich natürlich genau weiß, dass du mich nur als Alibi missbrauchst, denn nun bist du im Krieg mit deiner Happiness, das ist dir wohl klar?“

Wie eine verdammte Squaw fragte ich, ob er mir dann nicht raten müsste, hierzubleiben und für sie zu stemmen. Aber er sah mich nur entsetzt an, haute mir auf die Schulter, und sagte: „Du musst unbedingt zu deiner Entscheidung stehen. Das ist doch eines der großen Probleme des modernen Mannes, dass er nicht mehr tut, was er will, und immer Ja sagt, wenn er Nein meint.“

Ich stellte Lemmy den Fressnapf hin, sodass er versorgt war, während Ku und ich ausflogen, und dann sagte ich: „Das Problem habe ich sicher nicht.“

***

Schon fuhren wir zusammen den Donaukanal entlang, ich hatte den Flachmann gut gefüllt und fragte Ku: „Was trinken?“

Es fährt sich einfach leichter, wenn man etwas trinkt, Ku fragte: „Was ist das?“

Ich sagte: „Jolandas serbischer Slibowitz, 80 Prozent Feuer, 20 Prozent Hölle.“

Sie brachte ihn allherbstlich aus irgendwelchen serbischen Gebirgstälern nach Wien, deponierte ihn in ihrem Keller und verkaufte ihn schwarz an ihre Kundschaft, wodurch sie sich ein kleines Zubrot verdiente, das wir ihr alle gönnten.

Ku nahm einen kräftigen Schluck, und dann sagte er, was alle sagten, wenn sie Jolandas Feuerwasser tranken: „Aaaaah!"

Zusammen mit dem Inhalt aus Lemmys Probepäckchen *Vaja con Dios* brachte uns der Schnaps in einen guten Flow, wir lehnten uns jeweils entspannt an unsere Autotür, und dann folgte unser Blick einem knapp über uns dahinfliegenden Hubschrauber. Der Finanzminister unseres schönen Landes hatte sich nämlich angewöhnt, nur noch per Hubschrauber zu reisen, selbst wenn er seine Mutter besuchte, um ihr Schwarzgeld zu überbringen, das er sich im Zuge irgendwelcher Privatisierungen in die eigene Tasche steckte.

Ku fragte: „Hab ich dir eigentlich schon mal erzählt, wie ich auf mein Thema *Der Mann in der Krise* gekommen bin?"

Ich sagte: „Du bist eines Morgens aufgestanden und hast in den Spiegel geschaut, war es so?"

Er sagte: „Ts ts ts, sehr witzig."

Ku hatte nämlich gerade ein paar hunderttausend Euronen aus dem gut gefüllten EU-Topf für Geisteskrankheiten lockergemacht und arbeitete an seiner bahnbrechenden Studie, wie er sie selbst nannte, über den *Mann in der Krise.*

Ich fand das ein ziemlich schwules Thema, aber he! Ihn interessierte das halt, und mit mir hatte das ja nichts zu tun.

Er sagte: „Ich betreue seit Längerem einen Hubschrauberpiloten des Innenministeriums, der unter totaler Flugangst leidet."

Ich sagte: „Wie ein Feuerwehrmann, der Angst vor Feuer hat?"

„Ja genau!", sagte Ku. „Starkes Kinn, gerade Haltung, Muskeln aus Stahl. Aber irgendwann hat er von oben hinuntergeschaut, seine Hände sind schweißnass geworden und sein Gesicht kreidebleich, sein Herz fing an zu rasen und er dachte sich: Das ist mir zu hoch, ich will sofort hinunter! Nicht einmal der finanzielle Druck infolge einer bitteren Scheidung bringt ihn mehr dazu zu fliegen. Das ist bitter für ihn, aber ich hatte mein Thema: dass mit dem modernen Mann irgendetwas nicht stimmt."

Ich sagte: „Ts ts ts."

Man gewöhnt sich nämlich schnell alles Schlechte seiner Mitmenschen an.

Ku: „Es gibt natürlich keinen vernünftigen Grund, Flugangst zu haben. Er hat alle Prüfungen mit Bravour bestanden, und trotzdem traut er sich nicht mehr, den Vogel zu fliegen, hast du eine Ahnung, warum?"

Ich sagte: „Weil überall nur noch höher, weiter, schneller, stärker zählt und du bei der Lady an der Bar heute keinen Auftrag mehr hast, wenn du einfach nur Hubschrauberpilot bist? Du musst schon in die Strato hinauffliegen und dann wieder herunterspringen, deshalb?"

Ich spielte damit auf einen gewissen einheimischen Vollidioten an, der das unlängst gemacht hatte, um seine Schwanzprobleme in den Griff zu kriegen, aber Kubelka sagte: „Das sicher auch, keine Frage. Aber hast du schon einmal daran gedacht, dass es an seiner Mutter liegen könnte?"

Der Hubschrauber, den wir beobachteten, kreiste nun über dem Power-Tower, dem sogenannten neuen Wahrzeichen der Stadt, das im vergangenen Winter nach zehnjähriger Bauzeit endlich mit Pauken und Granaten und in Anwesenheit aller Mitglieder der heimischen

Bundesregierung eröffnet worden war und nun das Finanzministerium samt Finanzminister in einem eigenen Penthouse-Büro inklusive Rundumblick ganz oben beherbergte. Wegen irgendwelcher Baumängel infolge undurchsichtiger Bauführung war der Scheiß-Kasten aber schon wieder so kaputt, dass jetzt gleich daneben der neue Superpower-Tower hochgezogen wurde, in den der Finanzminister dann nach Fertigstellung wieder umziehen würde, der Stephansdom ein paar Meter weiter stadteinwärts war dagegen nur noch ein winziger Fingerhut, um den sich ein paar noch winzigere Chinesen scharten.

Ku drehte nun das Fenster hoch und stellte seinen Mantelkragen auf, als wäre er Nick Knatterton. Dann borgte er sich meine Sonnenbrille und wollte irgendwie dahinter verschwinden, denn je mehr er rauchte, desto paranoider wurde er, und je mehr er soff, desto ängstlicher. Er hatte seinen Ofen nun ganz hinuntergeraucht, und Lemmys Gott marschierte brav in seinen Adern auf und ab. Er griff mit seiner ekelhaft verschwitzten Hand nach meiner, weil er sich gerade in die Hosen schiss vor Angst, dass ihm der Vogel auf den Kopf fallen könnte, falls auch dieser Pilot in eine Krise rutschte. Ich zog meine Hand angewidert zurück und fragte den Spinner: „Wer zum Teufel behandelt eigentlich dich?“

***

Als wir endlich in Bratislava einfuhren, hatte sich Ku wieder halbwegs beruhigt, und er sagte: „Wenn dieser Freak Lovegod hält, was du mir versprochen hast, dann kannst du mein Sonderbeauftragter für den *Mann in der Krise* werden und mir alle Türen öffnen, in denen du bereits deinen breiten Fuß drinnen hattest. Du kennst doch ohnehin so viele verdammte Freaks, die überhaupt nichts mehr auf die Reihe kriegen."

Ich fragte: „Ist das ein Auftrag?"

Dabei fiel mir zunächst gar nicht auf, wie verletzend das eigentlich war. Aber auf der Reise hierher waren wir ein wenig ins Gespräch gekommen. Ku hatte zunächst Lemmy erwähnt, der nun wirklich tief in der Krise steckte, und Dirty Willi, der mit einer entzündeten Eichel im Krankenhaus lag. Und dann noch meinen Kumpel Guttmann, von dem ich schon ein paar Wochen nichts mehr gehört hatte, von dem man aber auch aus der Ferne annehmen konnte, dass er unglücklich war und also tief in der Krise steckte. Natürlich hätte ich ihn mal anrufen können und fragen, was denn mit ihm los war, aber er rief mich ja auch nicht an. Und wenn einer vom Radar verschwindet, dann verschwindet er halt, was soll man da schon machen?

Ich war also umgeben von tiefster und schwärzester Krise, und als mir Ku dann anbot, dass ich zwei Prozent der Einnahmen aus seinem zu erwartenden Bucherfolg kriegen würde, falls ich ihn mit entsprechenden Leuten in Kontakt brachte, schlug ich ihm vor, dass ich 50 Prozent davon kriegen sollte, und der Deal war besiegelt.

Lovegod wartete dann bereits auf dem Parkplatz vor dem Flüchtlingsheim, in dem er immer noch wohnte, neben seinem roten Firebird, und Kubelka fiel vor Begeisterung fast der Stift, mit dem er sich ständig irgendwas in sein kleines Büchlein schrieb, aus der Hand. Der Unterkiefer hing ihm hinunter und Sabber lief ihm aus den Mundwinkeln, ich fragte: „Na, was sagst du?"

Mehr Krise als Lovegod war in der heutigen Zeit kaum vorstellbar. Er hatte sich seit vergangenem Herbst, als wir uns in einer Mäcki-Bude am Bahnhof von Bratislava zum Palaver getroffen hatten, nicht mehr gefangen, im Gegenteil. Seine beiden Kumpels Steel und Concrete waren ihm damals abhandengekommen, der eine war im Gefängnis ermordet worden, der andere in den afghanischen Dschihad geflüchtet. Schon damals war Lovegod ziemlich in der Krise gewesen, der Arsch war ihm seitlich von einer zwei Meter breiten Bank hinuntergehangen, und zwar auf beiden Seiten. Aber als er uns sah, strahlte er bis über beiden Ohren wie ein Versicherungsvertreter, was seine vielen Goldzähne freilegte, die er aber irgendwie günstig von jemand anderem bekommen haben musste, denn sie passten nicht wirklich zu seinem Gesicht und konnten die riesigen Mengen braunen Kaugummi, die er damit zermalmte, kaum bewältigen.

L.G. war nur noch der Schatten eines O.G.s, eines Original Gangsters, und trotzdem fragte er mich, als wir ausstiegen und ich ihm Kubelka vorstellte, wie verdammtnochmal ich denn aussehen würde in meinem Blaumann mit den hochgekrempelten Hosen: „You got no fuckin' style, man!“

Als wäre er selbst Idi Amin Dada und ich auf einem Scheiß-Staatsbesuch bei ihm.

Dabei sah ich verdammt kühl aus in meinem Blaumann, nicht nur im Vergleich zu den unfassbaren Stoffbahnen, die ihm von irgendwelchen Philippinerinnen für irgendeinen Weltkonzern zu so einer Art pinkem Trainingsanzug zusammengenäht worden waren, wobei sie vermutlich die ganzen Vorräte an Nähgarn, die es auf der Welt noch gab, verbraucht hatten, denn er war noch fetter geworden. Aber ein nigerianischer Rauschgiftdealer wird immer den pinken Trainingsanzug dem ehrlichen Blaumann vorziehen, wenn es darum geht, kühl aussehen zu wollen.

Zum ganzen Fett auf den Hüften war bei ihm nun auch noch die Gicht dazugekommen, das merkte ich sofort, als er mir die Hand shakte und dabei keinen Druck hinter die dicken Wurschtis kriegte, mit denen er wohl kaum mehr eine kleinere SIG oder einen Damenrevolver halten konnte – geschweige denn eine Machete, wie das der letzte Schrei unter den nachrückenden Vietnamesen war, die damit gerne ihre Zwiebel schnitten, aber auch immer häufiger Leute zerlegten. Die Zeit hier im Norden hatte Lovegod jedenfalls nicht gutgetan, in seiner Streusiedlung im Süden wäre er heute ein hoch angesehener Mann, Häuptling vielleicht, vielleicht sogar Medizinmann. Aber hier?

Nach dem Handshake hatte er noch eine neue, extrem komplizierte Gangsta-Begrüßung zusätzlich auf Lager mit zuerst flacher Hand, dann Faust, dann Ellenbogen, dann Schulter, dann zweimal im Kreis drehen, dann Wange an Wange. Aber als ich ihn auch noch auf den Mund küssen musste, fragte ich angewidert: „Sag mal, was kaust du denn da eigentlich die ganze Zeit?"

Ihm lief nämlich das Rotbraune aus den hängenden Lefzen heraus, und den Rest vom Saft spuckte er alle zwei Sekunden in einem langen, dünnen Strahl aus, egal, ob ihm gerade einer im Weg stand oder nicht, dabei kratzte er sich an den Eiern und sagte: „Das ist Khat, Mann!"

Und ich fragte, ohne mich an den Eiern zu kratzen: „Was ist denn Khat, Mann? Was Katholisches?"

„Khat ist die Droge der Rastafaris in Afrika", wusste Kubelka, „Babylon Vibration und so, Bob Marley."

Ich fragte: „Okay, aber was ist es?"

„Wenn die dort nichts zu fressen haben, was öfter der Fall ist," wusste er weiter, „dann kauen sie Khat, um ihre Hungergefühle abzutöten."

Ich hatte heute noch nichts gefrühstückt, kriegte also langsam Hunger und sagte zu Lovegod: „Dann gib mir doch bitte ein halbes Kilo zum Probieren." So wie man auf dem Markt sagt: „Gib mir bitte ein halbes Kilo Marillen zum Probieren, mal schauen, ob sie schon reif sind."

Lovegod holte die Apothekerwaage heraus, wog ein halbes Kilo ab, gab das Zeug in ein Säckchen, und sagte: „My Khat is your Khat."

Ich steckte mir den Sack in meinen Latz und sagte: „Danke."

Dann zwängte sich Lovegod mit großer Mühe in seinen Firebird und bat uns, ihm aus der Stadt hinaus zu folgen. Wir kamen uns vor wie bei einer fröhlichen Ostereiersuche, und bald wünschte ich mir nichts mehr, als dass ich zu Happiness gefahren wäre, um ihre Leitungen zu stemmen. Es war so verdammt heiß geworden in diesem Scheiß-Bratislava, und die Mücken stachen mich sogar während der Fahrt in meine ungeschützten Waden. Ich hatte die Fenster runtergekurbelt, um jederzeit den Khat-Saft ausspucken zu können, und Kubelka nervte mich wieder mal mit seinem geglückten Leben, denn ihn stachen die Mücken natürlich nicht.

Irgendwann nach geschätzten zwei Stunden dreißig waren wir drei Hübschen irgendwo im Grünen auf einem der zahlreichen ehemaligen sowjetischen

Truppenübungsplätze angekommen, jedenfalls standen ein paar alte verrostete Panzer in der Gegend herum. Lovegod parkte seinen Firebird in einer Art Schottergrube neben meinem Datsun und bat uns auszusteigen. Er zeigte uns seine beschissenen Zähne und die „herrliche Natur", wie er sie nannte, er wies uns auf das Zwitschern der Vögel hin und auf die vielen Eichen in großer Entfernung, und dann fragte er: „Na, was sagst du?"

Und ich sagte: „Wow. Bäume."

Er holte zwei Klappstühle aus dem Auto und platzierte sie für uns neben den Firebird, davor stellte er ein kleines Klapptischchen, auf das wir jeder ein warmes Dosenbier serviert bekamen. Es war wie auf einer verdammten Werbefahrt für Kaffeekannen, die er scheinbar schon öfter veranstaltet hatte, denn er hatte auch Feldstecher für uns mit dabei, durch die wir angestrengt die eine bestimmte unter den vielen gewaltigen Eichen, die irgendwo in vielen Kilometern Entfernung herumstanden – vielleicht sogar schon in Polen drüben? –, ins Visier nehmen sollten. Und nach einigem Hin und Her und „Weiter rechts!" und „Nein, doch etwas weiter nach links!" wussten wir endlich, welche der verdammten Scheiß-Eichen er genau meinte – „Ja, genau die!" –, und dann sagte er: „Ready?"

Ich weinte schon fast, als ich „Herrgottnocheinmal, ja! Was willst du uns denn überhaupt zeigen?" schrie.

Ich nahm den Feldstecher herunter und rieb mir die Augen, dann drehte ich mich nach rechts, um zu sehen, was er so trieb. Er stand breitbeinig auf seinem Firebird und hatte sich eine Bazooka auf seine fleischigen Schultern gelegt, eine von Hand gesteuerte Panzerabwehrrakete, und jetzt versuchte er, seinen gichtigen Finger in den Abzug zu drücken. Ich verlor langsam wirklich die Geduld mit ihm und fragte: „Kannst du dir deine Flossen denn nicht mal behandeln lassen, damit das nicht so lange dauert?"

Aber das Problem der Neuen Selbstständigen aus Nigeria ist ja, dass sie nicht krankenversichert sind, und wenn Lovegod mit einem Packen Bargeld in der Hand in ein Krankenhaus hineingestiefelt käme, um sich dort seine Gichtfinger behandeln zu lassen, die er sich im reichen Westen mit ungesunder Ernährung angefressen hatte, dann wäre dort seine schwarze Haut und sein Blingbling um den Hals stärker aufgefallen als seine geschwollenen Pratzen, und es hätten in jedem Fall sofort die Handschellen geklickt, auch wenn ich mir nicht recht vorstellen konnte, wie man die um seine unfassbar fetten Handgelenke hätte kriegen wollen.

Anstatt die Schuld bei sich zu suchen und seine Ernährung umzustellen, tat er dann, was Kubelka „geradezu klassisch" nannte: Er lagerte seine Probleme aus und schob sie auf andere, dabei jammerte er: „Man kriegt heute einfach so schwer gutes Personal. Ich meine Leute, die die Lage bei einem kleinen Häuserkampf auch mal richtig einschätzen können, oder die auch mal ratzfatz einen kaltmachen, wenn es heiß hergeht."

„Oder die einem die Scheiß-Bazooka abfeuern können!", schrie ich.

Der Arbeitsmarkt für ungelernte Hilfskräfte im Drogenmilieu war natürlich ziemlich schwierig geworden, aber das war der Arbeitsmarkt insgesamt. Um die Sache endlich zu Ende zu bringen, sagte ich höflichkeitshalber: „Brotha, ich halt die Augen offen, und falls mir mal eine vielversprechende Hilfskraft über den Weg läuft, dann werde ich's dir sagen. Aber jetzt mal ehrlich: Tut sich bei dir noch irgendwas, oder können wir dann wieder fahren?"

Da hörten wir endlich ein leises Zischen neben uns, das kurz das liebliche Zwitschern der Vögel übertönte, und dann sahen wir durch unsere Feldstecher, wie es die Eiche, die wir anvisiert hatten, pulverisierte, wie sie in Flammen aufging und zu einem Haufen Kohle wurde, so heiß war es dort. Und mit ein wenig Verzögerung erreichte uns dann auch der Schall der Explosion.

Das war dann schon sehr beeindruckend, und ich dachte mir: Im Gegensatz zu all meinen anderen Freunden, die von Niederlage zu Niederlage stolpern, geht es bei dem Spinner nun scheinbar wieder bergauf. Es fehlten jetzt nur noch ein paar geile Gogo-Miezen mit engen Tangas und hohen Stiefeln und einer AK-47 unter der Achsel, die seinen Verkaufsvortrag begleiteten. Damit wäre er dann auf jeder Waffenshow in Amerika eine große Nummer gewesen, wo sich diese verdammten Idioten mit Waffen ab Stecknadel bis Panzer versorgen, um sich dann gegenseitig abmurksen zu können. Aber wir waren auf einem Truppenübungsplatz in der Slowakei, und er kriegte den Wurstfinger jetzt nicht mehr aus dem Abzug, sodass er mich bat, ihm dabei zu helfen.

Bevor ich aufstand, sah ich aus den Augenwinkeln heraus noch, wie Kubelka zufrieden das Wort „Überkompensation" in sein Heftchen schrieb und dick unterstrich.

Und als uns Lovegod dann zu seinem Kofferraum führte und uns einen Teil seiner Vorräte an M20A1/A1B1 Super Bazookas mit 89-mm-Munition zeigte, da legte er mir seine schwere gichtige Pranke auf die Schulter, die mich fast in den slowakischen Boden drückte, und sagte: „Ist Waffe aus Fabrik, was gehört Vatikanbank."

Das machte ihn hörbar stolz.

Er schaute mir tief in die Augen und sagte: „Falls du mal eine brauchst, um ein paar Leute aus obere Stockwerk von Hochhaus zu schießen, dann lass es mich wissen, Brotha. Kriegst du Spezial von Preis."

Ich sagte: „Ich hab grad echt viel Zeug in meinem Kofferraum, aber ein anderes Mal natürlich wirklich sehr gerne."

Dieser aufstiegswütige Nigerianer war sicher das Verrückteste, was mir jemals untergekommen war, denn mal ehrlich: Wann zur Hölle sollte ich denn jemals so eine verdammte Bazooka brauchen?

***

Auf der Heimfahrt machte sich Kubelka jede Menge Notizen, er war wirklich sehr zufrieden mit Lovegod, sagte aber besorgt: „Ist dir eigentlich aufgefallen, wie unglücklich er ist, weil er mit seiner Bazooka nur auf Eichen schießen darf?"

Ich sagte: „Worauf sollte er denn deiner Meinung nach sonst schießen?"

„Ich bin ja normalerweise gegen Waffen, und zwar gegen alle", sagte Ku, „ihre Verwendung erscheint mir kindisch und steinzeitlich. Aber vom therapeutischen Standpunkt aus betrachtet sage ich, dass er als Mann unglücklich gewirkt hat, was ich verstehe, denn das ist ja gewissermaßen, wie wenn du mit einer Gummipuppe ins Bett steigst anstatt mit einer richtig heißen, breitärschigen Alten. Das wollte ich damit nur sagen, mehr nicht, aber auch nicht weniger."

Ich fragte: „Du findest also, dass er mal ein Gebäude in die Luft jagen sollte oder so was, damit es ihm besser geht?"

„Ja, genau!", sagte Ku. Und dann: „Glaubst du denn, ich darf das Arschgesicht namentlich erwähnen, oder soll ich ihm ein Pseudonym verpassen?"

Ich fragte: „Kriegt er ein eigenes Kapitel in deinem Scheiß-Buch?"

Ku sagte: „Ich werde ein eigenes Scheiß-Buch über ihn schreiben!"

Ich sagte: „Okay, sein voller Name ist Lovegod Easygoing Ezechiel Mpenza, soll ich buchstabieren?"

***

Wir waren wieder in Wien angekommen. Eine lästige Fliege hatte die schöne Gelegenheit genutzt und war in meinem Datsun zur Welt gekommen, nun hatte sie sich in den Kopf gesetzt, diesen einen Tag ihres Lebens in meinem Wagen zu verbringen, und zwar überall dort, wo ich sie gerade nicht erwischen konnte. Ich schlug tapfer hierhin und dorthin, aber überall, wo ich hinschlug, saß sie schon nicht mehr.

Kubelka lachte über mich und machte sich weiter fleißig Notizen, er hatte sich neben mir breit gemacht wie in seinem Büro und hörte nicht mehr auf zu reden, während Lee Hazlewood *Trouble is a Lonesome Town* sang und ich mir langsam vorkam, als wäre ich der Bürgermeister dieser einsamen Stadt. Ku tippte mit den Fingern im Takt der Musik, was ich hasste, oder er pfiff dazu, was ich noch mehr hasste. Dann schlug er seine langen Beine übereinander, sodass seine Füße zu mir herüberhingen und mir das Gefühl gaben, dass er sich in meiner

Nähe ein bisschen zu wohl fühlte. Er rauchte zufrieden und schaute mich dabei von der Seite her so komisch an, als wäre ich der Freak und nicht er. Bald hätte ich ihn erschlagen wollen, aber stattdessen fragte ich ihn nur:

„Wo soll ich dich denn rauslassen?"

Und er sagte: „Ach, egal. Ich hab nichts Bestimmtes vor."

Das ist das übliche Problem am Samstagnachmittag, dass die Leute nichts Besonderes vorhaben, weil sie schon am Samstagvormittag nicht richtig in die Gänge kommen. Samstagnachmittage sind dann die richtig harte Prüfung für einen Mann, wenn er nicht gerade in einer unglücklichen Familienkonstellation feststeckt und in irgendeinem Einkaufszentrum außerhalb der Stadt für das gerade erst eingerichtete Kinderzimmer Lampen kaufen muss, was bei Ku nicht der Fall war. Er drohte mir also am Arsch hängen zu bleiben wie eine Winterkirsche und fragte so ein bisschen ins Blaue hinein: „Hast denn du was vor?"

Ich sagte: „Ich geh noch zum Fußball."

Ein Mann, der weiß, was er am Samstagnachmittag tun will, ist allen anderen haushoch überlegen, denn dieser Mann weiß, wem sein Herz gehört. Ein Teil meines Herzens gehörte natürlich Happiness, der andere Teil aber gehörte einer Mannschaft, die schlicht Sportlerklub hieß, deren Vereinsfarben schlicht Schwarz und Weiß waren, und die in der Hackfleischliga spielte. Verletzungen, nicht selten bleibende, ab und zu tödliche, waren dort an der Tagesordnung. Zwar wurde es jedes Jahr schwieriger, sich dafür zu begeistern, wie die Jungs da unten planlos herumliefen und nichts zustande brachten. Aber ich ging ja nicht zum Fußball, weil ich nichts Besseres zu tun hatte – wer eine 1-A-Spitzennutte zur Frau hat, der hat immer

Besseres zu tun –, ich ging freiwillig zum Fußball, weil mich dort gewohnheitsmäßig dieses Elende anzog, dieses Verzweifelte, diese ewigen Niederlagen, dieses sinnlose Hoffen, dass es mal anders werden könnte, und das Wissen, dass es nie anders werden würde.

Ku legte nun seinen langen Arm um meinen Sitz, als wollte er ihn nie mehr loslassen, schaute mich dabei an und sagte dann: „Ich weiß auch einiges über Fußball."

Jetzt hätte ich natürlich sofort „Interessiert mich nicht!" sagen sollen, aber leider sagte ich: „Ach ja, was denn?"

Als würde mich ein innerer Dämon drängen, immer das Falsche zu sagen.

„Es gibt in den Lehrbüchern über Impotenz zum Beispiel einen Fall mit einem Spieler, den sie die ‚Hängende Spitze' nannten", sagte Ku.

Ich fragte: „Ein Stürmer?"

„Nein, ein Tormann."

„Aber wieso dann ‚Hängende Spitze'?"

„Weil er impotent war. Die Spitze seines Schwanzes weigerte sich, den Weg nach oben anzutreten, und blieb zwischen seinen Eiern hängen. Die somatische Untersuchung hat ergeben, dass sich das Blut tadellos in seinem Schwellkörper ausbreitete, aber irgendwo klemmte es bei ihm im Oberstübchen. Der Druck unter Fußballern ist nämlich enorm, musst du wissen."

Ich fragte ein wenig bescheuert: „Enormer als unter Privatdetektiven?"

„Ja natürlich", sagte Ku, „nur weil jemand wie ein Wiesel laufen kann, gerne kurze Hosen trägt und meistens zu enge Shirts, wie das neuerdings der Fall ist, heißt das ja noch lange nicht, dass sich darunter ein unbesiegbar maskuliner Herakles verbirgt, wobei man sagen muss: Schon Herakles war ja im tiefsten Inneren total unglücklich, also voll in der Krise, sonst hätte er schließlich nicht seine eigene Frau und die vielen Kinder zerrissen, aber das ist eine andere Geschichte."

Ich sagte: „Ach, der war das?"

Man liest ja so viel Schreckliches in der Zeitung.

„Es ist doch so: Fußballer duschen immer gemeinsam", erzählte Ku weiter. „Das erzeugt enormen Druck unter den Spielern und bedeutet Wettbewerb pur, wenn es um die Schwanzgröße geht und die Anzahl der gefickten Weiber. Die Kameraden der Hängenden Spitze erfuhren von seiner Lendenschwäche, sie begannen ihn zu hänseln, und die ganz Gemeinen nannten ihn in der Folge sogar Microsoft, nicht, weil er in der Computerbranche tätig war, sondern weil sein Schwanz so klein und weich war. Bald trug der Unglückliche also einen Doppelnamen …"

Ich fragte: „Hängende Spitze-Microsoft?"

„Ja. Und irgendwann hat er sich dann mit den Schnürsenkeln seiner rosaroten Fußballschuhe erhängt. Poor man."

Kubelka merkte, dass ich ihn nicht freiwillig bitten würde mitzukommen, nicht nach dieser Geschichte, und nicht mit seinem Outfit. Man gilt auf dem Fußballplatz schnell als schwul, wenn man mit einem gesehen wird, der in einem langen Trenchcoat steckt und das orangefarbene Hemd bis zum Kragen hinauf zugeknöpft trägt, am Fußballplatz vielleicht noch schneller als anderswo.

Ku spürte meine Vorbehalte, also sagte er: „Hör zu, Rock, wir wissen doch beide, was Sache ist. Bei mir läuft es prima, ich bin bis zur Langeweile erfolgreich, ich hab mein Leben total im Griff, nur weiß ich nicht recht, was ich an Samstagnachmittagen machen soll, da will ich ehrlich sein."

Ich fragte: „Und?"

Er sagte: „Du hast mich heute schon mit Lovegod Ezechiel zusammengebracht, also warum den Flow abreißen lassen und mich nicht zum Fußball mitnehmen? Dort gibt's doch sicher genug Freaks, mit denen wir unser Buch anfüllen können, was meinst du."

Ich meinte „Nein!", sagte aber „Ja gut, von mir aus".

Der Fußballplatz, die Gespräche, der Gestank, die vielen Besoffenen – das alles hielt man alleine in Wahrheit ohnehin nur sehr schwer aus. Also war ich letztlich sogar ein bisschen froh, dass der Spinner mitkam, auch wenn ich immer zwei bis drei Schritte vor ihm gehen würde.

***

Vor Richie Richs Wettlokal standen dann wie immer ein paar alte Männer herum, sie rauchten filterlose Zigaretten, tranken Alkohol aus kleinen Flaschen, und trugen ihre Hosen zu weit oben. Sie zerknüllten Wettscheine und warfen sie auf die Straße, wo schon Teile ihrer Lungen lagen, die sie mit schwerem Husten ausspuckten. Ich fragte Ku: „Na? Bist du zufrieden?"

Er nickte begeistert, als wir ausstiegen, und sagte: „Der alte Mann in der Krise. Das wird ein eigenes Kapitel."

Ich kannte Richie seit vielen Jahren, weil ich früher immer mit Herschel dem Juden hierhergekommen war, als dieser noch in Wien lebte und hohe Beträge bei Pferderennen setzte. Herschel und Richie konnten es miteinander aufnehmen, was Style und Coolness anging, Richie Rich saß stets entspannt und in feinstes Tuch gehüllt in seiner verrauchten Bude, er war gekleidet wie die Kongolesen in ihren Secondhand-Anzügen – es passte irgendwie alles nicht zusammen, sah aber gerade deswegen so verdammt gut aus.

Immer, wenn ich ein bisschen Zeit hatte – also immer –, nahm ich ihm nach der Begrüßung das Brillengestell herunter und putzte ihm ordentlich die verschmierten Gläser, dabei sagte ich diesmal: „Das ist Kubelka. Er ist Gehirnschlosser und schreibt ein Buch über den *Mann in der Krise.*“

Richie ignorierte ihn, wie er das mit allen tat, die er nicht leiden konnte, und sagte zu mir: „Geht's gut?“

Ich sagte: „Ja, geht gut. Ich hab mir grad drüben in Bratislava ein paar Panzerabwehrraketen angeschaut. Falls du also mal welche brauchst, lass es mich wissen.“

Er sagte: „Mach ich. Und wie geht's Willi dem Schwein?“

Ich sagte: „Willi hat sich neulich in Thailand einen Erreger in der Eichel eingefangen, der nicht so prickelnd ist. Jetzt liegt er in einem kirchlichen Krankenhaus, wo sie die Erregung irgendwie nicht in den Griff bekommen.“

Er sagte: „In unserem Alter sollte man vielleicht nicht mehr nach Thailand reisen.“

Ich sagte: „Jedenfalls sollte man in eurem Alter seinen Schwanz nicht mehr in einen thailändischen Arsch hinstecken. Wie geht's denn deinen reißenden Füßen?“

Er sagte: „Ach!“

So und so ähnlich waren unsere Gespräche, seit ich Richie vor vielen Jahren in Dirty Willis Swedish Pornhouse kennengelernt hatte, wo er immer zu *Ascot Assfuck*, *Fuck de Triomphe* und ähnlichen Pornoklassikern aus dem gehobenen Pferdwettenmilieu kam. Aber Pferde wurden immer häufiger gegessen, und das Wettgeschäft insgesamt wanderte ab in die 0–24-h-Klitschen der Wettanbieter namens O'Bet, Wett and Bet oder Bet and Breakfast, die ihre Lizenzen vom Staat gegen hohe Schmiergeldzahlungen nachgeschmissen bekamen, um den Leuten das Geld aus den Taschen zu ziehen und ein paar Prozent davon als Steuer wieder abzuliefern. Das zahlungskräftige Klientel der Sozialhilfeempfänger und Jugendlichen, der Ausländer und Asylanten, die ihr Konto bei der Bank nicht schnell genug ins Minus fahren konnten, kam nicht zu Richie, denn bei ihm musste man seinen Wettschein noch mit der Hand ausfüllen, was für die meisten der Jungs eine zu hohe Hürde darstellte. Und man musste ihm echtes Geld hinüberschieben, das er in einer Handkasse verwahrte. Dafür bekam man auch echtes Geld zurück, falls man mal gewann, was selten genug vorkam. Trotzdem war ein Wettgewinn für die meisten von uns die einzig realistische Chance auf Reichtum, und das war schon irgendwie echt traurig.

Ich schob Richie nun ein Stück Khat hinüber und sagte:

„Probier das mal. Das Zeug kommt aus Afrika und beruhigt die Magennerven, also warum soll es nicht auch deine Füße beruhigen?"

Er sagte „Danke!", und dann wollte ich einen Zehner auf Sieg unserer Gurkentruppe beim heutigen Heimspiel setzen. Die Mannschaft war letzten Herbst mit großen Hoffnungen in die Saison gestartet, der Trainer, „Friss-Gras!-Fritz", hatte seine Jungs in einem Trainingslager draußen in Vösendorf geschliffen, gequält und in den Arsch getreten, und wir hatten sie während des Trainingslagers jeden Tag besucht. Fritz hatte versucht, die Jungs mit Energy-Drinks und Medizinbällen fit zu kriegen, aber

Lemmy hatte sie davor schon fit gemacht – oder ihnen zumindest die Angst vor dem Spiel und dem Versagen genommen, indem er ihnen sein Gras zu rauchen gab, was sie zwar beim Laufen langsamer machte, dafür aber entspannter beim Denken. Lemmy war also ein wichtiger Teil des Betriebes, obwohl Fußball selbst ihn nicht interessierte. Er würde es nicht einmal schaffen, einen Fußball auch nur aufzuheben. Aber er hatte viele Kunden unter den Spielern, und die waren alle mental gut drauf und konnten über alles lachen, selbst über Gegentore.

Richie Rich aber schüttelte nur mitleidig den Kopf, als ich ihm das Geld rüberschob und auf Sieg unserer Truppe setzen wollte, er sagte: „Das wird nichts, Rock. Warum machst du es nicht wie die Mönche und setzt auf eine 0:7-Niederlage?"

Und ich fragte: „Welche verdammten Scheiß-Mönche denn?"

***

Kubelka der Neugierige wollte dann natürlich wissen, warum Richie ihn nicht gegrüßt hatte, er beschwerte sich mit bitteren Worten: „Der alte Spinner hat mich nicht einmal ignoriert, eine Frechheit ist das!"

Ich sagte: „Daran wirst du dich gewöhnen müssen, wenn du mit mir unterwegs bist."

Er fragte: „Woran?"

Ich sagte: „Dass dich die Leute, die ich kenne, nicht mögen."

Unser Stadion lag ganz am Rande von Hernals, einem Arbeiterbezirk an der Grenze zu den reichen Säcken aus dem Schnösel-Bezirk Währing. Deren Verein war erst kürzlich von einem reichen Investor übernommen worden, einem aus Kanada zurückgekehrten alten Knacker, der dort mit Kathetern und Windeln für Alte reich geworden war. Fußballvereine wurden neuerdings immer öfter von irgendwelchen Investoren übernommen, Leuten, die „der Heimat etwas zurückgeben" wollten, wie sie sagten, die aber eigentlich nur in die Politik und sich dort die Gesetze machen lassen wollten, die ihre Geldtaschen noch dicker machten. Diese Vereine bauten dann mit öffentlichen Förderungen VIP-Tribünen in ihren Stadien und hoben die Eintrittspreise an, man aß Kaviar und Hummer und Fingerfood und redete über Geld und Investments, während die Fans ihre Wurst nicht mehr kriegten, weil das zu ordinär war, und man sich die Namen der Spieler nicht merken konnte, weil die wöchentlich wechselten.

Anders wir.

Bei uns waren schon die Dressen nicht fernsehtauglich. Unsere Spieler trugen immer noch schwarze Hosen und weiße Shirts, dazu schwarzweiß geringelte Stutzen, so als wäre das Farbfernsehen nicht längst erfunden worden. Einst von Ziegelböhmen gegründet, standen wir bis heute in alter Arbeitertradition, aber genauso wie die Arbeiterschaft war auch unser ganzer Verein längst im Arsch.

Früher waren wir von der harten Fangemeinde auch noch zu den Auswärtsspielen mitgefahren, aber das legte sich mit den Jahren, als das Leben immer beschwerlicher wurde und die gegnerischen Fans immer schneller auf den Beinen waren als wir und man irgendwann selbst beim Davonlaufen eine Pause einlegen musste, weil man zu viel Gras geraucht hatte, das einen zwar glücklich, aber auch langsam machte.

Die alten Knochen!

Dirty Willi hatte irgendwann das Sponsoring des Sportlerklubs übernommen, was im Wesentlichen hieß, dass die Spieler regelmäßig Freikarten für sein Pornhouse bekamen, wohin sie sich mit ihren weiblichen Fans zurückziehen konnten, um sich dort ihre hängende Spitze aufrichten zu lassen, unbeobachtet von der eifersüchtigen Gattin zuhause. Und die Weihnachtsfeier der Mannschaft fand auch dort statt, während Willi dann *Stoßstürmer Mario* oder *Sex on the Bench* spielte, Pornoklassiker aus dem Fußballer-Milieu mit gut aussehenden, langhaarigen Burschen in den Hauptrollen, die reichlich Pelz an den krummen Beinen hatten und damit in der Dusche herumstanden, sich mit Seife einrieben und darauf warteten, dass die Putzfrau unzeitig vorbeikam, was sie auch immer verlässlich tat, und dann gab's Gang und Bang!

Außerdem wurden bei jedem Heimspiel zehn Freikarten für sein Pornhouse verlost, der Platzsprecher machte deswegen immer noch ein großes Tam-Tam über den Lautsprecher: „Eine Freikarte für Dirty Willis Swedish Pornhouse gewinnt heute die Eintrittskarte mit der Nummer 3!", usw. Und man konnte sich vorstellen, warum Fußball bei uns nie ein Familiensport geworden war.

Im Gegenzug liefen die Spieler mit der Aufschrift Dirty Willis Swedish Pornhouse über den Platz, was insbesondere ein paar Leute aus den anderen Bezirken ins Pornhouse bringen sollte, wenn die Mannschaft auswärts spielte. Nach acht gezischten Bieren würde sich vielleicht einer denken: Da fahre ich mal hin! Das war der Plan mit dem Sponsoring. Aber richtige Fußballfans sind meistens sogar zu besoffen, um sich einen runterzuholen, und sie lieben halt einfach wirklich nichts mehr als Fußball. Wenn sie eine Leinwand vor sich haben, dann wollen sie dort ein Match sehen und wie einer von hinten an den Mann geht, und nicht, wie einer von hinten eine Frau nimmt. Man muss das einfach akzeptieren, dass Fußballfans so bescheuert sind, und dass Willis Sponsoring in Wahrheit seit Jahren keinen einzigen zusätzlichen Kunden ins Pornhouse brachte. Willi unterstützte den Klub also nur noch aus alter Liebe und aus Mitleid.

Ich zeigte am Eingang meine Dauerkarte und wollte eine reduzierte Sozialhilfeempfänger-Karte für Kubelka checken. Aber Bruno an der Kassa erkannte meinen Betrugsversuch sofort und sagte streng: „Der nicht! Der trägt Wildlederschuhe!"

Kubelka machte sich nichts draus. Er zog seine Krokodilledergeldtasche aus der Hose, legte lässig einen Hunderter hin und sagte: „Stimmt schon."

Dafür bekam er eine Karte im Gegenwert von drei Euro achzig, hinter dem Tor auf der Friedhofstribüne, und ich fragte ihn, ob er gestört sei. Aber er sagte einfach, das seien die Preise, die er aus der Oper gewöhnt sei, und ihm sei sowieso scheißegal, wie viel etwas kostete, Geld spiele für ihn keine Rolle.

Ich fragte: „Weißt du jetzt, warum meine Leute dich nicht mögen?"

Wir gingen dann den langen Weg hinüber zur Friedhofstribüne, dabei handelte ich mir ein paar Anfragen bezüglich kaputter Waschmaschinen ein, weil ich ja immer noch den Blaumann trug. Ich lehnte ab, bot aber meinerseits Bazookas an, falls mal jemand welche brauchte. Das Interesse war groß, aber die Brieftaschen waren leer.

Als wir endlich bei unserer Tribüne angekommen waren, klatschte ich mit allen ab, die ich kannte, spuckte auf den Boden, griff mir an die Eier und begann mit den anderen gegen unseren heutigen Gegner anzusingen: „Scheiß auf Victoria, scheiß auf Victoria, scheiß Victoria Simmering!!!", nach der Melodie von *God Save the Queen*. Kubelka schrieb wieder alles auf und nannte es begeistert „Rituale!" und „Urzeitliches Herdenverhalten!" und was weiß ich, was er noch für Worte fand für das ganz Normale, das wir taten. Und dass der Platz, auf dem wir nun standen, Friedhofstribüne hieß, das nannte der Spinner dann eine „Allegorie".

Die Leute fragten mich besorgt nach Lemmy, der hier normalerweise sein *Oregano Speziale* unter die Leute brachte, wir waren alle Fußballfans, aber eben auch Kiffer-Fans, und die Leute vermissten Lemmy sehr. Ich versicherte ihnen allen, dass es ihm gut gehe, und dass er schon sehr bald mit einer neuen Rakete namens *Vaya con Dios* hierher zurückkommen würde.

Dann zündeten wir uns alle das alte Zeug an.

Manchmal hatten wir auf der Friedhofstribüne eine Luft wie in einem schlecht gelüfteten Indianerzelt zur Weihnachtszeit, obwohl sie nicht einmal überdacht war. Wenn der Wind von Osten her wehte, dann konnte es für den Tormann, der ohnehin Stammkunde bei Lemmy war, auch mal zu viel werden.

Der hatte immer einen Balljungen hinter seinem Tor stehen, der ihm den Joint hielt, und ab und zu, wenn mal Ruhe in seinem Strafraum war – was sowieso selten genug vorkam –, drehte er sich kurz nach hinten, griff nach seinem Spliff und zog ein paar Mal kräftig daran, daher sein Spitzname „The Cat", weil er immer geschmeidig wie eine verschlafene Katze im Strafraum herumirrte. Wenn er aber wegen der Windverhältnisse zu viel *Oregano* abkriegte, dann machte er sich in seinem Strafraum auch mal auf die Suche nach Schmetterlingen oder nach kleinen süßen Gänseblümchen im Gras, die er sich dann ins Haar steckte, „be sure to wear some flowers in your hair“, wenn du deinen Kasten sauber halten willst. Das war sein Motto. Ich wollte mir nicht vorstellen, wie seine Leistung sein würde, wenn er erst mit Lemmys Gott gehen würde.

Wenn der Wind aber in die andere Richtung wehte, Richtung Westen, dann kriegten die Kleinen Brüder der Heiligen Legionen Jesu die volle Ladung ab, die hinter der Tribüne, angrenzend an ihren kleinen Friedhof, ein altes Kloster bewohnten, allesamt in biblischem Alter. Von denen herüber roch es immer nach kräftiger Suppe, die sie abends an die Armen verteilten. Die Kuttenträger waren nicht unsympathisch, wenngleich sie natürlich alle einen Sprung in der Schüssel hatten, denn sich solche Röcke anzuziehen und dann auch noch an einen anderen Gott als an den Fußballgott zu glauben, das schafft nun mal tiefe Gräben.

Aber die Zeiten, als wir leichten Herzens auf die fehlgeleiteten Mönche hinunterschauen konnten, im sicheren Wissen, das bessere Leben zu führen mit schnellen Autos, kühlen Drinks und heißen Mädchen, die waren leider vorüber. Der Unterschied, was Gebrechen und Zipperchen anbelangte, war nicht mehr sehr groß, der Rollator wartete bei ihnen im Kloster drüben genauso wie bei uns herüben auf der Friedhofstribüne.

„Sind das die Spieler?“, fragte Kubelka dann und deutete in Richtung Spielfeld, auf dem gerade das

Schiedsrichter-Team den Rasen prüfte. Man musste bei ihm ganz von vorne anfangen, die paar alten Tattergreise, die drüben im Kloster bei den Fenstern standen und herüberschauten, hatten alle mehr Ahnung vom Fußball als er, und vielleicht waren sie deswegen beim Wetten näher an der Wirklichkeit als wir?

Es musste jedenfalls einer dieser Mönche sein, von denen Richie Rich mir erzählt hatte, dass sie seit Wochen alle Heimspiele unserer Truppe richtig tippten. Und obwohl ich sonst nie tat, was die Pfaffen taten, hatte ich mir dann von Kubelka einen Hunderter als Vorschuss auf unser Buchprojekt ausgeborgt, ihn aus Richies Wettlokal hinausgeschickt, damit er nicht sah, was ich Schändliches tat, und wie die Mönche auf 0:7 getippt.

Auf 0:7 gegen die eigene Mannschaft!

Aber das erzählte ich natürlich niemandem von meinen Kumpels hier, sonst wäre ich bald so unbeliebt gewesen wie ein gewisser Wildlederschuhträger, der nun alles gierig aufsaugte, wie man so schön sagt – die Atmosphäre, die affigen Laute, die schlechten Witze, die elenden Gerüche aus freiliegenden Achseln, die tätowierten Bierbäuche. Und der seine Eindrücke eifrig in sein kleines Büchlein schrieb.

Nachdem ich ihm noch erklärt hatte, was Ball, Spieler, Schiedsrichter und Toreckfahne jeweils für eine Aufgabe beim Spiel haben, und in welche Richtung unsere Schwarzweißen in der ersten Halbzeit spielten, fragte ich ihn: „Was trinken?“

Und er sagte: „Ja, zwei Bier.“

Wenigstens das hatte er kapiert.

Als der Schiedsrichter endlich anpfiff, latschte ich in Richtung der Kantine, dabei fing ich mir weitere

Anfragen ein und lehnte wieder alle ab. Nur bei Vanessa in der Kantine überlegte ich zweimal, als sie mich fragte, ob ich ihr den tropfenden Wasserhahn richten würde. Ich kannte ja alle Installateurs-Pornofilme mit Titeln wie *Warum liegt hier eigentlich Stroh herum?* in- und auswendig, und Vanessa war eine dralle Schönheit, deren Wasserhahn man gerne richten wollte. Sie hatte eine sehr tiefe Stimme und sehr viel Arsch, ich klopfte ihr ein paar Mal kräftig drauf, während sie das Bier zapfte, und stoppte dann die Zeit, die es brauchte, bis ihr Arsch zu wackeln aufhörte. Und nachdem sie das vierte Bier gezapft hatte, war es endlich so weit – Rekord!

Wir plauderten dann ein bisschen, ich trank ein bisschen, und als ich wieder zurückkam zu Kubelka auf die Tribüne, war schon fast Halbzeit und ich fragte ihn fassungslos: „Was zum Teufel ist denn hier passiert?"

„Sie haben mich mit Bier übergossen und nennen mich Schwuli!", sagte er. Der Trenchcoat immerhin hatte seinen Zweck erfüllt und ließ das meiste Bier abtropfen, aber das war es eigentlich gar nicht, was mich interessierte.

Auf der Anzeigetafel stand ein 0:4 mit Gegentoren in der 12., 18., 34. und vor Kurzem in der 44. Minute. Hier lief also scheinbar tiefstes Unterschichtfernsehen von einer Cornerfahne zur gegenüberliegenden. Reinste Wiener Liga, reinstes Vergnügen. Aber nur für den Gegner.

„Der Schwanzlutscher hat Visitenkarten verteilt und mich gefragt, ob ich reden will", sagte der King schließlich, der drüben auf der Ottakringer Straße die Diskothek The King betrieb. „Ich will aber nicht reden, ich bin doch nicht schwul!"

Das ist nun mal so im Fußballer-Business, dass man schwul ist, wenn man redet.

Ich musste also für Ku eine Art vorläufige Aufenthaltserlaubnis bei den Jungs erwirken, für den Zeitraum seiner Forschungen, ich sagte: „Er ist ein Freund und Großkunde von Lemmy, also seid bitte nett zu ihm."

Sie sagten: „Echt? Von Lemmy?"

Das kam gut an bei ihnen, denn Lemmy war so etwas wie unser Held, zu dem wir seit zwei Wochen alle aufschauten. Die Pfaffen von drüben waren bis dahin Dauergast auf der Titelseite der *Gosse* gewesen, denn sie hatten während dem Winter Asylwerbern Zuflucht gewährt, eine Aufgabe, die eigentlich der Staat erledigen sollte, die er aber nicht erledigen will, weil Schwarze und solche von südlich der Alpen hier nicht so hoch angesehen sind seit den Zeiten des Adolf. Also müssen das die alten knorrigen Spinner erledigen, die da irgendein Buch haben, in dem scheinbar drinnen steht, dass man den Nächsten lieben soll. Also hatten sie ihnen ein Bett und was zu futtern gegeben und ließen sie kleine Aushilfsjobs in ihrer Wäscherei erledigen, in der sie die Pfarrerskutten der ganzen Republik reinigten und nebenher auch noch die Dressen unserer Mannschaft.

Willi das Schwein wollte den männlichen Aslywerbern, bei denen sich nach langer Flucht natürlich so manches angestaut hatte, vom Krankenhaus aus sofort helfen und ihnen Karten für sein Pornhouse schenken, damit sie dort mal richtig Dampf ablassen könnten, aber das wollten die Mönche nicht, weil das Sünde war, wie sie sagten. Also schenkte er ihnen Karten für unsere Heimspiele, damit sie sich ein wenig zerstreuen konnten, mit ihrer schwarzen Haut passten sie auch gut zu uns mit unserer weißen Haut, und alle miteinander passten wir dann gut zu unseren Klubfarben. Aber die Afrikaner hatten um das

Stadion herum und im Stadion schnell angefangen zu dealen, was dann wiederum Lemmy nicht wollte, nicht, weil es Sünde war, aber weil es sein Geschäft störte. Es war halt nicht einfach, ein guter Mensch zu sein und gleichzeitig seine geschäftlichen Interessen zu wahren.

Beim letzten Heimspiel schließlich war die Bullerei dann plötzlich in Mannschaftsstärke aufmarschiert, hatte das Kloster gestürmt und die ganzen Freaks und Verlierer abgeführt, und dann wollten sie noch alle rausholen, die bei uns im Stadion untergeschlüpft waren.

Wir auf der Friedhofstribüne wussten zunächst gar nicht, worum es bei der Sache ging, weil wir schon wieder so besoffen waren, dass wir gar nichts mehr mitkriegten. Aber dann liefen plötzlich alle von der Friedhofstribüne hinter dem Tor hinüber zur Südtribüne, die an die Straße grenzt, auf der die Bullen ihre Einsatzwagen stehen hatten, und wir schütteten Bier auf sie hinunter und bewarfen sie mit Feuerzeugen, Schuhen, Unterhosen und allem, was wir sonst noch dabeihatten und gerade nicht brauchten, und dann sangen wir aus vollem Herzen „Scheißt auf die Polizei, schlagt sie zu Bullenbrei!“, natürlich nach der Melodie von *God Save the Queen*. Als Höhepunkt der Veranstaltung hatte Lemmy dann noch seine Hose hinuntergelassen und die Bullen dort unten angepisst, sodass am nächsten Tag endlich einmal nicht mehr die Gutmönche mit ihren Asylanten das Thema der *Gosse* waren und Dresche von ihnen kriegten, sondern der Fußball-Mob vom Sportlerklubplatz. Und auf der Titelseite war eben unser Kumpel Lemmy zu sehen, von dem Kubelka Großkunde war, also durfte er jetzt bleiben.

Nach der Pause standen wir dann wie immer mit dem Rücken zum Spielfeld auf der Tribüne und pissten von der Friedhofstribüne hinunter auf den Friedhof, der unserer Tribüne den Namen gab. Wenn man in der ersten Halbzeit fünf Bier gekippt hatte, dann mussten die in der zweiten auch wieder raus, und weil die Reise zum einzigen Klo in dem alten Stadion länger dauerte als die eine Halbzeit, die man noch zum Pissen hatte, drehten wir uns einfach um und ließen es laufen. Das Spiel interessierte sowieso niemanden mehr so richtig, wichtig war das Gemeinschaftserlebnis und das Wissen darum, dass man anders als die ganzen Toten da unten am Friedhof noch irgendwie Leben in sich hatte. Und auch die Mönche da drüben wussten im Vergleich zu uns nicht, wie viel Spaß man haben konnte, wenn man sich samstagnachmittags so heftig betrank, dass man sonntags keinesfalls in die Kirche gehen konnte, was wir aber sowieso als reine Zeitverschwendung betrachteten. Und dann sangen wir beim Pissen „Scheißt auf Papst Benedikt, der nicht ganz richtig tickt!“, natürlich nach der Melodie von *God Save the Queen*, und warfen unsere Bierbecher hinüber und alles, was wir sonst nicht brauchten, was Kubelka dann „doch sehr unreif“ nannte. Aber er war ja das erste Mal hier, und er wusste eben noch gar nichts von einem gelungenen Samstagnachmittag unter richtigen Männern, also interessierte sich auch keiner für den Scheiß, den er redete.

Die wenigen Male, die ich mich dann noch umdrehte, klingelte es in unserer Bude, und vor dem 0:6 in der 78. Minute lag Wall, der Innenverteidiger mit der Nummer 4, in seinem Strafraum beim Elferpunkt herum und hielt sich die Eier, während der gegnerische Stürmer, ein kleinwüchsiger Chinese, ihn lässig umkurvte und einschoss, vorbei an einem verträumt wirkenden Tormann.

Wir fragten uns natürlich, warum Wall am Boden lag und sich die Eier hielt, wo ihn doch gar keiner berüht hatte, und ich im Besonderen dachte: Ein bisschen was von der unbeirrbaren Zuversicht eines aufstiegswütigen Nigerianers würde unseren verwöhnten Jungs da unten ganz gut tun, ein bisschen weniger am Boden herumliegen und jammern, dafür ein bisschen mehr rough and tough, und die Burschen würden mit einem Ziel vor Augen in Richtung Tor marschieren wie Lovegods Bazooka in Richtung Eichenholz.

Aber der westliche Mann war ein verweichlichtes Stück Scheiße, und so ungern ich ihm recht gab: Diesmal schien Kubelka mit seiner Studie wirklich richtig zu liegen. Wenngleich ich mich selbst als rühmliche Ausnahme sah, und er mich hoffentlich auch.

Aber darüber hatten wir noch nicht geredet.

Andererseits: Ich hatte auf 0:7 gewettet. Und nach einem weiteren Tor gegen uns, bei dem der Tormann seine Arme einfach nicht hochzukriegen schien, pfiff die schwarze Sau endlich ab und wir verließen das Stadion, ich und die Pfaffen drüben vielleicht ein bisschen zufriedener als meine Kumpels auf der Tribüne.

Kubelka sang dann beim Hinausgehen immer noch „Scheiß auf Papst Benedikt!" und verteilte wieder übermütig Visitenkarten, ziemlich unreif, wie ich fand, aber durch den vielen Alkohol im Blut auch unbeirrbar wie ein aufstiegswütiger Nigerianer.

Und während ein Großteil der Jungs dann draußen auf der Straße einfach abbog in Richtung Armensuppe bei den Pfaffen, um dort den Tag ausklingen zu lassen, fragte ich mich als Einziger, wie die wissen konnten, dass das Spiel 0:7 ausgehen würde.

***

Ein ruhiger beschaulicher Samstagabend in Lemmys Quattro Stazzione mit seiner berühmten Sortenvielfalt und einer Flasche Slibowitz von Jolanda aus dem Hard & Heavy sollte den Tag abrunden, bevor ich doch noch zum Hörer greifen und Happiness über die Ereignisse des Tages informieren wollte, mit wahlweise: „Schatz, ich hatte einen wichtigen Auftrag zu erledigen, komme aber morgen früh ganz bestimmt vorbei und mache alles wieder gut, okay?“ oder „Hallo Schatz, hatten wir jetzt für morgen ausgemacht, dass ich dir die Leitungen stemme, oder war das schon für heute?“

Kubelka hatte seinen Deal mit Lemmy klargemacht, ein Sack *Oregano Speziale* stand bei der Tür, den wollte er mitnehmen, und einen Sack *Vaya con Dios* hatte er vorbestellt. Sie waren dafür eine Stunde hinten in den Schauräumen gewesen, und nun führten sie vorne auf der Couch noch Fachgespräche darüber, wie sie die Ernte erhöhen könnten, indem sie die Bewässerung professionalisierten, denn seine Wasserleitungen tropften. Lemmys Haus war insgesamt so verfallen und verkommen, dass die Rohre bestenfalls aus Holz sein konnten, alte ägyptische Installateurskunst oder so was. Bestenfalls waren sie aus Blei, aber garantiert nicht aus Plastik.

Ich dachte und sagte: „Denkt ja nicht an mich, wenn ihr was stemmen wollt.“

Während ich mich für mein Gespräch mit Happiness warmsoff, wandte sich Kubelka an mich, legte mir die Hand auf die Schulter und sagte: „Du musst auf jeden Fall hart bleiben, wenn du mit ihr telefonierst. Du darfst ihr keine Angriffsfläche bieten, sei ein Mann!“

Ich legte die Füßchen hoch und trank noch einen Schluck zur Beruhigung. Ich hatte schon die Schelle in der Hand, die Stimme geschmiert und das Süßholz gestapelt, das ich gleich raspeln wollte, da klopfte es oben an der Tür. Ich nahm die Füße wieder runter, ging zur Treppe und schrie hinauf: „Kennwort?"

Aber ich hörte nur: „Leck mich am Arsch, Rocky, und mach einfach auf! Ich bin's, Fritz!"

Keiner hätte damit gerechnet, dass ausgerechnet Friss-Gras!-Fritz, der stahlharte Trainer unserer Truppe, jetzt noch an Lemmys Tür klopfen würde. Fritz war seit Jahren trocken und insgesamt weg von allem, was Spaß machte und bei Lemmy angeboten wurde. Er war ein harter Arbeiter und Grasfresser, für den das Leben kein Spaß war, sondern eine einzige Demütigung. So einer kam nicht, um sich etwas zu besorgen, so einer kam, weil er Probleme hatte.

Ich musste also schwer mit mir ringen, um ihm nicht zu sagen, dass ich den Schlüssel leider verlegt hätte, denn für heute hatte ich eigentlich genug Niederlagen erlebt und in genug Gesichter geschaut, mit denen ich mir eigentlich nur den Arsch auswischen wollte. Ich wollte ganz sicher Nein sagen, sagte dann aber doch durch die Tür: „Sag bitte nicht Rocky zu mir, Fritz, ich heiße Rock wie der Felsen und nicht Rocky wie das Felschen, aber das weißt du doch, nicht wahr?"

Er allerdings wusste weder das noch das Kennwort, das wir eingeführt hatten, seit Lemmy von der Polizei gesucht wurde. Dafür trat er gegen die Tür wie ein wütender Stier, also ließ ich ihn rein. Er hatte den schweren Sack mit den dreckigen Dressen seiner Truppe geschultert, als er herunterstolperte, er warf ihn auf den Boden, und sofort bekam das Wort „Gestank“ eine ganz neue Bedeutung. Kubelka sagte als Erster: „Verdammt, was stinkt denn hier so?“

Und sofort fragte Fritz: „Verdammt, wer ist denn er?“

Er schaute verächtlich auf Kubelkas Wildlederschuhe, und Kubelka schaute verächtlich auf Fritz’ alte Trainingshose und die Turnschuhe, mit denen er verwachsen schien, seit er sich die weißen Tennissocken dazu leisten konnte. Ich stellte die beiden einander vor und sagte: „Der hier macht Mannschaftsaufstellung, der hier Familienaufstellung.“

Aber es funkte nicht zwischen den beiden.

Fritz hatte den Trainerjob bei den Schwarzweißen übernommen, als Dirty Willi die Präsidentschaft und das Sponsoring übernommen hatte. Die beiden kannten sich aus Willis Pornhouse, wo Fritz nach seiner aktiven Karriere als Spieler den gemütlichen Teil seines Lebens bestreiten wollte, in einer schwarzen Trainingshose. Bis er seine Tabak-Trafik, die ihm finanzielles Standbein war und seine Pornhousebesuche ermöglichte, versoffen hatte. Willi fasste sich schließlich ein Herz und fragte ihn während eines *Fred-Bull*-Filmes:

„Willst du nicht unser Trainer werden? Dann hast du eine Aufgabe und kommst vielleicht vom sinnlosen Saufen weg.“

Mit Betonung auf „sinnlos“.

Von einem Tag auf den anderen verkaufte Fritz keine Zigaretten und Bingo-Lose mehr, sondern musste entscheiden, ob die verdammte Viererkette in seiner Abwehr higher spielen sollte als Lemmy an einem gewöhnlichen Tag war, oder eben tiefer. Unter seiner Königspudelfrisur, die mittlerweile schlohweiß geworden war, konnte man richtig zusehen, wie das Hirn kochte und er überlegte, wie und was seine Jungs spielen sollten. Aber letztlich war er ein Mann alter Schule und setzte auf ehrliche, harte Arbeit. Die Trainingshose war sein Markenzeichen, er trug sie immer, auch jetzt. Und dazu ein weißes Polo-Shirt, das perfekt zu seiner schrebergartengebräunten Lederhaut passte und zu den falschen Goldkettchen.

Fritz setzte sich auf seinen schmalen Arsch und sagte: „Hast du was zu trinken?"

Ich fragte behutsam: „Wasser?"

Aber er wollte Bier.

Das überraschte mich, denn er hatte tatsächlich aufgehört zu saufen, und wir alle empfanden deswegen Mitleid mit ihm, also fragte ich: „Bist du dir sicher? Ich dachte, du bist trockener Alkoholiker?"

Er sagte: „Alkoholiker schon, aber halt nicht mehr trocken!"

Ich reichte ihm die Hand und sagte: „Gratuliere! Seit wann denn?"

„Ach", sagte er. „Ich hab neulich irgendwo gelesen, dass im Wasser weibliche Hormone drinnen sind, kannst du dir das vorstellen? Also hab ich mir gesagt, ich trinke doch keine weiblichen Hormone, da trink ich doch lieber wieder Bier."

Ich sagte: „Da täuschst du dich aber gewaltig. Im Wasser ist Blei drinnen."

„Blei im Wasser?", fragte er. „Sag mal, bist du besoffen? Wie willst du denn zu Silvester Blei gießen, wenn im Wasser schon Blei ist?"

Ich beendete die sinnlose Diskussion und servierte ihm eine Flasche Bier. Er biss sie mit den Zähnen auf und trank den Saft in einem Zug hinunter, so wie er es früher jahrelang getan hatte. Dann wischte sich Fritz zufrieden den Schaum vom Mund und sagte: „Aaah!"

Alter Grasfresser!

Kubelka wollte eigentlich gerade gehen, als Fritz an die Türe klopfte. Aber nun sah ich in seinen Augen, wie sehr er bedauerte, dass er keine Kamera dabeihatte, um FGF fotografieren und Bilder von ihm in sein neues Buch kleben zu können. Er setzte sich wieder, schlug die Beine übereinander, legte sein Notizbuch drauf und sagte zu Fritz: „Du siehst aus, als wolltest du reden. Willst du?"

Fritz sah meiner Meinung nach aus, als wollte er Ku einen Medizinball ins Gesicht schießen, aber er hatte keinen dabei. Also fing er doch an zu reden und sagte: „Rock, ich weiß nicht, ob dir schon aufgefallen ist, dass wir in der Frühjahrssaison alle Heimspiele verloren haben und meine Spieler dabei aussehen wie verdammte Idioten, die keine zwei Schritte geradeaus laufen können, hast du vielleicht eine Erklärung dafür?"

Ich sagte: „Na ja, ich bin in der ersten Halbzeit relativ oft in der Kantine, da will ich ehrlich sein. Und in der zweiten Halbzeit stehen wir dann meistens mit dem Rücken zum Tor und singen ‚Scheiß auf Papst Benedikt', das wird dir vielleicht schon aufgefallen sein, also: Habt ihr vielleicht schlecht trainiert?"

Er sagte: „Witzbold! Wenn ich sie Medizinbälle schleppen lasse, Treppen hinaufjage, 300 Liegenstütze auf einem Arm von ihnen verlange und sie eine Stunde lang Schnurspringen müssen, was nur auf den ersten Blick eine leichte Übung ist – frag mal Muhammed Ali, wie anstrengend das ist! –, dann ist das schlechtes Training? Du spinnst ja!"

Fritz war ein Ehrenmann. Er wollte, dass die Jungs auf der Tribüne für ihr Geld, das meistens vom Sozialamt kam, etwas geboten kriegten, mindestens ehrliche Arbeit, Kampf und Einsatz, wenn schon kein Talent vorhanden war. Und wenn man dann eben trotzdem verlor, dann war das okay, Hauptsache, man hatte alles gegeben und die Muskeln waren schön übersäuert.

Er knallte den Sack mit den Dressen auf den Tisch und öffnete ihn, ich rang nach Luft und sagte: „Verdammt, Fritz! Was machst du denn?"

Kubelka fächerte sich mit seinem Notizbuch frische Luft zu, während der Gestank Lemmy endgültig ins Land der Träume trug. Fritz holte einen verdreckten Ringelstutzen heraus mit einer kleinen schwarzen Nummer 7 drauf, zupfte ein paar Drecksklumpen und Grashalme herunter und sagte dann: „Heute zum Beispiel Kotalik, unsere hoffnungsvolle Nummer 7! Er läuft in der 6., 27. und 39. Minute alleine aufs Tor zu. Aber gerade als er den Torwart umspielen will, kann er nicht mehr weiter, und weißt du, warum? Weil ihm die Beine so schwer wurden wie Blei."

Ich fragte besorgt: „Wie Blei?"

„Ja, wie Blei!"

„Hat der Typ vielleicht vor dem Spiel etwas Schlechtes gegessen, Sushi oder so was?", wollte Kubelka wissen, aber Fritz sagte: „Ich bitte dich! Kein normaler Mensch isst freiwillig Sushi!"

„Ich schon", sagte Ku.

„Kein normaler Mensch!", schrie Fritz.

Dann schob er mir die Stutzen herüber und fragte: „Siehst du das Loch hier?"

Ich schaute mir ein kleines Loch im Stutzen genauer an und fragte: „Motten?"

Er schob den Stutzen zu Kubelka hinüber und fragte ihn: „Und du, Klugscheißer. Was siehst du?"

Der Klugschießer sagte: „Ganz kleine süße Motten vielleicht?"

„Ha! Motten! Hast du noch ein Bier?", schrie Fritz.

Ich brachte es ihm, er biss es wieder auf und zischte es in einem hinunter. Ich versuchte einen Spielzug durch die Mitte, mit dem ich das Match endlich beenden wollte, und sagte zu Fritz: „Jetzt beruhig dich wieder. Wir gehen doch schon lange nicht mehr zum Spiel, weil wir euch Pfeifen gewinnen sehen wollen, wir gehen, weil wir nichts anderes zu tun haben. Aber man liebt doch seine eigenen hässlichen Kinder deswegen nicht weniger, nur weil sie hässlich sind. Man liebt sie doch deswegen nur umso mehr!"

Das hatte ich mal irgendwo gehört, und es schien mir jetzt passend. Fritz schaute mich wirklich überrascht an und fragte: „Du liebst mich also?"

Ich sagte: „Aber natürlich!"

Was sollte ich schon verlieren, wenn ich ihm sagte, dass ich ihn liebe? Vielleicht würde er dann endlich nach Hause gehen.

Aber er lehnte sich stattdessen an mich, als wollte er gar nicht mehr nach Hause gehen, und drückte mich so heftig, als wäre er schon lange nicht mehr richtig geliebt worden.

Als er mit Drücken fertig war, holte er wieder was aus dem Sack, diesmal den Tormannpullover unserer Katze, der war schön gelb und hatte hinten eine 1 drauf. Fritz zeigte mir die Arme des Pullovers, auch sie hatten Löcher, etwas größer sogar noch als die in den Stutzen, er sagte: „Unser Tormann war in jeder Altersklasse der Beste, alle nennen ihn die Katze von Dornbach, aber was macht er heute? Er kriegt sieben Dinger rein und sagt mir nachher, dass er den Ball zwar auf sich zukommen sieht und dass er auch genau weiß, was er tun muss, um ihn zu halten. Aber dann kriegt er die Flossen nicht rauf, weil sie ihm schwer werden wie …"

Ich fragte schon ein bisschen besorgter: „… wie Blei?"

Fritz nickt: „Ja, wie Blei! Und das geht schon die ganze Frühjahrssaison hindurch so, wie er mir heute sagte!"

Ich holte den Schnaps von Jolanda und fragte Fritz, ob er etwas Richtiges zu trinken haben will, und er sagte: „Ja!" Er nahm einen kräftigen Schluck, und dann sagte er, was alle sagen, wenn sie von Jolandas Schnaps nippen: „Aaaah!"

Ich überlegte währenddessen: „The Cat" war einer der ältesten Kunden von Lemmy überhaupt. Das Zeug machte ihn zu einer Art tiefenentspannten Statue. Oft ging er langsam auf den Gegner zu, der wie ein Irrer auf ihn zugerannt kam, blieb dann einfach stehen, breitete die Arme Richtung Sonne und wurde dabei angeschossen. Oder er machte die Stürmer so nervös und wahnsinnig mit seiner Seelenruhe, dass sie sich verstolperten und danebenschossen, wenn er sie plötzlich umarmen wollte, anstatt sie zu stoppen.

Auch Kotalik, die Nummer 7, war einer von Lemmys Kunden. Ein relativ neuer Außenspieler, der sich mit Lemmys *Oregano Speziale* die Seitenlinie schönrauchte, wo er dann meistens verloren herumstand.

Zwei Typen also, die bei Lemmy Kunden waren und das Zeug rauchten, das er mit seinen lecken Wasserleitungen bewässerte. Und die jetzt ihre Arme und Beine nicht mehr hochkriegten, weil sie schwer waren wie Blei.

Ich war besorgt.

Da holte Fritz noch die Hose mit der Nummer 4 heraus. Sie gehörte Wall, dem Innenverteidiger, der heute mit schmerzenden Eiern herumgelegen war, als ich zurück auf die Tribüne kam. Fritz stülpte das Innere der Hose seiner Nummer 4 nach außen, den Teil also, der den Eiersack und den Schwanz des Spielers während des Spiels in der Hose halten sollte. Und dann zeigte er uns das Loch, das ziemlich groß war, und fragte höhnisch: „Sind das vielleicht auch Motten, ihr Klugscheißer?"

Kubelka sagte: „Große Motten vielleicht?"

Fritz warf ihm die Hose ins Gesicht und schrie: „Wall ist unser Turm in der Schlacht! Er hatte den Mittelstürmer sicher im Griff, einen zwar giftigen, aber kleinwüchsigen Chinesen, der allerdings in der 6., in der 17. und in der 32. Minute an ihm vorbeiging, als wäre er gar nicht da, weil der sich immer an den Sack fassen musste, und weißt du warum?"

Ich fragte hoffnungsvoll: „Länger nicht gewaschen?"

Kubelka kicherte, während Fritz sich nachschenkte und sagte: „Wieder falsch. Er griff sich an den Sack, weil ihm die Eier plötzlich so wehtaten, als hätte ihm seine Alte die High Heels hineingerammt. Er wälzte sich jedes Mal auf dem Boden, während der Scheiß-Chinese auf unseren Tormann zulief und der – na?"

„Die Arme nicht hochkriegte?", sagte ich.

„Ja genau! Und jetzt frag ich dich noch mal: Hast du eine Erklärung dafür?"

Ich sagte: „Nein."

Denn Wall war kein Kunde von Lemmy. Es konnte also nicht an seinem Gras liegen, dass ihm die Eier wehtaten.

Fritz war aber noch nicht zufrieden. Er schaute Ku an und fragte ihn: „Und du, Klugscheißer? Fällt dir dazu was ein?“

„Eines ist doch klar“, sagte Ku. „Die Zeiten, wo man durch ehrliche Leistung etwas erreichte, sind lange vorbei, falls es sie je gegeben hat.“

Fritz fragte mich: „Was meint er?“

Ich sagte: „Keine Ahnung, frag ihn.“

Kubelka meinte Folgendes: „Mit ‚Ehrlich währt am längsten‘ kannst du dir heute vielleicht noch ein paar Rüben kaufen, aber keinen Kaviar. Und was wollen die Leute? Rüben oder Kaviar? Ha?“

Fritz sagte: „Ich hasse Kaviar!“

Ich sagte: „Ich will Rüben!“

Und Kubelka selbst wollte auch Rüben, also sagte er: „Ihr wisst schon, was ich meine!“

„Ich verdammtnochmal nicht!“, schrie Fritz. „Also spuck's endlich aus!“

Ku spuckte: „Das klingt verdammt nach manipulierten Spielen, wenn du mich fragst.“

Fritz deutete zufrieden mit dem Finger auf ihn, nickte schwer und winkte uns dann ganz nah an sich heran, als hätte er uns ein großes Geheimnis zu verraten: „Es gibt Leute“, flüsterte er, „die haben da drüben bei den Mönchen in letzter Zeit öfter einen riesigen Neger mit zwei Köpfen gesehen, der da immer beim Fenster herausschaut.“

Ich sagte: „Jetzt mach aber mal einen Punkt, Fritz, man sagt doch schon lange nicht mehr Neger. Und was meinst du überhaupt mit zwei Köpfen?“

Er sagte: „Na, der Typ hat zwei Köpfe und schaut mit vier Augen!“

Wir fragten uns natürlich sofort, ob es an den zwei schnell gezischten Bieren und an Jolandas Slibowitz liegen konnte, die ihn so etwas erfinden ließen, oder ob etwas Wahres dahintersteckte. Aber wir kamen nicht drauf, bis Fritz selbst uns sagte, was seiner Meinung nach nicht stimmte:

„Meine Spieler sind verzaubert."

Verzaubert war ein großes Wort, wie ich fand. So was kannte man sonst nur vom Africa Cup of Nations, wo sie wirklich mit allen Mitteln arbeiten, um den Gegner zu schlagen, auch mit Voodoo, zerstampften Hühnerknochen und ausgestochenen Adleraugen, die sie dem Spielmacher in die Tasche stecken, damit er das Spiel besser lesen kann. Aber Zauberei auf dem Fußballplatz einer hoch entwickelten Bananenrepublik?

Wir auf der Friedhofstribüne hatten jedenfalls noch nie so ein Monster da drüben gesehen, aber wir schauten natürlich auch nicht auf das Kloster, wenn wir pissten, sondern auf unseren Hosenstall.

Andererseits hatte Fritz natürlich recht, wenn er sagte: „Es geht das Gerücht, dass die Bullen bei der Räumung des Klosters im Winter nicht alle Neger rausholen konnten, weil sie sich dann um euch kümmern mussten."

Ich sagte: „Ja, das Gerücht kenne ich."

Also fand Fritz, dass an der Sache mit dem Zauber etwas dran sein könnte, und er bat mich: „Kannst du für mich herausfinden, was da drüben läuft?"

Aber ich hatte keine Lust auf so einen Scheiß, ich sagte: „Tut mir leid, Fritz, ich muss in den nächsten Tagen wirklich sehr dringend sehr viele Leitungen stemmen, warum fragst du nicht ihn?"

Dabei deutete ich auf Kubelka, und der fand sofort Gefallen daran. „Ich kann in deine Mannschaft hineinhören", sagte er. „Vielleicht sind deine Spieler ja in irgendeiner Weise blockiert oder gehemmt? Ich kann gruppendynamische Prozesse erkennen und dir sagen, was nicht stimmt mit ihnen. Ob sie gegen dich spielen, weil du ein schlechter Trainer bist, oder ob die Spiele tatsächlich manipuliert oder verzaubert sind, wie du das nennst."

„Scheiße", sagte Fritz. „So was kannst du?"

„So was kann ich natürlich!", sagte Ku.

Fritz sah mich verzweifelt an: „Was redet denn der für einen Scheiß? Ich trainiere Männer, keine Waschweiber. Meine Männer sind nicht gehemmt!"

Er biss ungehemmt eine weitere Bierflasche auf und kippte sie in einem Zug hinunter. Das Bier schmeckte ihm besser als das Angebot von Ku, allerdings wusste er selbst auch nicht mehr so recht weiter. Erst nach einem weiteren Bier willigte er ein, Ku in seine Mannschaft hineinhören zu lassen, war aber nicht bereit, für solchen Mädchenkram auch Geld auszugeben.

„Okay", sagte Kubelka, „aber dafür darf ich die Ergebnisse meiner Arbeit für eine Studie verwenden, okay?"

„Steck dir deine Studie in den Arsch!", sagte Fritz angewidert.

Dann schüttelte er den Kopf, ohne jedes Verständnis für die neuen Zeiten und Männer, die angeblich blockiert sein sollten.

Ich gab ihm dann noch ein Bier mit auf den Weg und steckte ihm ein paar Joints zu, freilich mit Vorbehalten. Denn die Sache mit dem Blei in Lemmys *Oregano Speziale* schmeckte mir gar nicht und wollte mir nicht mehr aus dem Kopf.

Was, wenn das Zeug, das wir rauchten, tatsächlich verseucht war? Und was, wenn wir selbst schon verseucht waren?

Den Sack mit den Dressen konnte Fritz in seinem Zustand natürlich nicht mehr schleppen, als wir ihn die Treppe hinaufschoben, also ließ er ihn einfach da. Und ich ließ mich dazu hinreißen ihm zu versprechen, dass ich die Dressen zum Waschen ins Kloster hinüberbringen würde, obwohl ich damit eigentlich nichts zu tun haben wollte.

„Frag mal, wie groß dort die Motten sind!“, sagte Fritz.

„Versprochen.“

Als er davonging, torkelte er wenigstens wieder wie ein richtiger Mann und ging wie John Wayne nach einem langen Ritt durch die Prärie.

Als ich von der Tür zurückkam, schüttelte ich den Kopf und sagte: „Ts ts ts. Was für ein Tag!“

„Glaubst du, ich darf ihn mit vollem Namen erwähnen?“, fragte Ku, als ich mich auf die Couch setzte und die Füße ausstreckte. Ich schaute ihn streng an und sagte: „Du lässt mich dann aber auch wieder mal in Ruhe mit dem Scheiß, oder?“

***

Als ich Kubelka endlich nach Hause schickte, war es längst Erster Mai geworden, Tag der Arbeit, und ein paar verwegene Spinner jenseits der 90, teils noch Mitbegründer der Sozialistischen Partei, marschierten frühmorgens in Sternformation in Richtung Rathaus an unserem Haus am Brunnemarkt vorbei, um den Ausgestoßenen, Ausgespuckten und Ausgebeuteten unserer Gesellschaft zu gedenken, die aber großteils lieber zuhause vor der Glotze liegen geblieben waren und dort Bier kübelten und Chips fraßen, anstatt *Die Arbeiter von Wien* zu singen.

Ein Arbeiter zählt heute einfach nichts mehr, weil es insgesamt zu wenig Arbeit gibt, und von der wenigen Arbeit, die es noch gibt, wollte ich keinem etwas wegnehmen. Man schafft es mit Arbeit einfach nicht mehr ins Vorstadthäuschen samt Garten und Buchsbaum, also wollte auch ich den Feiertag lieber oben in meinem Büro im Bett verbringen und mir vor der Glotze ein paar Bier reinkübeln und fette Chips fressen, bevor ich dann doch lieber erst morgen, dafür aber gut erholt, die Stemmarbeiten bei Happiness in Angriff nehmen würde.

Ich reckte kurz die linke Faust in die Höhe und sang eine halbe Strophe „Scheißt auf die Politik, die euch von hinten fickt!“ mit, nach der Melodie von *God Save the Queen*. Und weil ich immer noch den Blaumann trug, winkte man mir begeistert zu. Dann war die Revolution auch schon wieder am Quattro Stazzione vorbeigezogen, wich noch ein paar schwarzen Geländewägen aus und trat in den einen oder anderen schönen Haufen Hundescheiße, bevor sie in einem Bierlokal verschwand und das Saufen dem Klassenkampf vorzog.

Ich stieg wieder zu Lemmy ins Souterrain hinunter, sagte „Freundschaft!“ und stellte ihm den Fressnapf hin, da läutete die Schelle. Ich drückte auf Grün und sagte: „Superschnüffler Rock Rockenschaub löst auf alle Fälle alle Fälle, was kann ich für Sie tun?“

„Ich bin's, Guttmann.“

Es war Guttmann, den ich aus Dirty Willis Swedish Pornhouse kannte, wo er sich am liebsten Filme mit Butt Simpson in der Hauptrolle anschaute, die einen gewaltigen Arsch hat, oder mit Titt Eklund, die enorme Quasten trägt. Guttmann war Bulle und als solcher zuständig für Gewaltdelikte in Wien Südwest. Ich hatte mich ja schon gefragt, ob denn in dieser Gegend gar keiner mehr ermordet wurde, weil er seit Wochen nicht mehr angerufen hatte. Normalerweise lagerte er nämlich immer gewisse Ermittlungsarbeiten an mich aus, sobald er einen Fall übernahm, aber wenn man sich nicht ständig um seine Freunde kümmert, dann kümmern die sich auch nicht um einen selbst, und ruft man sie nicht jeden Tag an, dann rufen sie einen ganz bestimmt nicht zurück.

So ist das nun mal mit Freunden.

Dirty Willy immerhin hatte sich sofort bei mir gemeldet, nachdem er aus Bangkok kommend am Helmut Qualtinger International gelandet war, von dort aus hatte ich ihn direkt ins Krankenhaus der Kleinen Schwestern der Legionen Jesu gebracht, mit einer bis zu den Knien hängenden, schwerst entzündeten Eichel. Aber von Guttmann erfuhr ich erst jetzt, dass er seit zwei Wochen auf Kur in Baden war, ich fragte sicherheitshalber: „In Baden bei Wien?"

Er sagte: „Ja! Aber jetzt bin ich in einem Weinberg bei Baden bei Wien."

Das mit dem Weinberg war ein Schock für mich, den ich erst einmal verdauen musste. Ich hatte in meinem ganzen Leben noch keinen Wein getrunken, da könnte ich auch gleich Weintrauben essen, wie ich fand, ich esse aber aus Überzeugung kein Gemüse. Also was zur Hölle suchte Guttmann in einem Weinberg?

Was er mir dann darüber erzählte, glich den beunruhigenden Meldungen aus den Wirtschaftsnachrichten, die sich allesamt glichen: „Zu wenig Arbeit für zu viele Leute!"

Der Mittelstand mit seinen verrückten Ehedramen und bewährten Konfliktlösungen wie Bauchstich oder Kopfschuss siedelt immer häufiger ins Umland, sodass in der Stadt selbst oft nur noch die Elenden und Obdachlosen zurückbleiben. Aber um Morde an denen kümmert sich grundsätzlich niemand, der Staat ist im Gegenteil froh, wenn die sich gegenseitig umbringen, weil ihm das Geld spart. Und Morde unter den Superreichen, die in der Innenstadt und in den Nobelbezirken leben, werden nicht von Guttmann, sondern von irgendwelchen Sonderstaatsanwaltschaften zu Tode ermittelt, sodass dann nie eine Anklage erhoben wird, weil der Staat dem reichen Unternehmertum lieber nicht auf die Zehen steigen will.

Es gab in Wien also zu wenige Morde, um alle darauf spezialisierten Bullen sinnvoll zu beschäftigen, darum zwang man nun einige von ihnen, sich als Staatsdiener einem Leiharbeiter-Putztrupp anzuschließen, wie mir Guttmann erzählte. „Und andere sollten dazu überredet werden, sich umschulen zu lassen und in den Zügen der Bundesbahn das Snack-Wägelchen durch die Gänge zu schieben, aber mit 50 Prozent Gehaltsabschlag!"

Ich sagte: „Das hört sich doch nicht schlecht an, Gutti, wie gefällt dir denn die Idee?"

Er sagte: „Leck mich am Arsch!"

Und die, mit denen der Staat gar nichts mehr anfangen konnte, steckte er in dieses Kurhaus bei Baden bei Wien.

„Du hättest mich wirklich mal anrufen können!", beschwerte sich Guttmann. Dabei klang er, als hätte er sich ein wenig mehr Anteilnahme erwartet. Oder klang er immer so? Man vergisst einfach so schnell, wie die Kumpels klingen, wenn man sie ein paar Wochen lang nicht gesehen hat, ich sagte einfühlsam: „Du weißt doch, wie schnell mein Akku immer leer ist."

Er sagte: „Das wusste ich nicht."

Jetzt wusste er es.

***

Wenn der städtische Mensch alleine im Weinberg herumsteht, den wilden Tieren ausgeliefert und hilflos gegenüber Gelsen und Mücken, dann ist es von größter Wichtigkeit, ihm Hoffnung zu geben. Man muss den Unglücklichen unbedingt bei Laune halten und ihm eine Perspektive geben, so steht es in jedem vernünftigen Ratgeber für Überleben in der Wildnis, also sagte ich zu ihm: „Ich bin in ein paar Minuten bei dir." Obwohl ich natürlich etwas ganz anderes sagen wollte, als er mich darum bat, ihn dort rauszuholen.

Kaum saß ich dann im Datsun, merkte ich aber, dass das mit den ‚paar Minuten' eine übertrieben optimistische Einschätzung war, denn ich hatte Jolandas gesamte Schnapsvorräte im Kofferraum liegen, alles in allem an die hundert Flaschen mit 1,5 Litern Inhalt, die mich zu tempiertem und vorsichtigem Fahren zwangen.

Jolanda betrieb gegenüber von Lemmys Quattro Stazzione ihre Gulaschbude Hard & Heavy, die früher mal ein Plattenladen gewesen war. Die Platten standen nun aber alle bei Lemmy in seiner ehemaligen Pizzeria herum und sollten seinen Drogenvertrieb tarnen. Er deklarierte jedes Jahr wenig bis gar kein Einkommen daraus und bezog lieber Sozialhilfe vom Staat, obwohl er auch Hausbesitzer war. Lemmy hatte es also geschafft und konnte in der sozialen Hängematte friedlich in den Tag hinein schlafen, solange er wollte, während sich sein Vermögen aus Drogenverkäufen und Mieteinnahmen jeden Tag wie von selbst vermehrte.

Leider wusste er selbst nie genau, wo er es gerade versteckte.

Jolanda hingegen musste noch ein paar Jährchen buckeln und die Sozialsysteme des Landes mit Geld auffüllen, das dann vom Finanzminister gerecht unter seinen Freunden und Günstlingen verteilt wurde. Und irgendwann in ferner Zukunft, wenn ihr die viele Arbeit das Kreuz gebrochen hatte, würde Jolanda vielleicht den Witz einer staatlichen Pension kriegen.

Mit sehr viel Geschick fand sie ein Auskommen knapp unterhalb der Armutsgrenze, und über die Armutsgrenze kletterte sie nur, wenn sie ihren serbischen Slibowitz schwarz verkaufen konnte, den sie unten im Keller bunkerte. Aber vor ein paar Tagen hatte plötzlich frühmorgens ein Steuerfahnder bei ihr angedockt, ausgestattet mit Ärmelschonern und einer guten Nase für Geld, das das gemeine Volk vor dem Staat versteckt.

Gott sei Dank waren wir an diesem Morgen noch alle bei ihr gewesen, hatten ihren Schnaps gesoffen und uns über dies und das unterhalten. Wir waren alle in Bestform, und so konnte Kubelka den Steuerfreak in ein Gespräch über Burn-out bei Staatsdienern verwickeln, als er versuchte einzutreten, er drückte ihm sogar einen Gutschein für ein Erstgespräch in die Hand, und am Ende hatte er ihn fast so weit gehabt, dass er sich bei ihm auf die Couch legte, wenn nur Ku selbst endlich aufgehört hätte zu reden. Was er nicht tat.

Währenddessen konnten Lemmy und ich die Flaschen aus dem Keller holen und in meinen Datsun wuchten, ich ein paar Flaschen mehr als Lemmy, der schon nach der zweiten die Latschen von sich streckte.

Die Flaschen hingen mir jetzt aber schwer im Arsch. Dazu kamen die Hilti und der frühmorgendliche Ausflugsverkehr, die mich in meinem Fortkommen bremsten. Ich brauchte also schon eine halbe Stunde bis zur A2, und dann noch mal eine ganze bis zur B17, man kam einfach nur sehr schwer in die Gänge, wenn man solche Freunde hatte wie ich.

Um das Gesamtgewicht ein wenig zu reduzieren, trank ich eine halbe Flasche aus und sagte „Aaaaah!", dazu rauchte ich ein wenig von Lemmys neuem *Vaya con Dios* zur Probe und sagte „Uuuuh!". Ich muss schon sagen: Was Lemmy da züchtete, das hätte Jimi Hendrix die Locken ausgezwirbelt.

Mit Gott im Blut und Freude im Herzen ging es dann endlich halbwegs flott dahin, ich hatte reichlich Fahrtwind bei offenen Fenstern und hörte Bill Withers' *Ain't No Sunshine When She's Gone*. Dabei brannte mir die Sonne ins Gesicht, und mir dämmerte trotz guter Laune, dass ich irgendwie doch größere Probleme hatte als die paar Flaschen Slibowitz, der in der aufgehenden Sonne hinten im Kofferraum langsam heiß wurden und zu explodieren drohten –

„Wonder if she's gone to stay."

Ich war noch ganz old school ohne Navi unterwegs, sodass mich Guttman per Telefon zunächst vorbei an Raps- und Sonnenblumenfeldern dirigieren musste, solange ich auf der B war, und dann sah ich nur noch Weinberge, so weit das Auge reichte. Während Guttmann „Feldweg nach links!" und „Feldweg nach rechts!" sagte, hatte er genug Zeit, mir zu erzählen, wo er in den letzten

Wochen genau gewesen war: „Dieses Kurhaus war früher im Eigentum des Staates“, sagte er. „Die Bullen rissen sich darum, dorthin geschickt zu werden, es gab drei Wochen lang gutes Essen, guten Wein, und gleich in der Nähe gab es einen guten Puff, der angeblich dem Vatikan gehört, aber das ist nur ein Gerücht.“

Ich sagte: „Ich geb nicht viel auf Gerüchte.“

„Als ich dort ankam“, erzählte Gutti weiter, „war der Laden aber gerade an einen privaten Investor verkauft worden, dessen Name mir jetzt aber nicht mehr einfällt. So eine privatisierte Kuranstalt muss natürlich ausgelastet sein, man erzählt sich, dass der Finanzminister einen Vertrag mit diesem Investor abgeschlossen hat, was ihm eine garantierte Auslastung mit Bullen und anderen Beamten beschert, zu einem Tagessatz von sage und schreibe 5000 Euro pro Nase, den natürlich der Staat übernimmt.“

Ich sagte: „Dann habt ihr ja sicher gut gegessen?“

„Eben nicht! Es gab zwei Wochen nur übelste dünne Suppe und übelsten dünnen Grünen Tee“, beschwerte sich Gutti. „Dazu harte Matratzen, und ins Puff konnten wir auch nicht gehen, weil am Personal gespart wurde und der Nachtportier entlassen worden war. Man kam also nicht mehr hinein, wenn man erst mal draußen war. Wir kriegten nicht mal die Gratis-*Gosse* zu lesen, sodass ich heute gar nicht weiß, was während der letzten zwei Wochen auf der Welt passiert ist.“

Da immerhin kann ich dich beruhigen“, sagte ich. „Es ist rein gar nichts passiert auf der Welt, wo muss ich denn jetzt hin?“

„Sobald du ein Schild mit der Aufschrift MESSWEINGUT SITTL siehst“, sagte er, „folgst du dem Weg.“

Ich fragte: „Sagtest du Messwein?"

Ich hielt Ausschau nach diesem Schild, und während ich jetzt auch noch Khat kaute gegen den schlechten frühmorgendlichen Atem, fing ich beinahe an, das Umland zu genießen. Ich ließ das ganze verdammte Grün auf mich wirken und hatte plötzlich so ein Verlangen, wie eine Wickelrock tragende Teeverkäuferin vollkommen eins zu werden mit der Scheiß-Natur. Dabei bemerkte ich lange nicht den Hubschrauber, der über mir aufgetaucht war, gelb und blau angemalt wie ein Schwede auf dem Weg ins Möbelhaus. Er flog über mich hinweg, ohne mich groß zu beachten, und ging dann irgendwo weiter hinten inmitten von dem ganzen Naturwahnsinn runter. Und nach noch einmal zweihundert Metern Fahrt über holpriges Geläuf, als ich vor lauter Grün schon keine Weinberge mehr sah, sprang mir endlich Guttmann von links auf die Motorhaube drauf, wie ein sehr alter Hirsch, ich erschrak fürchterlich und schrie: „Verdammt, Gutti, wie siehst denn du aus?"

***

So wie er nämlich aussah, wäre es meine verdammte Pflicht gewesen, sofort Kubelka anzurufen. Guttmann toppte Lovegod und Fritz bei Weitem, was Männer in der Krise anging, sogar Lemmy war ein Strahlebär gegen ihn. Man hätte ihn im Museum ausstellen müssen und dafür Geld verlangen. Irgendjemand hatte ihm das ganze Fett ausgelassen und seine Wangen ausgehöhlt, das ungesund Rote im Gesicht, das ekelhaft Wurstige in seinen Fingern, das Gold um die Hüften – alles verschwunden! Dünne Suppe und Grüner Tee hatten aus einem Mann einen Windsack gemacht. Ich stieg aus und sagte mitfühlend:

„Wir fahren sofort zu Jolanda und füllen den Wanst wieder auf, okay?“

Aber nix da!

Guttmann nahm mich stattdessen an der Hand, was mir ein bisschen unangenehm war, und zog mich in den Weinberg hinein, als wollte er dort mit mir zusammen auf den Vollmond warten und dann spazieren gehen.

„Glaubst du, ich hab dich angerufen, damit du mich ins Gasthaus bringst?“, fragte er. „Ich hab dich wegen dem hier angerufen!“

Er war stehen geblieben und deutete auf eine Leiche, die vor uns auf dem Boden zwischen den Weinstöcken lag, und wieder einmal bestätigte sich der alte Wahrspruch: Würden alle den ganzen Tag in ihrem Zimmer bleiben, gäbe es keine Probleme!

Gutti hatte seinen leichten Heinz-Erhardt-Blouson, den er seit 30 Jahren jeden Tag trug, über den Kopf der Leiche gelegt, die einen langen schwarzen Rock trug, und die Füße des Toten steckten in roten Schuhen. Weil ich es nicht recht glauben wollte, fragte ich sicherheitshalber: „Sag mal, sind das rote Schuhe?“

Er sagte: „Ja, mit leichten Absätzen dran. Der Papst trägt auch rote Schuhe, aber warum zum Teufel trägst du einen Blaumann?“

Ich erklärte es ihm.

Dann sahen wir uns den linken Arm des Toten an, der ausgestreckt war, und die Finger der dazugehörigen Hand waren so gebogen, dass sie in die Richtung zeigten, wo vorhin der Hubschrauber gelandet war. Wir beide wussten: Kein Mensch stirbt mit so einer Handhaltung. Das war also eine Botschaft, jemand wollte uns damit etwas sagen. Ich fragte Guttmann: „Wie hast du ihn denn gefunden?“

„Sie haben uns mit dem Bus in die schöne Natur gebracht", fing Gutti an zu erzählen. „Wir sollten mit diesen verdammten Nordic Stöcken walken, aber ich bin schon am Parkplatz abgebogen und habe mich dann in der Gegend hier verirrt, bis ich schließlich ein Schild sah: MESSWEINGUT SITTL, 1 KM. Ich brauchte echt dringend was zum Saufen, also ging ich dorthin."

Ich fragte entsetzt: „Du wolltest Wein trinken?"

„Ja, ich hätte auch Wein getrunken, Herrgott, und zur Not sogar Messwein! Aber als ich endlich dorthin kam, gab es keine barmherzigen Pfaffen, die mir Wein gaben, es standen nur ein paar schwarze Limousinen mit getönten Scheiben herum, und ein paar Gorillas mit Sonnenbrillen und Walkie-Talkies kamen auf mich zu und sagten: ‚Vai, vai, vai! Ist privat hier, du Tschüss!' – ‚Vai, vai, vai!' ist Spanisch und heißt ‚Du Tschüss!'."

Ich war beeindruckt von seinen Sprachkenntnissen und hob dann mit dem Fuß den Blouson vom Gesicht des Toten. Nun sah ich seinen Schädel, der in der Mitte bis hinunter zur Oberlippe gespalten war, immer schön entlang der Nase, das war kein schöner Anblick, ich sagte: „Iiiih!"

„Sieht schrecklich aus, ich weiß", sagte Guttmann. „Ist aber trotzdem nicht der Papst. Der Kerl ist jedenfalls nicht hier ermordet worden, am Boden um ihn herum ist kein Blut zu finden. So wie er aussieht, müssten ihm aber ein paar Liter ausgeronnen sein."

Man schaut ja hin und wieder Nachrichten, ein bisschen Innenpolitik über die ganze versaute Truppe, die unseren Staat gerade ausräumt und alles in privatisierte Taschen schaufelt zum Beispiel. Oder hin und wieder auch ein bisschen Obama, ab und zu was über Afrika mit Bürgerkrieg und Macheten, dazu Drogenkriege aus Mexiko, Bombenanschläge hier und da, furchtbare Massaker überall. Man ist also einiges gewohnt, aber das hier war schon speziell.

Guttmann, der gerne Gangster-Filme schaute, wenn er nicht gerade auf Kur war, sagte: „Ich denke, hier läuft ein ganz großes Ding, irgendwas mit Mafia und Vatikan und so ein Scheiß. Die Farben des Hubschraubers, der vorhin dort hinten gelandet ist, waren Blau und Gelb. Das sind die Farben des Vatikans."

Ich sagte: „Von Schweden!"

„Vatikan!"

„Schweden!"

„Vatikan!"

Ich schrie: „Schweden! Schaust du denn nie Fußball, verdammt? Und jetzt lass uns endlich hier abhauen!"

Er sagte: „He, ich hau nicht einfach ab, wenn eine Leiche herumliegt. Ich bin Bulle!"

Ich sagte: „Ja, aber in Wien!"

***

Guttmann steckte so tief in der Krise, dass er in der Leiche keine Leiche mehr sah, sondern eine Chance. Ein altes Problem, dass man nicht mehr klar sehen kann, wenn man länger nichts getrunken hat.

Er wollte die Leiche also unbedingt mitnehmen und sagte: „Darum hab ich dich ja angerufen! Damit du mir hilfst, die Leiche hier wegzubringen."

Der Druck auf ihn, endlich wieder mal einen Fall zu lösen, musste enorm sein. Das ist eine der vielen Schattenseiten der Krise, dass die Leute plötzlich wieder freiwillig arbeiten wollen, anstatt sich mit der Peitsche zur

Arbeit zwingen zu lassen. Ich sagte: „Ein anderes Mal wirklich gerne, Gutti, aber ich hab gerade echt viel Zeug im Kofferraum."

In den guten alten Zeiten, als es noch genug Leichen gab, hätten wir den Toten ein paar Meter außerhalb der Stadtgrenze abgelegt, wenn wir ihn zufällig innerhalb der Stadtgrenze gefunden hätten, dann wäre Guttmann ein paar weitere Tage ohne Arbeit unglücklich gewesen. Aber wir lebten in den neuen Zeiten, wo jeder mit Arbeit unglücklich sein wollte, und schon holte ich Flasche um Flasche Slibowitz aus meinem Datsun und schleppte sie in den Weinberg hinein, obwohl ich genau das nicht wollte. Immerhin als Botschaft war das für mich vertretbar – dass man Schnapsflaschen in einem Weinberg stapelt. Innerlich aber blutete mir das Herz, und ich hoffte inständig, dass ich sie irgendwann unversehrt wiedersehen würde.

Nachdem wir alle Flaschen ausgeräumt hatten, warfen wir den Rotschuh in den Kofferraum zu meiner Hilti hinein, auch wenn alles dagegenspricht, sich eine Leiche in den Kofferraum zu legen. Man kriegt sie dann meist so schwer wieder los, und obwohl der Typ sich überraschend gut gehalten hatte, würde er bei den nun ansteigenden frühlingshaften Temperaturen doch sehr schnell anfangen zu stinken.

Wir fuhren anfangs relativ entspannt zurück in Richtung Wien, aber man fährt natürlich deutlich langsamer, wenn man eine Leiche hinten drinnen hat. Nicht, weil sie uns schwerer gemacht hätte. Das, was die Leiche wog, hatte Guttmann an Gewicht verloren. Man fährt deswegen langsamer, weil man nicht auffallen will, fällt aber genau dadurch auf. Jeder zweite, der uns überholte, zeigte mir den Arschfinger oder tippte sich an die Stirn, und alle miteinander schrien sie: „Macht mal ein bisschen schneller, Jungs!"

Nachdem wir dann endlich doch noch die Stadtgrenze überquert hatten, suchten wir einen abgelegenen, innerstädtischen Feldweg, wo es halbwegs ruhig war – wo keine Hunde herumstreunten und keine Mütter mit rallyetauglichen Kinderwagen waren, keine Freaks, die im Frühling gerne nackt herumlagen und sich entspannt einen runterholten, damit es auch wirklich jeder sehen konnte, und keine Abdullahs, die ihre Hammel grillten.

Aber der 1. Mai war ein denkbar ungeeigneter Tag, um eine Leiche abzulegen und dann zufällig wieder zu finden, wie es Guttmanns Plan war. So wollte er daraus einen Fall für sich machen und sich dann die Lorbeeren umhängen, sobald er das Rätsel gelöst hatte.

Der Stadtrand Wiens war voller Ausflügler, Wanderer, Nordic Walker und glücklich Verliebter, die im Gras, zwischen den Sträuchern, unter den Bäumen und überall sonst noch lagen, wo keine Hundescheiße, keine Fressabfälle und kein im Eifer des Frühlings ausgeräumter Hausrat im Weg war.

Guttmann hielt sich immer verzweifelter an der Schnapsflasche fest, als könnte die ihn aus dem ganzen Schlamassel herausholen, in den er gerade dabei war uns hineinzureiten. Ich schob was in den Player, um mir sein ständiges Seufzen nicht mehr anhören zu müssen, und dann sangen Camper Van Beethoven *I was so Wasted.* Genau das wollte ich hören. Je länger die sangen, desto erdrückender wurde das Schweigen zwischen Guttmann und mir. Es war nämlich die einfachere Übung, eine Leiche in einem abgelegenen Weinberg in den Kofferraum zu legen. Es war allerdings eine ungleich schwierigere, aus einer Leiche einen Fall zu machen, den man dann erst lösen musste. Sein hoffnungsvolles und sorgloses „Wir legen ihn einfach irgendwo ab!“ hatte längst seinen selbstsicheren Glanz verloren, als wir schon deutlich länger herumkurvten, als ich vorhatte. Ich fragte Gutti: „Sag mal, hast du dir denn überhaupt mal Folgendes überlegt: Angenommen, du löst den Fall und findest den Mörder. Wie willst du ihm dann erklären, dass seine Leiche nicht mehr dort lag, wo er sie abgelegt hat? Und wie willst du's dem Richter erklären?“

Bei diesem Prozess wollte ich dann jedenfalls nicht dabei sein.

Aber Gutti hatte die Flasche nun halb leer gesoffen, und der Schnaps hatte aus einem zitternden Nervenbündel einen tiefenentspannten Yogi gemacht, er sagte: „Kommt Zeit, kommt Rat. Ich überleg's mir einfach, sobald ich die Flasche ganz ausgetrunken habe.“

Ich hatte ja nicht bedacht, dass man einem Verhungernden Schweinsbraten zu essen geben musste, bevor man ihm Schnaps zu trinken gab.

Guttmann sank immer besoffener und immer tiefer in seinen Sitz, sodass es bald so aussah, als wäre ich alleine mit einer Leiche unterwegs. Auch das war typisch für meine Kumpels: Nur nichts mit den Problemen zu tun haben, die man dem anderen einbrockte. Lieber den Kopf in den Sand stecken und denken: Wenn ich erst mal einen Keller habe, dann hab ich auch bald ein Hochhaus! Oder: Wenn ich erst mal eine Leiche habe, dann hab ich auch bald einen Mörder.

Als er nun so zusammengesunken neben mir saß und langsam daran dachte, sich anzukotzen, blätterte er eine alte *Gosse* durch, die ich immer als Fußmatte verwendete.

Plötzlich fing er an zu kichern und fragte: „Sag mal, liest du denn keine Zeitung?"

Ich sagte: „Nur den Sport, und hin und wieder das Horoskop von Happiness, weil ich im Moment nicht das Gefühl habe, dass wir auf einer geraden Autobahn Richtung Goldene Hochzeit fahren."

Er hielt mir die Zeitung so dicht vor die Augen, dass ich nichts mehr sehen konnte, und schrie: „Kennst du den?"

Aber selbst wenn ich was gesehen hätte, hätte ich ihn nicht gekannt!

Guttmann nahm die Zeitung wieder weg und las mir mit schwerer Zunge die dazugehörige Schlagzeile vor:

Bischof von Wien – weiss nur Gott, wo er ist?

Man kennt das ja: Kaum hat einer das Wort „Bischof" ausgesprochen, weiß ein anderer sofort einen lustigen Witz über ihn zu erzählen, über seine sexuelle Orientierung, seine Verklemmheit oder die krummen Geschäfte, in die er mit Sicherheit verwickelt ist.

Aber was war jetzt so witzig an dieser Schlagzeile, dass sie Guttmann dermaßen zum Lachen brachte?

Ich griff mir die *Gosse* und schaut mir das Foto selbst an, das den Bischof von Wien zeigte, und man sah sofort: Der Typ schaute der Leiche, die wir hinten drin im Kofferraum hatten, verdammt ähnlich!

Ich fand das beunruhigend, aber Gutti schiss sich jetzt fast an vor Lachen und schrie: „Wir beide wissen auch, wo er ist, verstehst du? Nicht nur Gott!"

Ein exklusiver Zirkel also. Und wenn uns jetzt noch einer hinten hineinfahren würde und wir einen Unfall bauten, dann wüssten es sehr bald sehr viele mehr, und Guttmanns Kuraufenthalt würde ihm noch als Wellnessurlaub in guter Erinnerung sein, wenn wir erst mal im Bau saßen, ich sagte: „Super Idee, die du da hattest!"

Ich parkte mich endlich in einer Seitenstraße ein, legte meinen rechten Arm um seine Lehne und schaute ihn streng an, dann fragte ich mit Nachdruck: „Was machen wir jetzt?"

Er sagte: „Kannst du ihn denn nicht über Nacht behalten, ich überleg mir dann was, wenn ich wieder nüchtern bin."

Für die nächsten Tage waren frühsommerliche Temperaturen im höheren zehnstelligen Bereich angesagt, und ich hatte keine Garage, wo ich den Wagen hätte unterstellen können. Ich suchte verzweifelt nach einer Ausrede und sagte: „Es gibt Banden, die sind auf den Diebstahl von japanischen Autos wie meinem spezialisert!"

Er sagte: „Ja, aber in Japan!"

Dann schlief er ein.

***

Ich brachte Guttmann in seine heiße Wohnung im Gemeindebau, und als ich ihn hinaufschleppte, schauten mich ein paar Leute so komisch von der Seite her an und tuschelten über uns, als würde ich eine Leiche schleppen.

Ich warf Gutti auf sein Bett, verteilte um das Bett herum alte Zeitungen, und auf die Zeitungen stellte ich einen Kübel, falls er kotzen musste.

Dann lief ich wieder schnell hinunter und erreichte den Datsun noch rechtzeitig, bevor sich ein paar Leute zu viel fragen konnten, warum sich um meinen Kofferraum herum ein paar streunende Hunde versammelt hatten und nicht mehr aufhören wollten zu bellen. Ich fuhr schnell weg, und während ich fuhr, drehte ich mich immer wieder um und riskierte einen prüfenden Blick über die Schulter.

Guttmann war am Land aufgewachsen, dort wo Kirchen herumstehen und einem der Pfarrer sagt, dass einem das Rückgrat weich wird, wenn man zu oft an sich herumspielt, und dass einem ein Gott ständig über die Schulter auf die schlimmen Finger schaut und alles mitfilmt, was man den ganzen Tag lang so anstellt. Mit viel Bier und einigen guten Filmen in Dirty Willis Swedish Pornhouse haben wir das schlechte Gewissen aus seinem Hirn verdrängen können, aber warum bohrte es nun in mir?

Ich hatte mit der Kirche nichts zu tun. Ich war in einem städtischen Heim aufgewachsen und nicht bei den Pfaffen, wodurch ich mir wenigstens den Stich in den Arsch erspart habe und nur Schläge einstecken musste, von sadistischen Pflegerinnen, die zu Hause den besoffenen Mann nicht mehr aushielten. Aber wie gesagt: Keine Pfaffen! An normalen, ruhigen und sonnigen Tagen kratzte mich der Bischof also überhaupt nicht, und ich wusste nicht einmal, dass es ihn gab. Die Kirche, an die ich glaubte, hieß Quattro Stazzione, und der Schweinepriester, der dort unten seine treue Gemeinde um sich versammelte und zu uns predigte, hieß Lemmy. Den Gott, zu dem wir beteten, konnte man in langes Zigarettenpapier einwickeln und rauchen, er war ein echt super Typ, kein Arschloch. Wenn man ihn dann ganz tief inhalierte und ein paar Sekunden in den Lungen verweilen ließ, dann sprach er zu einem mit Betty-Boop-Stimme: „Relax, Baby, relax!"

Dieser Gott war voll gut drauf und ganz easy.

Aber ich war es nicht. Und als ich so dahinfuhr, beunruhigte mich die Frage, ob außer Guttmann und mir vielleicht wirklich noch einer wusste – ein dritter Allmächtiger mit sehr guten Augen! –, dass ich einen toten Bischof im Kofferraum hatte.

***

Ich parkte den Wagen ganz tief in der Garage des Krankenhauses der Kleinen Schwestern der Legionen Jesu, wo es so finster war, dass auch sehr gute Augen nur sehr schlecht sehen konnten, und fuhr mit dem Lift hinauf.

Alte Männer und Krankheiten, das ist eine eigene Liga. Man sieht ja lieber das Leben als den Tod, lieber den Sommer als den Winter, und lieber hat man einen stehen als einen sitzen. Wenn einem dann noch einer erzählt, wie sie ihm den Katheter gesetzt haben, dann hat das überhaupt nichts Geiles. Ich scheute also normalerweise den Umgang mit Kranken und Sterbenden, aber so wie es aussah, trat ich gerade eine sehr breite Tür auf, die in genau dieses große Reich des Alters und der Krankheiten führte. Ich war umgeben von Hinfälligen, Verschuldeten, Süchtigen und Kranken, von schwarzgalligen Gesellen, die mir jede Freude am Frühling nahmen, und ich hatte gut zu tun, meinen verdammten Hasenstall zusammenzuhalten.

Dirty Willi hatte sich mit Savoir und Bravour und mit erlesenstem Geschmack durchs Leben gefickt und nur beste Ware genommen. Von all meinen elenden Freunden ist Willi das Schwein bis letzten Winter am aufrechtesten im Wind gestanden, aber nun lag er wegen seiner hartnäckigen Eichelentzündung, die sich irgendwie nicht behandeln ließ, auf der Matratze. Er hatte den letzten Winter in Thailand verbracht und dort jede Menge Nashornpulver und Viagra konsumiert, bevor er seinen Willie überall hineinsteckte, wo es warm und dunkel und verboten war. Aber ein resistenter Virenstamm war auch schon dagewesen, und Willi hatte ihn dann aus dem Arsch einer kleinen Thailänderin mit nach Hause genommen. „Definitiv mein letzter Urlaub in Thailand!", hat er noch gesagt, bevor ich ihn hierhergebracht habe, wo sich der Eiter dann schnell in den Sack und den Bauchraum hinein ausbreitete, es ging ihm eine Zeit lang wirklich nicht gut. Und seither trug er ein Krankenhausnachthemd anstatt wie sonst immer weiße Anzüge, und aus Dirty Willi war langsam so eine Art Stützstrumpf Willi geworden. Nicht, dass ich mich für ihn schämte. Aber ich riss mich auch nicht darum, ihn zu besuchen.

Gott sei Dank hat er vor Jahren eine Kranken-Zusatzversicherung abgeschlossen, die ihm ein Einzelzimmer mit Spezialbehandlung garantierte, weil man als Pornokino-Besitzer am Wiener Gürtel letztlich immer mit Schuss- oder Stichverletzungen rechnen musste. Und dann wollte man nicht mit acht Türken in einem Zimmer liegen, deren jeweils vollständige Verwandtschaft Tag und Nacht und mit mobilem Griller ausgerüstet zu Besuch war, sodass man vor lauter ausgespuckter Sonnenblumenkerne nirgends mehr hintreten konnte.

Aber in seinem Einzelzimmer fand ich Willi heute nicht, sondern in der Krankenhauskapelle. Das war unüblich für einen, der sein Leben lang so dirty gewesen war wie Willi. Noch überraschender war, dass er dort nicht die Hütte rockte und mit Schnurren aus seinem Leben die Ü-80-Jährigen unterhielt, sondern ruhig und leise in der ersten Reihe neben einer ganz in Schwarz gehüllten Sista saß. Die flehte ihn geradezu an, dass er sein Leben ändern und seine Sünden bereuen möge, wie ich nun hören konnte, und Herrje!, wenn jemand nach diesen Gesichtspunkten ein schönes Konto zum Bereuen angehäuft hat, dann war das Willi. Die Schwester war scheinbar geschult auf Hardcore-Fälle, sie musste Willi erst mal beibringen, wie man die Hände beim Beten richtig faltet, und dabei versicherte sie ihm, dass Gott zwar alles Schlechte an uns sehen würde, dass er aber auf die Erde gekommen war, um das Schlechte zu heilen, falls wir bereuen und der Kirche ein wenig von unseren weltlichen Gütern abgeben.

Ich dachte: Verdammt!, und sank in der Bank hinter ihnen leise auf die Knie und hörte mir an, was sie sonst noch zu sagen hatte. Allerdings konnte ich jetzt auch sehen, warum Willi sich beim Beten so schwertat – weil er seine Finger immer an ihre wirklich wunderbaren Titten bringen wollte und ihr seinerseits die größten Schweinereien ins Ohr flüsterte.

Als ich das sah, verweilte ich in stiller Bewunderung und lobte mir den aufrechten Widerstandsgeist von Dirty Willi, selbst im Angesicht des Todes, denn im Angesicht des Todes hast du letztlich nur noch zwei Möglichkeiten – sterben oder weiterleben. Und Willi wollte scheinbar unbedingt weiterleben und geile Titten begrabschen und enge Muschis lecken. Es war wirklich ärgerlich, dass Kubelka nicht mit dabei war, denn bei all dem Krisengerede sollte er ruhig auch mal einen Mann sehen, der rundum mit sich im Reinen war. Selbst der da oben am Kreuz war gerührt angesichts eines solchen Lebenswillens, ich hätte nämlich schwören können, dass er eine Träne im Auge hatte.

Ich beugte mich zu den beiden vor und sagte: „He, Willi, Ich bin's."

Die Schwester erstarrte kurz, denn sie meinte, Gott zu hören. Aber nachdem dieses kleine Missverständnis geklärt war, stellte uns Willi einander vor, er sagte: „Schwester Prudencia, das hier ist Superschnüffler Rock Rockenschaub, meine rechte Hand. Rock, das hier ist Schwester Prudencia."

Ich war begeistert von ihrem wirklich sehr guten Aussehen und sagte: „Gott muss Sie wirklich sehr lieben, wenn er sie so lecker aussehen lässt."

Sie wurde rot im Gesicht und flüsterte: „Danke, Rocky."

Ich sagte: „Sagen Sie doch bitte nicht Rocky zu mir, ich heiße Rock wie der Felsen und nicht Rocky wie das Felschen."

„Aber Petrus ist doch der Felsen", fiel ihr dazu ein, und ich sagte: „Den kenn ich nicht."

Willi blickte der Schwester hinterher, als sie sich davonmachte, und ich dachte: Was für ein verschwendetes Leben, mit diesem Arsch hätte sie auch Pornostar werden können! Willi dachte wohl dasselbe, er sagte: „Ach, meine süßen kleinen katholischen Kuttenträgerinnen. Man kann über sie sagen, was man will, aber sie kümmern sich wirklich um einen, sind für dich da, halten Pfötchen, wenn man geknickt ist, und lassen einem die eine oder andere Sünde durchgehen, weil man seine Sünden ja jederzeit beichten kann. Ganz im Unterschied zu den ukrainischen Erntehelferinnen, die in diesen privatisierten Krankenanstalten immer als Krankenschwestern aushelfen müssen und nicht wissen, wie man einen Arsch auswischt und am Morgen den Eiersack putzt."

Ich war von Grund auf skeptisch, wenn jemand so nett war, also fragte ich: „Und was will sie wirklich von dir?"

„Ach!", sagte Willi. „Ich werde hier als ‚in der Filmbranche tätig' geführt, und ‚Er besitzt einen Fußballklub' steht auch in meiner Kundenkartei. Das muss irgendwem ganz oben aufgefallen sein, denn jetzt kümmert sich immer das Rollkommando Vollkommener Ablass um mich, allerdings in seiner schönsten Form."

„Was so viel heißt wie?", fragte ich.

„Prudencia bietet mir Folgendes an", sagte er: „Der Bischof selbst ist bereit, mir all meine Sünden zu verzeihen, vollkommener Ablass nennt sich das. Allerdings müsste ich ihnen vorher mein gesamtes Vermögen überlassen, in bar versteht sich, damit sie das Geld dann irgendwo waschen und in ihren Kreislauf einspeisen können."

Ich sagte: „So ein vollkommener Ablass ist aber ganz schön teuer, wo doch sonst alles immer billiger wird! Denkst du denn ernsthaft daran, das zu tun?"

Er sagte: „Nur wenn mir Schwester Prudencia vorher einen bläst."

Ich sagte: „Herrgott, Willi! Deine Eichel ist voller Eiter!"

Er sagte: „Eben."

Im Rollwagen brachte ich ihn dann zurück in sein Zimmer, alle zwei Meter hing ein Kreuz oder ein kleines Becherchen an der Wand, in dem irgendwas drinnen war, ich fragte: „Was ist denn da drinnen?"

Willi sagte: „Weihwasser!"

Ich gab ihm einen erfrischenden Schluck aus dem Flachmann, den ich mit Jolandas Feuerwasser gefüllt hatte. Dann schob ich ihn in sein Zimmer zurück und legte ihn auf sein Bett, er kratzte sich am Arsch, seufzte und gluckste zufrieden.

Auf seinem Nachttisch lag eine Ausgabe der *Gosse* von gestern mit dem Bischof auf der Titelseite, Willi nahm sie und sagte: „Nun sag mir, wie der mir einen Vollkommenen Ablass geben soll, wenn er verschwunden ist?"

Ich nahm die Zeitung, riss das Titelblatt entzwei, schaute mir die gespaltene Visage an, und nun sah er dem Typen in meinem Kofferraum noch ähnlicher, ich sagte: „Zu dem könnte ich dir auch eine kleine Geschichte erzählen."

Willi aber nahm mir die *Gosse* weg und warf sie achtlos in den Müll, er sagte: „Bitte nicht jetzt, deine Geschichten langweilen mich ein bisschen in letzter Zeit. Ich will Zahlen und Fakten hören."

Willi war ja nicht nur Eigentümer von Dirty Willis Swedish Pornhouse, in dem er alte Pornofilme zeigte, sondern auch Präsident des Sportlerklubs und gleichzeitig Sponsor, womit er zwei De-facto-Leichen am Leben hielt.

Die Geschäfte liefen nicht so, wie er sich das vorstellte, ich legte ihm nun also die wöchentliche Abrechnung des Pornhouses vor, aber mit diesen Zahlen wurde man nicht gesund. Willi legte sie gleich wieder beiseite und schüttelte angewidert den Kopf, er sagte: „Das sind geschätzte 25 Prozent weniger Umsatz als letztes Jahr um diese Zeit."

Ich sagte: „Aber letztes Jahr um diese Zeit hatten wir Jack-Schleck-Wochen im Programm."

Heuer hatte ich den Laden mit Fred-Bull-Filmen über Wasser zu halten versucht, hatte sie rauf- und runtergespielt – Fred Bull in *Gondelfick mit einem Bullen* oder Fred Bull in *Stratos-Speere,* wo er den ganzen Film über einen Raumanzug tragen muss, worunter die Handlung doch empfindlich leidet –, und der Saal war immer so lala gefüllt. Mal kamen ein paar Trekkies, die sich was mit Captain Kirk erwarteten und enttäuscht wurden, mal ein paar Sternenforscher, die auch enttäuscht wurden. Fred Bull war eben nicht Jack Schleck, der die Jungs mit seinem flinken Zungenlappen wirklich zu begeistern vermochte.

Noch schlechter wurde Willis Laune, als wir das 0:7 von gestern besprachen, er hatte davon schon in der Zeitung gelesen, trotzdem fragte er noch mal fassungslos:

„0:7? Echt?"

Ich versuchte ihn zu trösten, und sagte: „Friss-Gras!-Fritz glaubt, dass es nicht an der Mannschaft liegt, sondern dass irgendwas nicht mit rechten Dingen zugeht bei unseren Heimspielen. Er berichtet von Spielern, die Schläge in der Eiergegend verspüren, ohne dass jemand in ihrer Nähe war, und so weiter. Er glaubt, es ist irgendein verdammter Zauber."

Willi fragte: „Gibt es Hinweise, die seine Theorie stützen?"

Ich zog die verdreckte Hose der Nummer 4 aus meinem Latz und zeigte ihm das Loch in der Innenhose. Willi fragte angewidert: „Sind das Motten?"

Ich sagte: „Das war auch mein erster Gedanke. Aber das Loch ist wirklich groß, und es sieht irgendwie so aus, als wäre es herausgeschnitten worden. Fritz bringt es in Zusammenhang mit einem Monster, das er ‚Neger' nennt, obwohl man schon lange nicht mehr ‚Neger' sagt."

„Hast du ihm gesagt, dass man nicht mehr ‚Neger' sagt?"

„Ja natürlich."

„Gut. Und weiß er auch, dass man nicht mehr Zigeuner sagt?"

Ich fragte: „Zu wem?"

„Fällt mir gleich wieder ein", sagte Willi.

„Na jedenfalls", erzählte ich dann weiter, „hat man das doppelköpfige Monster angeblich immer wieder in einem Fenster des benachbarten Klosters gesehen."

Willi sagte: „Sagtest du doppelköpfig?"

„Ja, zwei Köpfe", sagte ich. „Das muss noch nichts heißen, denn Fritz trinkt wieder, nachdem er lange Zeit nichts getrunken hat, wie du weißt. Aber eines lässt sich nicht leugnen: Seit Beginn der Frühjahrssaison geht es massiv bergab mit unserem Verein."

Willi sagte: „Sieh zu, dass es in zwei Wochen wieder bergauf geht."

In zwei Wochen würden wir nämlich zuhause gegen die verhassten Währinger spielen. Nichts war uns während des Jahres wichtiger als ein Sieg gegen die. Keiner hasste diese neureichen Idioten mehr als Willi, seit sie von dem reichen Investor übernommen worden waren, der in Kanada Karriere gemacht hatte mit Kathetern und Windeln für Alte, und der die Währinger nun innerhalb von fünf Jahren in die Champions League führen wollte. Aus der dritten Liga! Das war, als würde unsereins in den nächsten fünf Jahren Jenna Jameson, Gina Wild und Linda Lovelace ficken wollen, alle auf einmal. Es war einfach irgendwie unrealistisch, aber der Typ bestand im Fernsehen immer darauf, dass jeder alles erreichen könnte, wenn er nur stark genug daran glaubte. Dass er selbst beim Erreichen seiner Träume mehr Schmiergelder als starken Glauben einsetzte, das sagte er nicht.

„Ich hab Kubelka auf die Sache angesetzt", sagte ich. „Der soll in die Mannschaft hineinhören und herausfinden, was dran ist an der Sache."

„Er hört in die Mannschaft hinein?“, fragte Willi. „Hört er denn so gut?“

Dann stellte ich ihm eine Flasche Slibowitz auf das Nachtkästchen und sagte: „Die ist für dich.“

Ich haute ihm aber sofort auf die Pfote, als er gierig danach greifen wollte, und sagte: „Ts, ts, ts. Nicht zum Trinken!“

„Sondern?“

„Ich bin gekommen, um zu heilen“, sagte ich ein wenig gespreizt. „Sobald ich draußen bin, schüttest du dir das Zeug bitte über deine Eichel, und zwar das ganze. Das wird den Erregern in deinem Schwanz ganz bestimmt nicht schmecken.“

Willi riss die Augen auf und sagte: „Oh!“

Und als ich wieder draußen war, schon ganz unten in der Garage bei meinem Datsun, da hörte ich endlich einen wirklich sehr ordentlichen Schrei, und ich dachte bei mir: So ungefähr muss dieser Typ am Kreuz geschrien haben, als man ihm die Nägel in die Hände schlug.

***

Es war ein laue Nacht, als ich noch bei Manni in der Billigtanke andockte. Er hatte einen schlecht gehenden Laden neben einer abgesteckten Brachfläche, auf der Autos von Strichern parkten, mit Maschendraht eingezäunt von einem privaten Investor, der dort mal ein Hotel errichten wollte, sobald die Gegend sich „entwickelt“ hatte. Bis dahin aber diente die aufgeschotterte Fläche als Parkplatz, für den man bezahlen musste. Manni hatte den Schlüssel dazu und passte gegen ein kleines Zubrot auf, dass nichts passierte. Am Morgen räumte er dann die Taschentücher und Gummis weg.

Ich lenkte den Wagen zur Zapfsäule und steckte den Stutzen hinein, dann ließ ich es laufen. Es roch nach einem muffigen, zurückliegenden Winter, als ich in seinen Laden trat und ihn begrüßte, dann fragte ich nach den neuesten Duftbäumen der Saison, und er sagte: „Fichte ist gerade die ganz große Sache."

Ich sagte: „Fichte?"

„Ja, die Leute kaufen wie verrückt Fichte. Aber sie kaufen natürlich insgesamt immer mehr Duftbäume, weil sie so stinken. Das Duftbaumgeschäft läuft echt gut im Moment, ich müsste also nicht mit dem Preis runtergehen, aber du kriegst einen gratis dazu, wenn du zehn nimmst. Ich tu's für dich."

Ich schaute ihn skeptisch an und fragte: „Findest du denn, dass ich stinke?"

Er sagte: „Nein, wie kommst du denn darauf, hab ich irgendwas gesagt?"

„Es klang so wie ein Wink mit dem Zaunpfahl, als du sagtest, dass du mir einen gratis dazugibst, wenn ich zehn nehme."

Er sagte: „Du bist aber echt empfindlich, Rock, hast du die Krise, oder was? Ich hab gesagt, dass die Leute insgesamt immer mehr stinken, nicht du."

Ich fragte: „Und woran liegt das deiner Meinung nach, dass sie immer mehr stinken?"

„Weil sie sich das Warmwasser für die Dusche nicht mehr leisten können, seit die Energieversorgung privatisiert wurde."

Es war wirklich das reine Elend mit den Privatisierungen, da gab ich ihm recht. Aber sicherheitshalber fragte ich noch mal: „Ich rieche also nicht wie … sagen wir … eine Leiche?"

Er versicherte mir: „Nein, Rock, du riechst wie der junge Frühling."

Ich nahm zwanzig und zwei gratis von den Fichten.

Dann ließ ich das Benzin auf die Liste schreiben zusammen mit den Duftbäumen, beides konnte ich mir gerade wegen der Privatisierungen nicht leisten. Dann fragte ich: „Kann ich den Wagen heute Nacht auf deinem Parkplatz stehen lassen?"

„Ja."

„Und kannst du mir versprechen, dass du gut auf ihn aufpasst? Ich hab nämlich eine Hilti drinnen, mit der ich die Wasserleitungen von Happiness stemmen muss, die soll mir niemand stehlen."

Er sagte: „Mach ich!"

Ich ging raus und lenkte den Datsun auf den Parkplatz. Dort öffnete ich den Kofferraum und warf zehn der Duftbäume zu meiner Leiche, und nun duftete mein Datsun, als wäre er gerade von einem Ausflug in den Fichtenwald zurückgekommen. Die restlichen Duftbäume steckte ich in meinen Latz.

Als ich mich von Manni verabschiedete, war ich mir aber nicht mehr ganz sicher, ob das mit der Fichte vielleicht nur ein genialer Verkaufstrick von ihm war, weil die Fichte gerade überhaupt nicht ging, und ob das alles wirklich stimmte, was er mir über die Fichte sagte.

***

Ich war dann so erschöpft von all dem Elend um mich herum, dass ich gleich im Blaumann wegkippte, unruhig schlief und fürchterlich schwitzte. Zum Aufwärmen träumte ich gleich von in einem Weinberg vergrabenen

Schnapsflaschen, die mit Grünem Tee gefüllt waren, als ich sie wieder ausgrub – ein Albtraum!

Gleich darauf sah ich einen Polen, der mit einer riesigen, rosaroten Bazooka im Hosenstall zu Happiness ins Pink Flamingo hineingestiefelt kam und ihr anbot, mich zu beseitigen und sie dann zu stemmen, Stufe zehn, weil ich Luschi es sowieso nicht mehr brachte. Und zu meinem großen Entsetzten sagte sie „Ja, gerne!“, und machte dabei auch ganz den Eindruck, als würde sie „Ja, gerne!“ meinen. Das ist das Elend mit den Frauen, dass sie auch meinen, was sie sagten. Ich war fassungslos.

Dann standen plötzlich zwei Kerle mit schwarzen Sonnenbrillen auf der Nase und rotem Purpur um die gewaltigen Muskelberge bei Lemmy herinnen und hielten ihm die Spitze ihrer Messer gegen die Gurgel unterhalb seines schmalen Ziegenbärtchens, und der eine sagte mit der Stimme von Papst Benedikt, der nicht ganz richtig tickt: „Vai, vai, vai! Du Tschüss! Ist nix mehr privat, ist jetzt Vatikan, Amen!“ Und sie meinten echt seinen Drogengroßvertrieb!

Der Mann in mir verlangte in diesem Scheiß-Traum: Zieh deinen Colt und schieß den Jungs mal ins breite Kreuz, vielleicht spüren sie ja was. Aber der überlegte, vernünftige, gefasste und abwägende Angsthase in mir sagte: Verdrück dich lieber in eine Ecke des Ladens hinter ein paar alte Schellacks. Von dort aus musste ich dann leider zusehen, wie die beiden Wandschränke ihre Schranktüren aufmachten und damit auf Lemmy eindroschen, links-rechts, links-rechts! Dazu hörte ich den Soundtrack eines gnadenlosen Knochenbrecherfilmchens, zack-prack, aber komischerweise hörte es sich an, als würde dabei Holz auf Metall treffen. Jeder einzelne Schlag tat mir natürlich selbst am meisten weh, aber das half dem armen Lemmy auch nicht weiter. Endlich ließen die päpstlichen Verstaatlicher doch noch von ihm ab, knackten ein paar Mal mit ihren Fingerknöchelchen, die ein jedes mehr als ein halbes Kilo wogen, und dann trottete der eine mit breitem Beinwerkzeug in meine Richtung. Im Traum – im Traum! – pisste ich mir die Hosen voll, als er zum Plattenregal wackelte, das einen Meter von mir entfernt stand und den Buchstaben K beheimatete. Er nahm eine Platte von *Kiss* heraus, zog das Vinyl aus der Hülle, und fraß es. Das Cover aber klebte er sich auf seinen Arsch, drehte sich damit um, und hielt mir seinen Furzapparat mitten ins Gesicht, und dann brüllte er mit tiefer gelegter Donnergrollstimme: „Kiss my ass!"

Dabei lachte er wie verrückt und schob mir ein gewaltiges Duftpaket mitten ins Gesicht, das nach saurem Wein roch.

Keiner war je schweißgebadeter aufgewacht als ich, und ich dachte: Was soll der Scheiß überhaupt?

Ich wusste es nicht. Also rief ich Kubelka an, und der sagte um 3.32 Uhr erst mal nur „Ts, ts, ts!". Nachdem ich ihm dann alles genau erzählt hatte, fragte er: „Kann es sein, dass du in deiner Kindheit ein traumatisches Erlebnis mit … was war das noch mal für ein Getränk, von dem du geträumt hast … Ribiselsaft hattest?"

Ich merkte, dass der Spinner mir auch nicht weiterhelfen konnte, weil er mir gar nicht zuhörte. Ich legte auf und riss das Fenster auf, und dort bückte ich mich nach den Resten des Spliffs, den ich mir gestern noch hineingezogen hatte, und Lemmys Probepäckchen mit Vaya con Dios, das danebenlag, war leer. Verdammt irres Zeug, das er da anbaute!

Ich wollte mich noch mal kurz in den Karton legen, um mich von dem ganzen Wahnsinn zu erholen, da dachte ich plötzlich: Was ist, wenn der Traum ein Hilfeschrei war? Von jemandem, der mich brauchte?

Ich machte mir plötzlich gewaltige Sorgen um Lemmy, und weil ich ohnehin noch meinen Blaumann trug, musste ich nur in meine Schuhe hineinspringen, und schon schlüpfte ich zu ihm hinunter ins Quattro Stazzione. Dabei hoffte ich, dass er friedlich auf seiner Couch liegen, sich im Schlaf am Arsch kratzen und irgendwie verzögert die Hand zum Gruß heben würde, nachdem ich ihn weckte.

Aber das tat er nicht.

Er lag zitternd auf dem Boden hinten bei seinen Plantagen, auf dem Rücken und die Beine weit von sich gestreckt, den Mund hatte er halb offen, die Augen halb zu. Über Nacht musste bei ihm die Schnappatmung eingesetzt haben, und aus einem lecken Rohr an der Decke träufelte ihm Wasser direkt in die Kehle hinein, ohne dass er es merkte.

Ich war schon lange nicht mehr im Anbaugebiet gewesen, aber nun kapierte ich, was Kubelka meinte, wenn er „Da hinten sieht es so schrecklich vorindustriell aus!" sagte.

Ich stopfte notdürftig ein paar Rohre und schleppte Lemmy nach vorne, dabei wunderte ich mich, dass er verdammtnochmal viel schwerer war, als es sein schmaler Arsch vermuten ließ. Und als ich ihn auf die Couch wuchtete, bildete ich mir ein, dass er schepperte wie meterlange Bleirohre, die gerade auf einen Haufen zusammengeschmissen wurden. Da kam mir ein wirklich böser Verdacht: Nach über 50 Jahren, in denen Lemmy sein *Oregano Speziale* inhaliert hatte, das er mit Wasser aus seinen Bleirohren bewässerte, suchte die Polizei wohl 40 Kilo reinsten Bleis, das er über den Rauch in seinen Körper aufgenommen hat. Und nun glaubte ich auch zu wissen, warum sowohl die Nummer 4 unserer Mannschaft als auch der Tormann, aber auch die ganzen späten Mütter von Kubelka und ich selbst immer so müde waren – weil wir Stammkunden von Lemmy waren, der uns Zeug anbot, das schwerer gegen jede EU-Richtlinie verstieß als eine krumme Gurke!

Ich legte ihn auf die Couch, schaute ihn dabei vorwurfsvoll an, und sagte: „Konntest du die Leitungen denn nicht austauschen? Für uns?"

Dann griff ich nach seinem Festnetztelefon, um ein öffentliches Krankenhaus anzurufen, in das ich ihn bringen könnte. Aber Krankenhäuser waren heute schwer zu erreichen, sie hießen Health-Care-Center und waren bis in den Keller hinunter privatisiert, nachdem die Regierung die gute Idee des Finanzministers vorangetrieben hatte, alles an die guten Freunde des Finanzministers zu verscherbeln und auch die Einlagen der Sozialversicherungsbeitragszahler unter den Freunden des Finanzministers zu verteilen. Und in einem der Top-Class-Private-Medicine-Houses würden sie einen alten, verlausten Drogenfreak wie Lemmy auch nicht nehmen, weil er keine Platin-Private-Insurance-Card vorweisen konnte, um überhaupt noch eine Spritze in den metallischen Arsch zu kriegen.

Also drückte ich ihm den Hörer in die Hand und ließ ihn sich „Health-Care-Center, guten Tag, bitte tippen Sie zunächst Ihre 48-stellige Insurance-Number ein und drücken Sie dann die Rautetaste" anhören. Das mit der

48-stelligen Nummer war vor allem dann beruhigend, wenn gerade die Schnappatmung eingesetzt hatte.

Ich selbst begann ihn zu therapieren, indem ich ihm eine kleine Crack-Pfeife anzündete und unter den Riechkolben hielt, und siehe da: Schon nach ein paar Augenblicken atmete der Patient wieder regelmäßig, wenn auch flach. Und als ich ihm dann einen schönen Joint mit einer schönen Ladung *Vaya con Dios* in die Kauabteilung schob, atmete der Halbtote wieder wie von selbst tief ein, bevor er dann nach einiger Zeit auch wieder tief ausatmete, ganz so, wie es die strenge Kirche der Freunde des Bob Marley vorschrieb.

Als ich mit der Erstversorgung fertig war, fiel mir ein, dass in meinem Traum neben dem Schnaps und Lemmy auch noch jemand anderer vorgekommen war, aber mir fiel nicht mehr ein, wer. Ich zermarterte mir den Kopf darüber, da läutete noch vor Sonnenaufgang die Schelle, ich drückte auf Grün und sagte: „Superschnüffler Rock Rockenschaub löst auf alle Fälle alle Fälle, was kann ich um diese unchristlich frühe Zeit für Sie tun?"

„Ich bin's, Guttmann. Wir treffen uns in zehn Minuten, Eingang Ottakringer Friedhof."

Er hörte sich schon wieder fünf Kilo schwerer an als gestern, das stimmte mich fröhlich, ich fragte: „Worum geht's denn?"

Er sagte: „Um Selbstverbrennung."

Da war ich wieder traurig.

***

Zehn Minuten sind eine lange Zeit, wenn man gerade gefoltert wird, aber nicht, wenn man noch einen Patienten beruhigen, umbetten und ihm ein paar Joints drehen muss, mit denen er sich während der Abwesenheit von Schwester Rock selbst versorgen soll, damit die Schnappatmung nicht doch wieder einsetzt. Aber mehr als zehn Joints sollte Lemmy auf keinen Fall rauchen, wie ich fand.

„Hörst du?", sagte ich streng zu ihm. „Nicht mehr als zehn!"

„Okay."

Ich holte den Datsun vom Parkplatz bei Mannis Tankstelle, schaute nach, wie der Bischof roch (so lala), legte ein paar Duftbäume nach und flog dann etwas verspätet im dichten Frühverkehr hinaus Richtung Wienerwald, dem Naherholungsgebiet der Wiener.

Aber bei Weitem nicht mehr für alle.

Wo früher für die Öffentlichkeit zugängliche Parks gewesen waren, da waren jetzt oft Gated Communities für die Reichen und solche, die gute Kontakte nach oben hatten. Man wurde hier neuerdings schief angeschaut, wenn man nicht korrupt war, und wenn man mit einem verbeulten Japaner durch die Gegend fuhr anstatt mit einer steuerschonend angeschafften Luxuslimousine aus deutscher Fertigung, dann gehörte man nicht dazu.

Trotzdem machte ich nicht Platz, wenn mir einer von denen hinten in den Arsch hineindrängte, das war ich vom Typ her einfach nicht.

Ich traf Guttmann vorm Eingang, über dem zwar noch Ottakringer Friedhof stand, aber ein Teil des Friedhofs war mit gelben Absperrbändern abgegrenzt, was auf keine gute Entwicklung hindeutete, ich fragte: „Was zum Teufel ist denn hier los, Gutti?" Und er sagte: „Schneller ging's nicht?"

Wir marschierten in Richtung dritter Reihe, erster Gang. Die Wege sind lang auf so einem Friedhof, wir hatten also genug Zeit, über Wesentliches zu reden, ich sagte zu Guttmann: „Wusstest du, dass Lemmy hier in der Nähe auch ein Grab gekauft hat, erste Reihe, dritter Gang?"

Guttmann sagte: „Nein, das wusste ich nicht."

Ich dachte mit Sorge daran, wie das mal sein würde, wenn Lemmy den einen Joint zu viel nicht überlebte, und wie ich ihn hier heraußen besuchen würde wie ein verdammter Witwer. Ich würde dann wohl die Hanfpflanzen gießen, die er sich so sehr auf seinem Grab wünschte, und wenn ich Glück hatte, dann würde ich alte, reiche Witwen kennenlernen, die ich nach Hause begleiten und dort um ihre Ersparnisse bringen konnte. Und wenn ich ganz viel Glückt hatte, dann würde ich junge, reiche Witwen kennenlernen, die ich nach Hause begleiten und dort sogar ficken konnte. Es war nämlich wieder mal an der Zeit, wie ich fand. Und dann fiel mir doch noch ein, von wem ich letzte Nacht auch geträumt hatte.

Ich fragte Gutti: „Wie bist du denn so schnell wieder an einen Fall gekommen?"

Er sagte: „Sie riefen mich an und fragten, wo ich bin. Ich sagte: Na, ich bin zuhause. Aber offen gestanden wusste ich zunächst gar nicht so recht, wo ich war und wie ich nach Hause gekommen war, warst du nicht dabei?"

Ich sagte: „Doch."

„Na egal", meinte Guttmann. „Sie sagten: ‚Wir haben einen Fall für dich!' Die anderen sind ja alle auf Kur, wie du weißt, oder werden gerade umgeschult, hab ich dir das gestern nicht alles erzählt?"

„Doch, doch. Und was machen wir jetzt mit der Leiche, hast du schon eine Idee?"

Da verlor er ein wenig die Farbe im Gesicht und fragte: „Welche verdammte Leiche?“

Guttmann konnte es gar nicht fassen, dass er mir tags zuvor einen toten Bischof in den Kofferraum gelegt hatte und sich nicht mehr daran erinnern konnte. Ich tadelte ihn ein bisschen deswegen, als wir mit bleischweren Beinen endlich Grab 76 erreichten, das war gar nicht weit weg von Lemmys Grab. Guttmann schickte die beiden Streifenbullen weg, die hier herumstanden und den Fundort der Leiche sicherten, ich steckte ihnen noch den guten alten *Oregano* ins Hemd, den wir jetzt eigentlich verschenken konnten, und sagte: „Macht mal Pause, Jungs.“

Dabei schauten sie ohnehin schon so müde aus.

Auf dem Grab sahen wir dann ein verbranntes Häufchen Elend liegen, in kniender Haltung vor einem Grabstein, auf dem LEOPOLD BERGER 1920–1946 stand. Neben dem Grabstein lag ein Rollator, Guttmann sagte: „Was hier noch raucht, das war früher mal Josefa Berger, genannt Seffa. Ihr Mann Leopold kam als Widerstandskämpfer nach dem Krieg zwar noch nach Hause, hatte aber bald die Schnauze so voll von den ganzen Scheiß-Nazis, die hier dann trotzdem noch überall herumstanden, dass er ein paar von denen umlegte und schließlich selbst erschossen wurde, seine Überreste liegen irgendwo da drinnen.“

Ich sagte: „Diese verdammten Nazis! Willst du den Rollator haben?“

Ein bisschen Platz hatte ich noch im Kofferraum, aber er sagte: „Nein danke. Seffa hat dann nie mehr geheiratet, denn einen Widerstandskämpfer vom Format ihres Poldi konnte sie in diesem Land nicht noch mal finden.

Das Einzige, was sie noch wollte, war, irgendwann selbst neben ihrem Mann da unten im Grab zu liegen."

„Und weil es ihr nicht schnell genug gehen konnte, hat sie sich selbst angezündet?", fragte ich.

„Vielleicht, vielleicht auch nicht", sagte Guttmann. „Deswegen sind wir ja hier. Um Punkt 2.34 Uhr ging jedenfalls ein Anruf bei uns ein, ‚Hier spricht Schwester Mimi von die Waste-Senior-Residence', sagte eine Stimme, so nennt sich jetzt das ehemals städtische Siechenheim gleich angrenzend an den Friedhof, früher hieß es Waldesruh, seit der Privatisierung eben Waste-Senior-Residence, kannst du eigentlich ein bisschen Englisch?"

Ich sagte: „Nur für Anfänger."

„Waste heißt Müll", wusste Guttmann. „Nur damit du eine kleine feine Ahnung davon kriegst, wie hoch der Wert unserer Alten heute angesetzt wird. Ich weiß es deshalb, weil mir jetzt wieder eingefallen ist, wie das Kurhaus neuerdings heißt, in dem ich untergebracht war."

Ich fragte: „Waste-Kurhaus?"

Er sagte: „Waste-Wellness! Es muss sich hier um eine Art Waste-Kette handeln, um einen großen Investor jedenfalls, der beste Kontakte nach ganz oben hat und eine öffentliche Einrichtung nach der anderen übernimmt, ich nehme an gegen einen Vorzugspreis, sonst würde sich das wohl nicht lohnen. Wie eine Heuschrecke zieht er übers Land und kauft alles auf, worin man mit Windeln herumliegen oder dünne Suppen essen muss."

Ich sagte: „Da steht uns allen ja was bevor."

„Auf dem Tonband hörte sich diese Mimi jedenfalls an wie eine dieser süßen Asiatinnen, die einem für wenig Geld einen blasen", erzählte Guttmann weiter, „ich schätze mal Thailand oder Philippinen. Sie schrie ganz aufgeregt: ‚Flau Belgel zundet sich an auf die Fliedehoffe!' Der Typ, der den Anruf entgegennahm, schwört jedenfalls, dass diese kleine Verrückte so geredet hat, sie schaute wohl von da drüben auf das Feuer."

Er deutete auf das Heim, das keine 50 Meter entfernt am südlichen Ende des Friedhofs lag, dann erzählte er weiter: „Dort drüben bestreitet man aber, dass sie überhaupt kleine Asiatinnen beschäftigen. Belegt ist jedoch, dass die neu geschaffene *Private-Deportation-Group* heute Früh überraschend einen Transport von dort in Richtung Flughafen organisiert hat. Mimi hat also vermutlich illegal gegen einen Teller Suppe dort Ärsche ausgewischt und sitzt jetzt bereits im Flieger nach Koala Lumpus oder wie diese Hauptstadt dort heißt."

Ich fragte: „Wie?"

„Koala Lumpus."

„Noch mal, bitte."

„Koala Lumpus, Herrgott!"

„Nie gehört."

Ich schüttelte ungläubig den Kopf und fragte dann: „Sag mal, Gutti, hast du denn um diese frühe Zeit schon was getrunken?"

Er sagte: „Leider noch nicht, hast du vielleicht was dabei?"

Ich sagte: „Ja, natürlich."

Ich hatte mir in den Latz meines Overalls zu den ganzen Duftbäumen und der Sporthose dazu noch zwei kleine Flaschen Slibo reingesteckt, für den Fall. Und weil der Mensch nicht gerne trinkt, ohne zu rauchen, holte ich ein weiteres Probepäckchen, das ich auch im Latz hatte, heraus, baute damit für uns beide einen schönen Ofen mit *Vaya con Dios* und zündete ihn an, dann sagte ich:

„Das ist der neue Gott, Gutti. Allerdings muss ich dich darauf hinweisen, dass der Genuss dieses Ofens deine Wahrnehmungsfähigkeit gefährden kann."

Er sagte: „Her damit!", und zog ein paar Mal kräftig durch.

Während wir rauchten und tranken, erzählte ich ihm, dass Lemmys altes Gras vermutlich voller Blei war, und dass man es über den Rauch in den Körper aufnahm. Guttmann zuckte die Schultern und sagte: „Ich hätte nichts dagegen, wenn ich wieder zunehme."

Dann betrachteten wir die gelben Absperrbänder, innerhalb derer wir uns befanden, und die eine Fläche von zirka einem Hektar abgrenzten. Der Teil lag in einer sonnigen Ecke des Friedhofs und sah aus wie eine Art kleiner Park, ein einmalig schönes Stück Land in bester Lage. Lemmy hatte also wirklich geschmackvoll gekauft, ich fragte Guttmann: „Was soll überhaupt der Scheiß mit den Absperrbändern hier?"

Er sagte: „Wäre schön, wenn ich das wüsste. Apropos: Haben wir gestern wirklich den Bischof mit nach Hause genommen?"

Ich sagte: „Ja, er liegt noch immer hinten in meinem Kofferraum, und du hast mir versprochen, dass du dir einfallen lässt, was wir mit ihm machen sollen, wenn du wieder nüchtern bist."

„Okay", sagte Guttmann. „Ich überlege noch, aber warum haben wir ihn denn mitgenommen?"

„Wenn ich ehrlich sein darf", sagte ich, „du steckst vermutlich in einer tiefen Krise und wolltest daraus unbedingt einen großen Fall machen, mit dem du bei deinen Vorgesetzten punkten wolltest, darf ich dich was fragen?"

„Ja sicher."

„Kubelka schreibt ein Buch über solche Typen wie dich, Männer, die überhaupt nichts mehr auf die Reihe kriegen, du weißt schon. Darf ich ihm deine Nummer geben?“

Gutti schaute mich mit glasigen Augen an, dann zuckte er wieder mit den Schultern. „Natürlich, gib sie ihm! Es sollen ruhig alle wissen, was für ein Verlierer und Scheiß-Typ ich bin.“

Ich wollte „Du bist doch kein Verlierer!“ sagen, sagte dann aber: „Verlierer sind wir doch alle irgendwie auf die eine oder andere Weise. Der eine mehr, der andere weniger. Du halt mehr.“

Es war einfach schwer, die richtigen Worte zu finden.

Zwei Jungs aus irgendeiner gut gebuchten Knochenbrecherschule standen plötzlich vor uns und hinderten mich daran, Guttmann tröstend in den Arm zu nehmen. Wie es sich gehört, trugen sie hier am Friedhof Schwarz, ich fragte Guttmann: „Sind das Begräbnisgesellschaftsnachzügler?“

Aber ihre dunklen Sonnenbrillen und schwarzen Lederhandschuhe, die sie auch bei der nun doch schon recht ordentlichen Hitze trugen und die einen Schlag auf den Kiefer zu einem schmerzhaften, aber kaum sichtbaren Erlebnis machten, ließen mich umdenken. Sie knackten ein paar Mal mit ihren Fingerknochen und wollten uns damit bestimmt etwas sagen. Man glaubt es ja nicht, aber ich hatte letzte Nacht von genau solchen geträumt!

Gutti war trotz schwieriger Kindheit ein freundlicher Mensch geblieben und zeigte den beiden Wauwaus seine Polizeimarke, die sollte beruhigend wirken. Aber selbst die Polizei zählt nicht mehr viel in diesem Staat, in dem nun sogar schon die Sicherheit privatisiert wird und immer mehr Private-Security-Services anstatt normaler Bullen auf der Straße herumliefen.

Diese Security-Typen haben aber oft so eine seltsame Sicht auf sich selbst und die Dinge, die sich nicht recht mit meiner decken will, zum Beispiel meinte der eine jetzt: „Du und du Tschüss! Ist jetzt privat. Vai, vai, vai!"

Ich fragte: „Sagtest du ‚Vai, vai, vai!'?"

Schön langsam konnte ich den Widerstandshelden in Poldi Berger verstehen, und im Andenken an diesen großen Helden packte ich den einen Kerl am Sack und drückte etwas fester zu, sodass ihm der Dotter herauskam, bevor ihm Guttman noch ins Kreuz sprang. Aber das zeigte keine große Wirkung, nicht so wie früher, als er 150 Kilo wog und einen Büffel hätte umrennen können.

Ich sagte: „Du musst einfach wieder mehr essen."

Ich riss ein Holzkreuz aus einem Grab und drosch es dem Kerl über die Hirnmasse, kurz zuckte er, dann drehte er sich langsam zu mir um, wobei die Haltung steif und angespannt blieb. Seine Augen, mit denen er mich ansah, wurden größer und größer, dann lächelte er. Das wäre der richtige Moment gewesen, um mich vorzustellen, dachte ich. Aber bevor ich die Hand ausstrecken und den Grüßaugust machen konnte, wurden seine Augen wieder kleiner, die Mundwinkel fielen nach unten, und dann verschwand überhaupt alles Spannende aus seinem Körper.

Ich ließ ihn liegen und trat dem anderen das Knie durch, sodass alle Bänder rissen, ich renkte ihm die Schulter aus und und ließ auch ihn liegen, halb Staat (Guttmann!), halb privat (ich!) hatten wir den Privatisierungswahnsinn somit ein kleines bisschen zurückgeschlagen. Ich riss ein

Stück Absperrband ab, band die beiden aneinander und wickelte sie schön ein, dann sagte ich: „Kiss my ass!"

Aber sie verstanden den Witz nicht.

Guttmann fragte: „Für wen arbeitet ihr zwei Idioten denn?"

Und der eine Idiot, der noch halbwegs geradeaus schauen konnte, sagte: „Für Sam …"

Ich zog ihn an den Ohren und sagte: „Dieser Sam hat doch sicher auch einen Nachnamen, oder?"

Er war dann wirklich so nett, uns den ganzen Namen vom Sam zu buchstabieren, und auf Guttmanns Schreibblock geschrieben las er sich dann so:

Sam A. Terry Luxury Developing Land.

Ich sagte: „Das ist aber ein schöner Name."

Wir rissen noch ein paar Blumen aus und legten sie auf die beiden Idioten drauf. Dann steckte ich ihnen ein schönes Säckchen Gras zu und nannte ihnen die Adresse, wo sie es kriegen könnten.

Wenn sie den Weg dorthin fanden, dann würde mein Traum von letzter Nacht vielleicht doch noch wahr.

***

Wir gingen ohne Rollator aus dem Friedhof hinaus und entlang der Mauer hinüber zu dem Waste-Heim, eine der kommenden Deluxe-Adresse für betuchte Pflegefälle mit Gold im Arsch. Guttmann aber rümpfte schon von Weitem die Nase und sagte: „Ich rieche dünne Suppe und grünen Tee."

Ich fing an zu zittern, aber ich sagte: „Bleib ganz ruhig, Kumpel, ich bin ja bei dir."

Wir erreichten die Rückseite des Heims, dort standen im Kies neben den Mülltonnen auch jede Menge Betten in der Sonne herum mit alten Leuten drauf, die sich angeschissen oder anderweitig schmutzig gemacht hatten, sie stöhnten und jammerten, hatten Durst und hätten für einen Teller dieser dünnen Suppe vielleicht sogar getötet, so verhungert sahen sie aus.

Andere saßen im Rollstuhl herum und freuten sich an dünnen Sabberfäden, die ihnen aus dem zahnlosen Mund heraushingen. Wer noch Kraft hatte, streckte seine Hände nach uns aus wie ein Zombie und riss die Augen mit flehendem Blick auf, sie alle schienen auf irgendetwas zu warten, aber auf was?

Ich hätte hier meine Duftbäume verteilen und damit gutes Geld machen können, es roch wirklich nicht gut. Fichte war ja gerade der ganz große Hit, wie mir Manni versichert hatte, aber kam Fichte gegen diesen unfassbaren Gestank von Pisse und Scheiße an?

Tief im Inneren fragte ich mich bei diesem Anblick: Ist es das, was uns allen bevorsteht? Dabei schaute ich Gutti aus den Augenwinkeln heraus besorgt an, und ich erkannte, dass er sich das Gleiche fragte. Man soll seinen Partner unter keinen Umständen überleben, das ist oberstes Ziel, wenn man einen Partner hat. Allerdings war ich der Jüngste von uns allen, und wenn Lemmy bald im Grab liegen oder in ein Heim für Althippies eingeliefert werden würde, wer würde sich dann um mich kümmern, mich pflegen, mir Joints drehen, den Flachmann nachfüllen oder mir die Hand halten, wenn ich wieder mal schlecht träumte?

Noch vor ein paar Tagen hätte ich gesagt: Happiness.

Aber die Hilti lag noch immer unbenützt im Kofferraum bei der Leiche, und je länger sie dort lag …

Also Gutti vielleicht? Der schien die gleiche Hoffnung in mich zu setzten, aber ich sagte gleich kühl und abweisend: „Vergiss es!“

Man muss einfach kühl und abweisend sein, wenn man sich das ersparen will.

Ein Türke kam heraus, und Guttmann wurde blass vor Neid, als er die zuckersüßen, türkischen Mehlspeisen sah, die er sich mit von Zucker und Fett triefenden Wurstfingern unter den Schnauzer schob, tief hinein in seine Wampe. Obwohl er sich für sein Aussehen eigentlich zu Tode schämen und dann in die anatolische Heimat überführen lassen müsste, wo die dortige Erde mit diesem Körper hätte fertigwerden sollen, schrie er mich schneidig an: „He du! Wen du holst ab?“

Sein Deutsch klang, als würde er lieber Türkisch reden. Und das vorschnelle „Du“ konnte man diesen verdammten Zuwanderern einfach nicht abgewöhnen, also versuchte ich es erst gar nicht, ich sagte: „He, Sportsfreund, ich höre noch ganz gut auf dem einen Ohr, also mit mir bitte nicht so laut, okay?“

„Okay.“

Er hätte Schafscherer werden können, wollte aber unbedingt hoch hinaus und war jetzt hier der Müllmann oder so was Ähnliches. Jedenfalls sah er so aus, nur dass seine Müllmannkleidung in Rosa gehalten war anstatt in Orange. Wie eine Hausfrau auf den Sperrmüllwagen wartete er jetzt darauf, dass endlich jemand von diesen jammernden Gestalten ins Auto verfrachtet und weggebracht wurde, bevor ihn die Vögel fraßen. Aber ich hatte echt keinen Platz mehr im Kofferraum, beim besten Willen nicht, ich sagte: „Ich bin Superschnüffler Rock Rockenschaub, und das hier ist Guttmann, der Bulle, und der hat ein paar Fragen an dich, zum Beispiel …"

Ich überließ Gutti die große Bühne, dem fiel aber nichts anderes ein, als ihn zu fragen, ob er Üzgür heiße.

Aber der Üzgür sagte: „Ich nix Üzügür, ich Ümit!"

Und zwar mit dem ganzen Stolz eines Türken, der Ümit heißt.

Ümit war Springer im weitverzweigten Waste-Imperium, wie sich herausstellte, er verrichtete hier seine Tagesschicht und musste während der Nacht im Waste-Wellness in Baden bei Wien buckeln, von woher sich die beiden kannten, wie sich weiters herausstellte. Aber auch mit einem Zeitungsausträgerjob als drittem Standbein kam Ümit kaum über die Runden, wie er klagte, aber selbst, während er klagte, zeigte er uns seine strahlend weißen Zähne unter dem gewaltigen Schnauzer. Ich war wieder mal beschämt und dachte: Diese Südländer sind uns nordischen Eiszapfen mit ihrer grundsoliden Fröhlichkeit einfach haushoch überlegen. Steck sie in einen Kübel Scheiße, und sie lächeln dich freundlich an. So sind sie.

Ich legte Ümit meine Hand auf die Schulter und fragte ihn, was der Scheiß hier überhaupt sollte. Dabei deutete ich auf die Elenden in ihren Betten neben den Mülltonnen und wollte wissen, ob unter denen bis vor Kurzem auch eine gewisse Seffa Berger gewesen war, Widerstandskämpfergattin.

Ümit erzählte, dass das Heim seit dem ersten April privatisiert sei und man den Leuten eine Nachfrist von einem Monat eingeräumt habe, um den neuen Vertrag zu unterschreiben und die dann fälligen neuen Preise zu bezahlen, die für die meisten aber unerschwinglich waren.

„Auch für Seffa?“, fragte Guttmann.

„Sicher auch für Seffa!“, sagte Ümit.

Die Betten stünden hier seit gestern, erster Mai, Punkt Mitternacht, wie er erzählte, und Seffa war bei denen, die rausgestellt worden waren. Sie musste sich von hier aus aufgemacht haben, um sich zu verbrennen. Ein kleiner Schritt für einen Gesunden, aber ein großer Schritt für eine kleine alte Frau, die auch noch den Rollator hatte mitnehmen müssen. Alles in allem aber hatte sie die richtige Entscheidung getroffen, wie ich fand. Denn wenn man sich ihre Kollegen anschaute, auf die nun auch noch die Sonne draufbrannte, gab es hier nichts, wofür es sich zu leben lohnte. Wäre Lemmy fit gewesen, hätte ich ihn hierherbestellt, auch für ihn sah ich hier gewisse Absatzchancen.

Dann noch eine Frage an Ümit: „Warum trägst du eigentlich ausgerechnet Rosa, hm? Ich finde nicht, dass dir Rosa steht.“

Es ist ein Elend der neuen Zeiten, dass die ohnehin schon durch ihre lächerlichen Löhne am Boden liegende Arbeiterschaft dann auch noch durch ihre hässliche Kleidung und die Papierhütchen, die sie tragen muss, zusätzlich erniedrigt wird.

Als Trost versorgte ich Ümit mit dem Sportlerklub-de-Luxe-Paket, das eine Eintrittskarte für das nächste Heimspiel, eine Eintrittskarte für das Pornhouse, und ein Säckchen von Lemmy beinhaltete. Wenn ich ehrlich war, verband ich damit auch die Hoffnung, dass er mich in guter Erinnerung behalten und mir irgendwann den Arsch auswischen würde, wenn es bei mir so weit war. Ich zwickte ihn in die Wangen und sagte: „Du bist ein echt dufter Typ, weißt du das?“

Als ich „Dufter Typ“ sagte, fiel mir ein, was er noch brauchte. Ich steckte ihm eine Fichte unter jede Achsel, er freute sich wie verrückt darüber und sagte: „Danke.“ In seinem Job kriegte man nicht so schnell Anerkennung, und bei seinem Gehalt konnte er sich keine Duftbäume leisten.

Ich fragte: „Wäre dir denn geholfen, wenn du nicht mehr springen müsstest?“

Er lächelte breit wie Jack Nicholson und sagte: „Ja.“

Ich kratzte mich am Kopf und sagte: „Wenn ich dir helfen könnte, würd ich's tun. Ehrlich.“

„Gibt es denn hier auch so was wie einen Chef“, wollte Guttmann dann von ihm wissen. „Du selbst kannst ja unmöglich der Chef sein, oder?“

Ümit lachte auch darüber fröhlich und deutete mit seiner behaarten Hand in den langen Gang hinein, der zum Vordereingang des Heimes führte, er sagte: „Ist er Chef da drüben.“

Ich fragte: „Ist er Chef sympathisch?“

„Naaa“, sagte Ümit. „Ist er Sie-Chef, und ist sie nix sympathisch! Ist sie dünn, ist sie drogensüchtig, hat sie dicke blaue Adern an kalte weiße Hände, hat sie nix Arsch in Hose und nix Dutterl in Leiberl. Und hat sie schon trockene Rotweinflecken um die Mundwinkel um diese Zeit von Tag!“

Das volle Programm also.

Ich klopfte ihm anerkennend auf die Wampe und sagte: „Du selbst bist wohl Biertrinker, was?“

„Naaa!“, sagte er. „Ist alles Mehlspeise von Mutti.“

Guttmann wollte dann seine private Adresse wissen, für den Fall, dass wir ihm noch ein paar Fragen stellen müssten. Ich hatte ihn aber eher im Verdacht, dass er über

Ümit an die Mehlspeisen seiner Mutter herankommen wollte. Aber das sollten die beiden sich untereinander ausmachen.

***

Wir gingen durchs Haus zum Vordereingang, über einen Gang voll hektischer Betriebsamkeit, wie das wohl heißt, wenn sich alle gegenseitig auf die Zehen steigen. Hier war gerade Frühverkehr, freiberufliche Erntehelferinnen aus der Ukraine mit dem breitärschigen Chic des Sowjetkommunismus, die normalerweise Kartoffeln aus der Erde holten, hier aber von heimischen Leasing-Firmen eingesetzt wurden, erledigten die Arbeit. Sie schoben Wägelchen voll frischer Windeln herum und solche voll angeschissener. Guttmann kotzte sich dann fast an, aber nicht wegen der vollgeschissenen Windeln, sondern weil er den großen Topf mit dünnem Tee sah, den man hier zum Frühstück servierte, ich fragte ihn: „Ist es das, wovor du weggelaufen bist?"

Er stammelte: „Ja."

Nach vorne hin aber breitete sich ein schöner Parkplatz vor dem Gebäude aus, darauf standen mächtige schwarze Geländewagen herum oder überhaupt Limousinen, die man sich erst leisten können musste. Alte Leute wurden in Rollwägen zur Tür geschoben, über dem momumentalen Eingang war ein billiger Blumenkranz angebracht und ein handgemaltes „Herzlich Willkommen!"-Schild. Herzlicher ging es nicht.

Hier wurde an den richtigen Ecken gespart. Kleine süße Asiatinnen in rosa Uniform kümmerten sich an der Vorderfront um die Neuankömmlinge, während die dicken Türken mit ihren Haaren am Arsch auch am

Arsch des Hauses arbeiten mussten. Mimi war wohl eine von den kleinen süßen Asiatinnen gewesen, bis sie abgeschoben worden war.

Die rosa Uniformen ließen mich plötzlich an die Dressen der verhassten Währinger denken, die auch in Rosa spielen mussten, seit sie von diesem aus Kanada zurückgekehrten Investor übernommen worden waren, ich dachte: Das kann doch nicht sein ... das gibt's doch nicht ... ist es denn möglich?

Eine, auf die Ümits Beschreibung passte, stand tatsächlich mit Rotweinresten in den Mundwinkeln und einem Clipboard vor der flachen Brust bei einem gescheitelten Schnösel, der gerade seine alte, zitternde, verzweifelte Mutter oder Großmutter abgab, man weiß das heute nicht mehr so genau, Großmutter ist die neue Mutter, oder so. Die Angst vor dem Unbekannten stand der Alten ins Gesicht geschrieben, sie stammelte: „Karl-Heinz! Karl-Heinz! Was machst du denn mit mir?"

Aber sie musste sich von der Fuseltrinkerin sagen lassen: „Seien sie beruhigt, das hier ist ganz bestimmt das Beste für Sie!"

Sie hatte ein Namensschildchen an der flachen Brust, darauf stand: Frau Kreuzer. Der Karl-Heinz drückte ihre eiskalte Hand und verschwand, ohne Mutti oder Großmutti noch ein Bussi zu geben. Sie wurde reingeschoben in den Bau und würde die freie Welt mitsamt ihrer Sonne, den Blumen, den Bienen und allem Drum und Dran wohl nie mehr sehen. Darum war sie jetzt die einzige Unglückliche, alle anderen hatten den Jackpot gezogen: Der Karl-Heinz brauchte sich um seine Alte nicht mehr zu kümmern, das Heim kriegte monatlich einen Haufen Schotter überwiesen, mit dem konnte man sich von teuren Leiharbeiterfirmen billige Leiharbeiter ausborgen. Und die Kreuzer konnte sich ihren Fusel leisten. So hatten letztlich alle was davon, bis auf die Alte.

Und die Leiharbeiter.

Und Ümit.

Frau Kreuzer war der Typ magersüchtige Porsche-Cayenne-Fahrerin, eine Sorte, die man immer häufiger traf in diesen Tagen. Als der K.-H. weg war, atmete sie kurz kräftig durch, nahm das Clipboard von der Brust und ließ ihr normales hässliches Gesicht ohne festgefrorenes Lächeln, das sie vorhin die ganze Zeit gezeigt hatte, auf den Wangenknochen hängen.

Sie war wirklich verdammt hässlich. Hässlicher als Lemmy.

Als sie uns entdeckte, war sie aber sofort wieder ganz Grinsekatze, sie setzte ihre Lesebrille auf die Nase wie die Girls in den *Cum-on-her-Glasses*-Filmen, und stiefelte auf uns zu, als wären wir reiche Scheichs, die ihr eine Ladung Öl brachten. Sie streckte mir das Pfötchen entgegen und spannte wieder die Tafel vor ihre Mäusebrüstchen, sie fragte: „Bringen Sie Ihren Vater?"

Das fand dann sogar ich ein wenig hart, Guttmann aber natürlich noch ein bisschen härter. Ich sagte: „Ich überleg's mir noch, Lady, lassen Sie mir etwas Zeit. Noch ist der gute Mann ja im Dienst, und zwar bei der Polizei. Er heißt übrigens so, wie er ist, nämlich Guttmann. Ich bin der schlechte von uns beiden und heiße Superschnüffler Rock Rockenschaub, wir interessieren uns für die verstorbene Frau Josefa Berger."

„Oh!", sagte Frau Kreuzer. „Dazu kann ich Ihnen leider gar nichts sagen!"

Gutmann sagte: „Wenn sich herausstellt, dass sie sich wegen der ekelhaften Suppe hier umgebracht hat, dann ermittle ich in Richtung Mord, verstehen Sie?"

„Ha?"

„Sie wissen, dass ihr Mann Widerstandskämpfer war, das wird auf sie abgefärbt haben, vielleicht wollte sie ja sagen: Diese Suppe … bis hierher verdünnen, aber nicht mehr weiter verdünnen … , sonst …"

Guttmann kriegte den stieren Blick und drohte sich da in etwas zu verheddern, er machte eine Front auf, an der er nicht gewinnen konnte, er soff irgendwie ab in der dünnen Suppe, denn die Lady sagte kühl: „Wir leben in einem freien Land, jeder darf Suppe kochen, wie er will, und jeder darf sich umbringen, wenn er will. Aus welchen Gründen auch immer."

Ich sagte: „Wir sind uns noch nicht ganz sicher, ob sie auch wollte. Um das herauszufinden, werden wir Sie vielleicht als Zeugin vernehmen müssen, und da gibt es dann mal vier bis sechs Stunden keinen Rotwein, an dem Sie nippen können, und ich weiß wirklich nicht, wie Sie das aushalten wollen, wussten Sie übrigens, dass Kiffer länger leben als Alkoholiker?"

Das wusste sie nicht. Sie wischte sich über den Mund, als wäre sie beim verbotenen Eislecken ertappt worden.

Gutti fragte, wer denn der Eigentümer dieser Liegenschaft sei, und sie sagte ein wenig ungehalten: „Der Eigentümer ist eine Kapitalgesellschaft namens Waste mit Sitz in Vaduz."

Ich fragte: „Wo?"

„Vaduz!"

„Noch mal, bitte."

„Vaduz, Herrgottnochmal!“

„Nie gehört. Weiter.“

„Mehr weiß ich leider auch nicht.“

Ich setzte nach: „Kann es sein, dass dahinter ein gewisser erfolgreicher Heimkehrer aus Kanada steckt, der mit Windeln und Kathetern reich geworden ist?“

Sie sagte: „Keine Ahnung!“

„Dann wissen Sie wenigstens, wo Frau Bergers Zimmer ist?“, fragte Guttmann, aber sie wusste nur so viel: „Das Zimmer von Frau Berger, wie Sie es nennen, wird bereits von einem neuen Gast bewohnt, der es sich auch leisten kann.“

Guttmann beharrte darauf, dass Seffa Berger doch zumindest ein paar Strumpfhosen und das eine oder andere Buch besessen haben musste, „Fotos von und Erinnungen an ihren Poldi Berger, irgendwo muss doch noch ihre Verlassenschaft sein“.

Wir gingen in das Büro der Säuferin, dort kramte sie widerwillig einen Müllsack heraus, auf den ein Zettel mit Seffas Name geklebt war. Sie legte ein paar wertlose Sachen auf den Tisch, und dann ein paar Briefe, sie sagte: „Ich glaube wirklich nicht, dass sich Seffa Berger wegen der ekelhaften Suppe umgebracht hat, oder weil sie Angst hatte, ihr Bett hier zu verlieren. Sie hätte den gut dotierten Fonds für Widerstandskämpfer anzapfen können, sowohl den nationalen als auch den von der EU eingerichteten, da liegt genug Geld drinnen, denn, wie Sie wissen, es gab in diesem Land bei Weitem nicht entsprechend viele Widerstandskämpfer, ich muss das zu unserer Verteidigung schon sagen.“

Guttmann sagte: „Sie geben also zu, dass die Suppe ekelhaft ist?“

Sie sagte: „Ja. Aber deswegen hat sie sich nicht umgebracht. Es dürften sie vielmehr tiefschürfende Veränderungen in ihren Planungen für ein Leben danach aus der Bahn geworden haben."

Sie zeigte uns jetzt einen Brief, der an Seffa adressiert war, und sagte: „Von den Widerstandskämpferverbänden bekam Frau Berger schon lange keine Briefe mehr, auch nicht zum Geburtstag. Aber in letzter Zeit bekam sie ständig Post von einer gewissen Sam A. Terry Luxury Developing Land mit Sitz ebenfalls in Vaduz. Darin wurde Frau Berger informiert, dass sie und ihr Mann ihren reservierten Grabplatz verloren hätten, wegen Privatisierung eines Teiles des Friedhofs, das haben Sie ja selbst gesehen, nehme ich an."

„Allerdings", sagte ich. Und dann fing ich langsam an, mir Sorgen um Lemmys Grabplatz zu machen, der gleich in der Nähe von Seffas lag.

Sie fuhr fort: „Dass also das Grab, in dem ihr Mann liegt, aufgelassen wird, weil man darauf Häuser bauen will, und sie sich selbst um einen anderen Platz umschauen musste bzw. man ihr nahelegte, sich verbrennen zu lassen, das dürfte sie überfordert haben."

Guttmann sagte: „Wer legte ihr denn nahe, sich verbrennen zu lassen?"

„Dem letzten Brief war ein Schreiben einer gewissen Flame Ltd. mit Sitz ebenfalls in Vaduz beigefügt", erzählte die Lady weiter, und ich fragte mich langsam, wie viele Sitze denn dieses Scheiß-Vaduz überhaupt hatte.

„In diesem Brief wurde ihr die Verbrennung ihres Leichnams nahegelegt, sobald es so weit sein würde, zu besonders günstigen Konditionen, falls sie die Verbrennung bereits zu Lebzeiten in die Wege leiten würde, ein Gutschein lag auch bei."

Ich sagte: „Den können Sie ja jetzt verbrennen."

„Ja, leider", sagte der Eisschrank und lächelte bemüht mitleidig. Mir gefiel das, ich sagte: „Sie scheinen das Herz am rechten Fleck zu haben. Also sorgen Sie doch bitte dafür, dass Ümit der Springer nicht mehr springen muss, dann geht es ihm nämlich besser. Ansonsten geht ein Brief nach Vaduz, in dem Ihre Rotweinreste im Kaubereich unvorteilhaft geschildert werden. Dann muss Ümit zwar weiter springen, aber sie fliegen. Haben wir uns verstanden?"

Sie sagte: „Verschwinden Sie endlich!"

Als wir zu meinem Auto kamen, saß eine Abordnung Singvögel auf meinem Kofferraumdeckel, und ein paar Japaner standen darum herum und fotografierten das seltsame Schauspiel. Ich verjagte die Japaner, aber die Vögel blieben sitzen und scherten sich einen Dreck um mich, denen schien es auf meinem Kofferraumdeckel zu gefallen, ich sagte: „Ihr liebt wohl Fichte, was?"

Guttmann fragte: „Was lieben sie?"

Ich öffnete den Kofferraum ein kleines Stück weit, und heraus strömte der herrliche Duft von meterhohen Fichten, ergänzt um den Geruch einer verwesenden Leiche, die man irgendwo dazwischen verbuddelt hat, und ich fragte Gutti: „Hast du jetzt endlich eine Idee, was ich mit der verdammten Leiche machen soll?"

Er sagte: „Riecht der Typ nach Fichte?"

Erst als ich den Deckel wieder zuknallte, hatten auch die Vögel die Schnauze voll von dem ganzen Scheiß und verschwanden in einen richtigen Wald.

***

Auch nüchtern fiel Guttmann dann nicht ein, was wir mit der Leiche machen sollten. Ein paar Stunden würde der Kerl in meinem Kofferraum noch nach Fichte riechen, wenn ich ordentlich Holz nachlegte, aber spätestens am Nachmittag würde mein Datsun nach vermoderndem Bischof riechen.

Ich fuhr mit Guttmann zu Manni, diesmal versuchte er mir einzureden, dass gerade Birke groß in Mode war, aber ich blieb zunächst bei Fichte und nahm Birke nur zur Sicherheit. Falls ich doch noch ein paar Tage länger mit dem Gottesmann herumfahren musste!

Wir legten ein paar Bäumchen hinten hinein, da fragte Manni: „Was hast du denn eigentlich da hinten in deinem Kofferraum?"

Ich sagte: „Das wirst du jetzt vielleicht nicht glauben, Manni, aber es handelt sich um meine Hilti einerseits und den abgängigen Bischof Wimmer andererseits."

Manni applaudierte müde, wie nach einem halbwegs gelungenen Fick, der nicht ganz prächtig war, aber auch nicht ganz schlecht, und sagte: „Bravo. Bravo. Brauchst du auch Sonnencreme?"

Ein harter Winter lag hinter uns, die Beinchen waren noch ganz weiß, und ab und zu traten wir sogar noch in Reste von Schnee, wenn wir durch die Straßen hüpften. Aber jetzt strebte und drängte alles zur Sonne, und jeder glaubte, das Leben wäre leicht und vergnüglich, aber das war natürlich nicht so. Denn es waren die Tage, wo man sich besser gut einschmierte, sonst kriegte man schnell einen Sonnenbrand, ich sagte: „Hast du denn einen Tipp für mich?"

Er sagte: „Piz Buin."

Ich kaufte zwei Flaschen, und als wir dann gemütlich dahinfuhren, sagte ich zu Guttmann: „Hör zu, wir haben jetzt die Scheiß-Leiche, aber keinen Fall, richtig?"

„Richtig."

„Ich habe da einen Kumpel beim *Schmetterling,* Fink mit Namen, du kennst ihn aus dem Pornhouse."

Er sagte: „Möglich, dass ich ihn kenne."

„Der ist Spezialist für Schweinereien in der Politik und kennt sich sehr gut mit Firmen aus, die ihren Sitz in Vaduz haben, das wäre doch immerhin ein Ansatz, was meinst du?"

Der *Schmetterling* war die etwas brustschwache, aber seriöse Stadtzeitung für Gutmenschen und politisch Korrekte, für Widerstandskämpfer aller Art und solche, die es noch werden wollten, für Biofreaks und Sacktittenträgerinnen. Aber immer weniger verlauste Studenten und Wickelrockträgerinnen lasen solchen Scheiß wie über die Besetzung des Klosters der Brüder Jesu durch Asylanten im Winter, über die Fink schreiben musste.

Im Pornhouse hatte er mir dann mal unter uns Pastorentöchtern erzählt, dass es „nichts Schlimmeres gibt als diese friedensbewegten Omas mit ihren vertrockneten Mösen und ihrer nassen Sprache, weil die Zähne so schlecht sitzen, und die dann dort neben den Holzfällern aus Nigeria oder eben Ruanda sitzen und dabei „etwas spüren", wie sie behaupten, meistens „die Nähe Gottes", aber in Wahrheit werden sie einfach noch mal feucht, weil sie sich vorstellen, wie sie von einem Flüchtling genagelt werden, verstehst du?"

Es ist schwer, so etwas zu verstehen, aber man versucht es halt.

Obendrein kauft Fink sein Dope immer bei Lemmy und verteilt es unter den Griffelschwingern, jedenfalls einen kleineren Teil davon. Den größeren Teil rauchte er selbst, denn ohne Lemmys Zeug konnte er nicht mehr geradeaus schauen. Er war nicht wirklich top auf meiner Liste der besten Freunde, aber er war unter den Top Ten von den Fünfen, die ich hatte. In Dirty Willis Swedish Pornhouse saß er immer in Reihe 9 Platz 1 und schaute sich Filme mit politischem Hintergrund an wie *Secrets Service Sluts* usw. an, die berühmten 3-S-Filme, getreu dem Motto: Einmal paranoid, auch im Pornhouse paranoid.

Ich wählte seine Nummer und sagte: „Wir treffen uns in Jolandas Hard & Heavy, gleich vis-à-vis von Lemmys Quattro Stazzione."

Er fragte: „Wann?"

Ich sagte: „In einer Stunde."

Bei Jolanda im Hard & Heavy war um diese Zeit immer Happy Gulasch angesagt, dazu gab es viel Bier und reichlich Slibo. Ein beschaulicher Ort, an dem der Mensch noch Trinker und Versager sein konnte. Pünktlich um sieben Uhr morgens dockten hier die ersten Experten für sinnlos versoffene Tage an, bestellten Bier zum Frühstück und Schnaps zur Jause, zwischendurch legten sie die paar Schritte zum Sozialamt hin, um sich cashmäßig aufzumunitionieren. Irgendwann vor Mittag stießen dann die Müllmänner dazu, die draußen den Dreck wegkehren sollten, sich aber lieber ansoffen, und nach Mittag kam der Briefträger und verteilte die Leckerlis, denn manche Obdachlose hatten das Hard & Heavy als ihre Postadresse angegeben, und wenn hier das Arbeitslosengeld ausbezahlt wurde, dann gab's ein großes Hurra. Es kamen Einsame, es kamen Verlierer, und es kamen alle, die nicht draußen sein wollten, wenn die Sonne schien, weil ihnen diese verdammte Sonne einfach nur auf die Nerven ging mit ihrer Fröhlichkeit, kurz: Hier lebte der Mann in der Krise, und entsprechend aufgekratzt war die Stimmung.

Dass der Staat ausgerechnet in solchen Löchern nach Steuergeld graben ließ, weil er keine Kohle mehr hatte, war nicht leicht zu verstehen. Dabei konnte Jolanda noch von Glück reden, dass man ihr keinen von diesen jungen Eifrigen mit zackigem Bürstenhaarschnitt und rosaroter Krawatte zu rosarotem Hemd geschickt hatte, die im Schnelldurchlauf Jus studiert haben und nun für ihren Finanzminister über einen an irgendwelche seiner Freunde ausgelagerten Private Tax Service die Kohle heranschaffen sollten, egal wie, damit er das Geld dann am anderen Ende über den Umweg Briefkastenfirma mit Sitz in Vaduz wieder aus dem Land schaffen konnte.

Der, der zu Jolanda gekommen war, war eine Art korrekter Old-School-Typ am Rande zur Pensionierung, und als wir eintraten, stand er bei ihr hinter der Schank und griff ihr vorschriftsmäßig nicht an den Arsch, obwohl es ihn sichtlich reizte. Er trug seine Ärmelschoner und hatte Probleme mit seiner Lesebrille, die er immer wieder auf- und absetzen musste, wenn er ihre Bestände an Alkohol in vorgefertigte Listen eintrug. Sicher hat er sich mal was dabei gedacht, als er Beamter wurde, er ging vermutlich früh mit Zahlentabellen zu Bett und nahm sich den Taschenrechner mit aufs Klo, so einer war das. Aber er sah dabei nicht glücklicher aus als die ganzen anderen traurigen Gestalten, die hier herumsaßen und an die ich nun ein paar Säckchen *Vaja Con Dios* zur Probe verteilte, damit ihr Tag vielleicht doch noch einen Sinn bekam und Lemmy ein bisschen mehr Feedback. Der Steuerfuzzi war nur ein Verlierer mehr hier herinnen, mit dem Unterschied, dass er was zu tun hatte und dafür bezahlt wurde.

Guttmann und ich setzten uns und bestellten jeder ein Großes und ein Kleines, ein großes Bier gegen den Durst, und ein kleines zum Trinken. Die Stimmung wurde dann nicht viel besser, als Fink dazukam. Er hatte als junger, hoffnungsvoller Mann beim *Schmetterling* angefangen und war heute noch dort, obwohl er längst zur *Gosse* oder zur *Posse* hätte wechseln können, wo er einen üppig gefüllten Lohnsack einstecken und im Gegenzug für Inserate der Bundesregierung Lobeshymnen genau auf dieses Dreckspack hätte schreiben müssen. Oder er hätte Fotos vom Finanzminister mit seiner Gattin, die sie auf irgendwelchen upgegradeten Reisen zeigten, mit schönen Bildunterschriften gestalten können. Dafür gab es bei diesen Zeitungen schweinemäßig viel Kohle, mit dem er sich ein schönes Leben hätte machen können.

Aber Fink war vom Virus der Gerechtigkeit infiziert, er hat in Moskau schon den Boden geküsst und seinen Marx auswendig gelernt, er hielt es einfach nicht aus, wenn die Welt so durch und durch privatisiert war wie in unserer schönen Heimat. Den Dreck unter den Teppichen hervorzuholen und den Lurch aus den Ecken zu kehren, das war seine große Leidenschaft. Wenn am Ersten Mai einer bis zum Rathaus marschierte und alle Lieder auswendig kannte, dann war es Fink.

Als er sich setzte, waren plötzlich unglaublich viele Fliegen um uns herum, und ich wusste nicht recht, ob Fink sie von draußen mitgebracht hatte – als Fans? –, oder ob die von herinnen sich sofort auf ihn stürzten. Das war das Problem mit Fink: Eine gute Story gelang ihm so selten wie der Griff zum Waschlappen. Er war knapp über 50, trug aber immer noch seinen schwarzen Konfirmandenanzug, was man mittlerweile auch riechen konnte. Und weil er so arm war, musste er die Erdäpfel, die er sich im Ganzen nicht leisten konnte, trinken. Kaum saß er, schrie er schon: „Wodka!"

Dann öffnete er ein paar Knöpfe seines Hemdes und wischte sich den Schweiß unter der Krempe seines Hutes weg, der ihm schlapp ins hängebackige Gesicht hing. Endlich schlug er sein schlaues Buch auf, das Laptop hieß, und sagte: „Also was gibt's, Freunde?"

„Sam A. Terry, sagt dir das irgendwas?", fragte Guttmann.

„Cemetery ist englisch und heißt Friedhof", wusste Fink etwas voreilig. „Die Literatur ist voll von Friedhöfen … einer der berühmtesten ist der Cimetière du Père-Lachaise in Paris, auf dem Jim Morrison begraben liegt, wollt ihr hinfahren?"

Ich hätte Guttman natürlich warnen müssen, dass Fink gerne und viel redete, das war auch einer der Gründe, warum er auf meiner Top-Ten-Liste nie unter die Top-Fünf kam, sein Geruch war ein anderer.

Ich hielt ihm nun den Brief vor die Nase, den Seffa Berger bekommen hatte, und sagte: „Gutti meinte Sam A. Terry International Luxury Developing Land mit Sitz in Vaduz!"

„Oh mein Gott", sagte Fink gelangweilt. „Es geht also wieder um den Finanzminister?"

„Wie kommst du denn da drauf?", fragte Guttmann.

„Ich bin dem Arsch seit Langem auf den Fersen, Grundstücks- und Immobiliendeals sind seine Leidenschaft, neben der Verscherbelung von Tafelsilber der Republik an enge Freunde. ‚Sam' ist also mit großer Sicherheit der Vorname seiner Frau, genau genommen heißt sie ja Samantha, aber er nennt sie immer Sam, weil das so international klingt, wie er findet. Aber gut, er war früher Tankstellenpächter, und jetzt ist er halt Finanzminister der Republik, da klingt schnell etwas international. ‚A' ist, wie wir wissen, der erste Buchstabe im Vornamen von Finanzminister Alfons Richard Scharinger, also wäre auch das gelöst. Und ‚International Luxury Developing Land' heißt, dass es um einen Top-Class-Grundstücksdeal geht, ich sag euch gleich: Jeder weiß, dass der Minister in Schweinereien verwickelt ist, aber niemand will das lesen, niemand will darüber etwas wissen. Er ist den Leuten in diesem Scheiß-Land heilig mit seinem schönen Seitenscheitel, und jede Mutter in diesem Land will ihn zum Schwiegersohn haben."

Guttmann war einigermaßen begeistert von Finks umfassendem politischen Wissen, aber wie jeder gute Staatsbürger war er natürlich auch fassungslos: „Dann ist die Sam A. Terry Luxury Developing Land also eine Firma, die diesem Arsch direkt zuzurechnen ist?"

„Davon gehe ich aus, auch wenn man ihm das erst einmal beweisen müsste, denn diese Firma ist mit Sicherheit Teil einer Stiftung."

„Mit Sitz in Vaduz", sagte ich.

„Mit Sitz in Vaduz, natürlich."

„Und wer ist Terry?", fragte Guttmann.

„Das weiß ich nicht", sagte Fink.

Ich zeigte ihm nun den anderen Brief, in dem der Seffa Berger eine Firma mit dem Namen FLAME Ltd. mit Sitz in Vaduz das Angebot machte, einen Vorabdeal für ihre

Verbrennung nach dem zu erwartenden Tod zu unterzeichen, ich fragte Fink: „Kennst du die auch?“

Fink kannte sie natürlich, er sagte gelangweilt: „Nimm das *F* aus dem Vornamen Frankie und das *Lame* aus dem Nachnamen Lametta, und du erkennst dahinter einen befreundeten italienischen Mafioso des Ministers. Die beiden treffen sich oft während der beliebten Jet-Set-Wochen auf Sardinien, der Minister wohnt dann zusammen mit seiner Frau Sam bei diesem Lametta, selbstverständlich freie Kost und Logis. Lametta hat den Abfallhandel im gesamten Mezzogiorno, also dem Süden Italiens, in der Hand. Wenn er jetzt zusammen mit dem Minister auch in Leichenentsorgung machen will, dann wundert mich das gar nicht, das ist ja gewissermaßen seine Spezialität.“

Während Fink Schnurren über den Finanzminister erzählte, merkte ich, wie der Steuerschnüffler hinter der Theke langsam immer wütender wurde, wie sein Kopf zu rauchen begann und er auf seiner Strichliste immer mehr Ausrutscher fabrizierte, die er auch mit dem Tintentod nicht mehr ausbügeln konnte. Man konnte richtig sehen, wie er sich fragte: Warum bin ich hier und hab ein beschissenes Leben, und warum ist mein Scheiß-Boss auf Sardinien und hat so ein geiles Leben? Ich glaubte sogar zu sehen, wie er sich fragte: Ist das gerecht? Ist das der Sinn meines Lebens?

Ich ortete schweren Kubelka-Alarm bei ihm, während Guttman Fink weiter mit Fragen löcherte: „Und wie kommt man an solche Aufträge?“

Fink wusste auch das: „Die Regierung hat alle Besitzungen und Werte, die noch irgendwie in Händen von Bund, Ländern, Gemeinden waren, in eine Dachgesellschaft eingebracht und ÖVAG draufgeschrieben, Österreichische Verwertungs-AG. In dieser Gesellschaft sollten die Leckerlis aber nicht lange bleiben, denn unter dem Mäntelchen ‚Mehr Privat – weniger Staat!' ging man hurtig daran, alles zu privatisieren. Eine Praxis übrigens, die sich mittlerweile in mehr oder weniger allen Bananenrepubliken der Welt durchgesetzt hat, aber vielleicht nirgendwo so extrem wie bei uns. Die Perlen und Goldstücke gingen dabei natürlich nie an den Bestbieter, und man hielt sich auch nicht an die früher mal vom Europäischen Gerichtshof festgeschriebenen Kriterien wie Öffentlichkeit und Transparenz, sondern zeichnete auf eine Serviette einen kleinen Plan, der besagte, was an welche Freunde und Günstlinge gehen sollte, darunter Bergbauern, Tankstellenpächter, Autohändler, Diözesen, Bordellbesitzer und Mafiosi, einfach alles, wovor einem normalen Menschen graut."

„Verdammt!", sagte ich. „Weiß man denn was über die Pflegeheime und Kuranstalten, die vor Kurzem unter den Hammer gekommen sind? Gingen die vielleicht alle an einen zurückgekehrten, sogenannten erfolgreichen Geschäftsmann aus Kanada, der dort mit Windeln und Kathetern reich geworden ist und nun dem Heimatland etwas zurückgeben möchte, indem er die Währinger Athletiker sponsort?"

Fink meinte: „Du sagst es, so war es. Dann vereinbarte man, wer darüber hinaus noch für welche sogenannten Beratungen wie viel an Provisionen kassieren sollte, die Jungs im engeren Umfeld vom Minister wussten bald selbst nicht mehr, woher das ganze Geld in ihre Taschen eigentlich regnete und wohin mit dem ganzen Schotter."

Ich fragte: „Nach Vaduz vielleicht?"

„Kann gut sein", sagte Fink. „Das Problem ist natürlich, dass die Burschis dadurch schwer zu fassen sind. Der Minister und seine Freunde saugen den Staat aus, und auf der anderen Seite schickt er eine Armee unterqualifizierter, schlecht bezahlter und schlecht motivierter Steuerprüfer raus, um in kleinen Gasthäusern Centstücke zu holen. Seine Freunde mit den vollen Taschen lässt er ungeschoren."

Ich tippte ihm auf die Schulter und legte den Finger auf seinen Mund, dann deutete ich in Richtung des Prüfers hinter der Theke und sagte: „Tsch! Nicht so laut!"

„Wenn du dann aber schreibst", redete sich Fink nun in Rage, „dass sie mit ihrem fetten Arsch im Goldtopf sitzen, während das Volk hungert, dann fangen sie an zu weinen und sagen im Fernsehen: ‚Das ist jetzt eine Neiddebatte, darunter leide ich sehr.' Aber das Volk liebt und braucht Neiddebatten, ohne vorhergehende Neiddebatte wäre noch nie ein König geköpft worden oder ein Papst gevierteilt, und wo bliebe denn bitte der Spaß im Leben, wenn man nicht ab und zu einen König köpfen kann, Friede den Hütten, Krieg den Palästen! Freundschaft!"

Guttmann fragte ungläubig: „Sag mal, bist du schon so besoffen, oder stimmt das alles, was du uns da erzählst?"

„Mein lieber Freund Guttmann", sagte Fink mit glasigen Augen, „es stimmt leider alles. Und jetzt Wodka! Für alle!"

Er hob das Glas, prostete uns zu, und alle versammelten sich um unseren Tisch, auch der Steuerprüfer, der sich zwischen die gestandenen Sozialhilfeempfänger drängte wie der Schaulustige bei der Exekution, der noch etwas über den Delinquenten sagen will, bevor die Rübe fällt. Er hob vorsichtig die Hand und flüsterte: „Er isst Sülzchen!"

Dabei wirkte er wie der unsympathische Streber in der Klasse, der endlich mal keine aufs Maul kriegen will für den Scheiß, den er die ganze Zeit redet, ich fragte: „Wer isst Sülzchen?"

Er sagte: „Der Minister!"

Dabei zitterten ihm Stimme und Lippen vor Neid und Wut, und auch wir waren fassungslos, aber nicht vor Neid und Wut, sondern vor Ekel: „Er isst echt Sülzchen?"

„Ja. Jeden Tag!", wusste der Zwerg. „Ein Gourmetrestaurant im 1. Bezirk, das in seiner Schuld steht, beliefert ihn jeden Tag in seinem Penthouse im Power-Tower. Gratis! Das ist verbotene Geschenkannahme! Aber bei ihm ist es egal! Und wir kriegen pro Tag einen Essensgutschein im Wert von zwei Euro achtzig!"

Unzufriedene Mitarbeiter sind gefährlich für den Boss, ich fragte also: „Hast du denn heute noch gar nichts gegessen? Dürfen wir dich einladen?"

„Aber es gilt doch das Anfütterungsverbot!", sagte er beinahe verzeifelt.

„Okay", sagte ich ruhig. „Ein Anrauchverbot gilt aber nicht?"

Er fragte: „Ein was?"

Ich sagte: „Hör mal zu, Sportsfreund. Marihuana senkt nachweislich das Hungergefühl, das ist verbürgt. Ich kann dir also eine Probepackung hierlassen und ein paar Gutscheine, damit du dir immer dann, wenn du Hunger hast, selbst etwas holen kannst bei unserem Kumpel Lemmy da drüben im Quattro Stazzione. Aber komm bitte nicht auf die Idee zu fragen, warum sein Plattenladen wie eine Pizzeria heißt, und komm schon gar nicht auf die Idee dich zu fragen, warum er nur einen Bruchteil seines Umsatztes mit Platten macht, okay?"

„Okay."

Während wir mit einem dicken Joint seinen Hunger stillten, fragte ich Fink: „Lesen denn die Leute lieber etwas über die Scheiß-Kirche als über die Scheiß-Politik? Immerhin hat sich diese Sam A. Terry International irgendwas ein Grundstück auf dem Ottakringer Friedhof unter den Nagel gerissen, da müssen doch die Pfaffen auch ihre Drecksfinger mit im Spiel haben."

„Außerdem hat sich dort draußen heute eine alte Frau verbrannt, weil sie ihr Grab verlor", sagte Guttmann. „Daran muss doch jemand schuld sein! Kann es nicht sein, dass dieser ‚Terry' jemand aus dem sogenannten Klerus ist? Vielleicht der Bischof selbst?"

Fink überlegte: „Hm. Der Bischof und der Finanzminister entwickeln gemeinsam Immobilien auf einem Friedhof, respektive: Hat der Finanzminister ein Grundstück auf dem Friedhof für eine Gefälligkeit verlangt, die er der Kirche geleistet hat? Hm, hm, hm. Das würde jedenfalls zu seinem unfassbar großen Ego passen. Es ist ihm ein Spiel, ein Genuss, zu schauen, wie weit er gehen kann."

Ich sagte: „Sicher hat er nie was auf die Flossen gekriegt, als er klein war, und niemand hat jemals ‚Nein, das darfst du nicht!' zu ihm gesagt."

Es war verdammt noch mal Zeit, dem Kerl den Rohrstock anzutragen, und ich konnte nicht anders, als dabei an Lovegods Bazooka zu denken und daran, wie sie ihn zu Asche machte.

„Wofür könnte der Minister diese Gefälligkeit verlangt haben?", fragte Guttmann.

„Pf!“, sagte Fink und verjagte ein paar Fliegen. „Jeder weiß, dass die Pfaffen dringend Geld brauchen, es gab Fehlinvestitionen und nicht deklarierte Privatentnahmen. Der Vatikan hat kein Geld mehr für Klopapier und keines für die Windeln der alten Knacker, die dort unten durch die Gänge laufen. Sie brauchen dringend Schotter für das Schweigegeld, das sie an Missbrauchsopfer zahlen müssen, für den riesigen Hofstaat, die Schwulenbars, die sie betreiben, und, und, und …“

Der Ärmelschonerträger war nun schon gut bedient von Lemmys Rauchware, es war ihm nun endlich scheißegal, ob er durfte, was er tat, also sagte er: „Der Minister verzichtet auf Steuerprüfungen bei der Kirche und lässt ihnen ihre Geldwäschegeschäfte durchgehen, er drückt bei allem ein Auge zu und hält überall seine Hand auf. Es gibt einen internen Erlass des Ministers, dass nur noch bei Einkommen unter 20 000 Euro im Jahr nach Geld zu suchen sei, Leute und Firmen, die mehr verdienen, brauchen keine Prüfungen zu fürchten, insbesondere nicht die Kirche.“

Wir waren ein wenig fassungslos, denn niemand von uns konnte sich vorstellen, dass es Leute gab, die mehr als 20 Riesen im Jahr verdienten.

Nur in Jolandas Gesicht zeigte sich plötzlich Hoffnung, dass doch noch alles gut ausgehen würde, denn der Prüfer entspannte sich zunehmend und schien sich in unserer fröhlichen Widerstandsrunde wohlzufühlen. Der hatte wohl keine Freunde und suchte welche. Ich rückte ein paar Sessel weit weg von ihm, denn wenn ich etwas nicht brauchte, dann waren das neue Freunde.

Fink seinerseits spekulierte auf eine geile Story, die vielleicht endlich seine Karriere anschob, er sagte:

„Wisst ihr denn, woher der Minister und der Bischof sich kennen?“

Wir sagten: „Nein.“

„Der Kuttenträger hat den Scheitelträger mit seiner Sam getraut, sie haben ihn extra nach Marbella einfliegen lassen, es gab Krabbengulasch und so, seither kennen sie sich. Aber der Bischof heißt nicht Terry.“

„Aber er ist abgängig“, sagte Guttmann.

„Das ist noch keine Story“, sagte Fink. „Erst wenn du mir sagst, wo er ist, ist es eine Story.“

Ich fragte: „Würde es dich sehr stören, mal kurz mit uns vor die Tür zu kommen?“

Noch waren Guttmann und ich die Einzigen, die wussten, dass der Bischof nicht abgängig, sondern tot war. Normalerweise läuft man mit so einem Wissen herum und erzählt es allen weiter, weil man einfach gerne will, dass es andere auch wissen – der Nachbar, die Freunde, die *Gosse,* die *Posse.*

Aber in unserem Fall lag die Sache natürlich anders. Solange wir die Leiche hatten, würden uns dumme Fragen gestellt werden so in der Art: Wo habt ihr denn die her? Und je länger wir sie hatten, desto schwieriger würde es werden, halbwegs gescheite Antworten darauf zu geben. Guttmann konnte sich ja nicht einmal mehr daran erinnern, wie wir zu der Leiche gekommen waren.

Fink war nun selbst für einen Journalisten schon ziemlich in Fahrt gekommen, und auf dem Weg hinaus wackelte er wie ein Matrose auf Landgang, und dann fragte er: „Rock, hab ich dir übrigens schon mal die Geschichte erzählt, wie ein alter Freund vom Minister aus der Tankstellenpächterszene die Idee hatte, aus dem Arschloch selbst so etwas wie eine Marke zu machen?"

Ich fragte: „Eine Marke? Meinst du eine Briefmarke, oder was meinst du?"

„Hör zu", sagte er und legte mir seine Hand um die Schulter. „Dieser Freund vom Minister schaute sich zunächst sehr genau an, wie der Minister mit Vornamen, Zweitnamen und Nachnamen heißt. Dann kürzte er ein wenig was zusammen, und heraus kam – na, was glaubt ihr?"

Wir glaubten es ja selbst nicht, aber heraus kam: „ARSCH!"

„Richtig, ARSCH! Der junge Aufsteiger war so benebelt vom Rausch der Macht und vom vielen Koks, das er sich ständig reinzog, dass er gar nicht merkte, wie er aus seinem Freund einen ARSCH mit Großbuchstaben gemacht hat, was nicht mal dem Minister gefiel. Also hat er ihn mit läppischen 250 000 Euronen Provision dafür abgespeist, vereinbart war das Doppelte. Der Fluss der Provision an seine Freunde verliert sich übrigens irgendwo in … na, was glaubt ihr?"

„Vaduz?"

„Vaduz, richtig! Die ganzen ARSCH-Luftballons und ARSCH-Kugelschreiber, die um weitere 750 000 der Firmpate des Ministers produzieren durfte, um die ARSCH-Marke zu *positionieren*, liegen heute noch irgendwo in einem Keller des Power-Tower herum."

Guttmann sagte: „Verdammt! Warum bist du nicht Marktschreier geworden? Du bist wirklich zu komisch!"

Man beschäftigt sich einfach insgesamt zu wenig mit Politik und kam daher schon auf seine Rechnung, wenn man Fink zum Beispiel über den ARSCH reden hörte. Auch das Zwerchfell hatte dabei gut zu tun, und man verstand dann auch wieder, warum das Land so beschissen dastand und vor einem Siechenheim die Betten aufgereiht werden mussten, weil die Siechen sich das Bett nicht mehr leisten konnte.

Weil diese Ärsche es so wollten!

Wir erreichten den Datsun. Ich öffnete den Kofferraum, Fink riskierte einen kurzen Blick hinein und sagte: „Uuuh!"

Ich sagte: „BISCHOF WIMMER BESTIALISCH ERMORDET! Wäre das eine Schlagzeile für dich?"

Aber natürlich stellte Fink die einzig richige Frage: „Wo habt ihr denn den her?"

Und Guttmann musste einräumen: „Tja. Jetzt wird es schwierig."

Er erzählte es Fink, und der lachte dann: „Ihr habt eine Scheiß-Leiche, wisst aber nicht, wie ihr einen Fall daraus machen sollt? Was seid denn ihr für Idioten?"

„Wir haben uns da vielleicht ein bisschen verrannt", gab ich zu, und war erstaunt, dass die Fliegen jetzt vom Bischof auf Fink wechselten, nicht umgekehrt. Ich sagte: „Ein neuer Anzug wäre vielleicht mal nicht schlecht, was meinst du?"

Fink setzte sich auf die Kante meines Kofferraumes, dann hob er die Hand wie ein Lehrer und lallte: „Aber für einen neuen Anzug verrate ich doch nicht meine Prinzipien von Anstand und Moral und wechsle zur *Gosse!* Ich brauch jetzt echt dringend einen Schnaps, wer noch?"

Wir alle.

Aber bevor wir wieder reingehen konnten, fiel er mir in den Kofferraum hinein, und Gutti und ich hatten wirklich gut zu tun, ihn da wieder rauszukriegen, bevor das nächste Rudel Hunde angelaufen kam und auch in den Kofferraum hineinwollte.

***

Wir hatten nun immerhin ein paar Ansätze, ein paar mögliche Zusammenhänge, und ein Paar rote Schuhe an einem toten Bischof hinten im Kofferraum. Mit anderen Worten: Wir hatten nichts.

Also lenkte ich den Wagen routinemäßig zu Dr. Beate Mayr aka Biene Mayr ins Kellergeschoß der Abteilung Gewaltverbrechen hinunter, sie war dort unten die klinische Forensikerin und hütete gleichzeitig den Schatz der Asservaten, aus Einsparungsgründen.

Letztes Jahr zu Weihnachten hatte ich sie mit meinem Freund Lemmy in seiner Funktion als Samenspender zusammengebracht, weil sie unbedingt noch ein Kind kriegen wollte, bevor es zu spät war, same old story. Aber das mit dem Kind hatte nicht geklappt, und das mit Lemmy und ihr hatte sich dann auch nicht weiter entwickelt. Zwar hatte es dann noch einen Versuch zur natürlichen Empfängnis auf seiner Couch gegeben, aber da war sie zu nüchtern gewesen, und Lemmy hatte kein Speed intus gehabt – so wie während ihrer weihnachtsfeiergeschwängerten Begegnung –, sondern irgendwelche Downers. Die Biene kaufte sich dann noch ein paar Elvis-Platten bei ihm, die sie sich nun zu Hause in einsamen Stunden anhört, und seither haben sie sich nicht mehr gesehen.

Und ich sie auch nicht.

Guttmann hatte schließlich vorgeschlagen, die Leiche bei ihr zwischenzulagern, „bis mir etwas anderes einfällt".

Wir läuteten die Biene heraus und baten sie in die Garage herunter, sie kam gerne, denn sie war frühlingshaft gut gelaunt und summte sofort, als sie mich sah. Ihr

Kleid spannte ein wenig um den Hüftspeck, aber das sah gut aus, und ihre Titten waren kaum zu bändigen, das gefiel mir auch, ich überlegte: Liegt es am Frühling, dass die Dinger dann immer größer werden? Oder liegt es doch an der Weihnachtsbäckerei, die noch immer an ihr klebte? Wenn Happiness ein muskelbepacktes afrikanisches Rennpferd war, dann war die Biene eine gesunde steirische Mutterkuh Marke „MILF", obwohl sie gar keine Mutter war, und auch keine Kuh. Ich fragte mich weiters: Lag meine Krise mit Happiness vielleicht gar nicht am schlechten Horoskop in der *Gosse?* Die Biene war nicht perfekt, aber sie hatte auch was, und das war nicht zu wenig. Vielleicht war ich einfach unzufrieden mit dem Perfekten, das ich hatte. Happiness ging zwar ab wie eine sehr scharfe, sehr explosive Rakete, wenn ich über sie drüberrutschte. Aber ich war 49, und da will man nicht mehr jeden Tag Rakete.

Mein Blaumann ließ die Biene sofort ins Installateurs-Porno-Fach wechseln, sie steckte sich einen kleinen Finger in den Mund und kaute darauf herum, während sie mit der anderen Hand an ihrem Kleid zupfte, sie sagte: „Bei mir tropft etwas, Herr Installateur, können Sie es stopfen?"

Ja, das sagte sie!

Aber da war noch der Klotz am Bein, der die Intimsphäre störte. Ich schickte Guttmann also hinaus zur nächsten Tankstelle, damit er dort ein paar Duftbäume für die Biene kaufte, ich sagte: „Anstatt der Blumen, die wir vergessen haben mitzubringen, vai, vai, vai!"

Nun war ich mit ihr alleine hier herunten, und irgendwie hatte ich wohl gehofft, dass mir nun der Frühling ins Gebälk fahren würde. Es war alles da, was ein Mann brauchte, um glücklich zu sein – eine Frau, die nur allzu bereit war, und eine Motorhaube, auf der für uns beide genug Platz war. Dazu Rauchwaren und Spirituosen. Aber irgendwie hatte ich das Ziel aus den Augen verloren, als sie mir den Reißverschluss meines Overalls aufmachte und ihre Hand hineinsteckte, in meiner Unterhose tat sich rein gar nichts, was einer Frau Freude machen konnte. Also kam ich mit der dümmsten aller Ausreden und sagte: „Tut mir leid, liebe Biene, aber ich bin heute wirklich ausschließlich beruflich hier."

Sie sagte: „Du Arsch!"

Ich führte sie also nicht nach vorne zur Motorhaube, wo wir es hätten treiben können, sondern nach hinten zum Kofferraum, wo ich sie fragte: „Hast du schon gehört, dass ein gewisser Bischof Wimmer abgängig ist?"

Sie sagte beleidigt: „Man hört so einiges und liest so manches."

Ich öffnete den Kofferraum, die Biene war unbeeindruckt von dem Gestank, aber doch beeindruckt von der Leiche, sie sagte: „Wow! Ist der für mich?"

Auch sie hatte wegen der allgemeinen Leichenflaute schon länger keine Leiche mehr gesehen. Leichen interessierten sie aber fast noch mehr als Sex, der Bischof entschädigte sie also ein wenig für mein Versagen, auch wenn ich ihr gleich ein Stück von der Freude nehmen musste: „Das ist noch kein offizieller Fall, okay? Und du bist die Einzige, die davon weiß, neben Gott, Guttmann und mir und einem gewissen Griffelschwinger vom Schmetterling, der riecht wie ein Abfluss."

Sie sagte: „Ich bin geschmeichelt."

Dann erzählte ich ihr, wie wir zu der Leiche gekommen waren, und als mir dadurch selbst wieder klar wurde, wie aussichtslos das alles war, fragte ich sie: „Kannst du mit ihr denn etwas anfangen? Vielleicht die Hornhaut oder die Nieren verkaufen? Dann werfen wir den Rest weg und teilen uns das Geld, und Schwamm drüber. Was meinst du?"

Ich hatte nämlich langsam die Schnauze voll von dem ganzen Scheiß und hätte die Leiche am liebsten entsorgt, während Guttmann draußen war, aber die Biene sagte: „Du könntest Schwierigkeiten kriegen, wenn wir das machen. Warum legt ihr sie nicht einfach wieder dorthin zurück, wo ihr sie gefunden habt?"

Ich sagte: „Ja, aber Guttmann will den steinigen Weg gehen, ohne den es keinen Ruhm gibt."

Ich glaubte natürlich selbst nicht, dass am Ende des Weges für Guttmann etwas anderes bereitliegen würde als Steine.

Da kam er zurück. Und als müsste er uns beweisen, wie tief ein Mann in die Krise abrutschen konnte, reichte er der Biene tatsächlich die Duftbäume und sagte: „Hier, für dich. Birke ist gerade groß in Mode."

Die Biene nahm die Birken und warf sie in den Kübel. Dann bückte sie sich weit hinein in den Kofferraum, hielt aber ihren Arsch weit heraus, und ich konnte sehen, wie sehr Guttmann sich wünschte, dass ihr die Nähte am Kleid platzen würden. Dann hörten wir sie sagen: „Der riecht nach Hühnersuppe."

Guttmann lief sofort das Wasser im Mund zusammen, während die Biene eine kleine Pinzette aus ihrem Täschchen holte und damit eine Suppennudel vom Gewand des Toten zupfte, die wir schlicht übersehen hatten. Sie legte die Nudel auf die Karosserie, dann beugte sie sich noch einmal nach vorne und sagte: „Da ist ja auch noch ein Stück Karotte, hat jemand Hunger?"

Guttmann zeigte sofort auf, aber ich sagte: „Ich nicht, ich esse kein Obst."

Guttmann deutete auf den gespaltenen Schädel und fragte müde:

„Tatwaffe? Tatort?"

„Nun, wo wir schon von Suppe reden", sagte die Biene, „ich würde auf Mord mit Hackebeil tippen. Der Mörder muss groß und stark gewesen sein, denn der Bischof misst sicher 1.85, und die Waffe muss mit großer Wucht in ihn eingedrungen sein."

„Zusammenfassend würdest du also sagen?", fragte ich.

„Dass er mit einiger Wahrscheinlichkeit in einer Küche ermordet wurde, in der Nähe eines leckeren Hühnersuppentopfes, und dann in den Weinberg transportiert und abgelegt wurde."

„In einem Suppentopf?", fragte Guttmann.

„Eher wurde er in einem Gefährt transportiert, in dem auch Suppe transportiert wurde, die dann möglicherweise überschwappte. Das klingt jetzt vielleicht ein bisschen seltsam, es muss aber so oder so ähnlich so gewesen sein. Und seht ihr diesen riesigen, eingetrockneten Flecken Blut hier an seinem Gewand um sein Gemächt herum?"

Er war schwer zu erkennen, denn dunkles Blut auf schwarzem Talar war halt einfach schwer zu erkennen, und man schaut einem Bischof ja auch nicht sofort auf den Schwanz. Aber jetzt sah ich den Fleck auch und war gespannt, was der Biene dazu einfiel.

„Ich wette, dass man ihm den Schwanz abgeschnitten hat", sagte sie. „Wer wettet dagegen?"

Beim Wetten immerhin hatte ich gerade einen guten Lauf, also riskierte ich einen Zehner dagegen, sie hob seinen Rock, und voila! Ein Zehner für sie.

Guttmann wandte sich angewidert ab, und auch ich war nicht wirklich begeistert, sie sagte: „Die Botschaft lautet: Du hast es nicht drauf, du bist aus dem Spiel, du bist kein richtiger Mann!"

„Heißt es das?", fragte ich.

„Ja", sagte sie und umfasste seine Eier. Dabei schaute sie mich mitleidig an: „Weißt du eigentlich, dass im Frühling beim Mann normalerweise eruptiv Hormone freigesetzt werden, die in diesen zwei kleinen Eierchen produziert werden? Wenn du also bisher geglaubt hast, es ist der Einfallswinkel der Sonnenstrahlen in deinen beschissenen Datsun oder die laue, fliederduftgesättigte Frühlingsluft – Stichwort: Love is in the air! –, die dich früher mal geil werden ließ, dann täuschst du dich. Es war nichts anderes als eine biochemische Reaktion in deinem verfallenden, elenden Körper."

Ich sagte: „Jetzt mach aber mal einen Punkt!"

Das saß.

Sie schüttelte mitleidig den Kopf und lachte über mich, der ich vor ihr stand wie eine Kuh, die in den falschen Stall geführt worden war. Ich blieb sachlich und fragte: „Kannst du den Bischof ein paar Tage lang hierbehalten? Bis Guttmann endlich einfällt, was er mit ihm machen soll?"

„Das mache ich gerne", sagte sie. „Denn in ihm steckt noch mehr Leben als in dir."

Ich streifte dem Bischof noch einen roten, stinkenden Schuh vom Fuß und steckte ihn mir in den Latz. Dann hoben wir die Leiche auf eine Bahre und fuhren sie zum Eisschrank. Dort schoben wir sie hinein wie Brot in den Ofen, und die Biene sagte: „Ihr zwei seid echt verrückte Vögel. Über solche wie euch müsste mal einer ein Buch schreiben."

Ich sagte: „Da mach dir mal keine Sorgen, die Idee hatte schon einer."

***

Ich fuhr zu Manni dem Mann, bat um einen langen Schlauch, stellte die Hilti neben die Zapfsäule, und dann spritzte ich den ganzen Dreck und Gestank aus dem Kofferraum meines Datsun. Währenddessen hielt er die *Gosse* mit der neuesten Schlagzeile zum Thema Bischof in der Hand – BISCHOF WIMMER SCHON BEI GOTT? – und rümpfte die Nase, er sagte: „Langsam glaub ich dir sogar, dass du den Bischof da drin hattest, das stinkt ja erbärmlich!"

Ich warf die Hilti wieder hinein und sagte: „Siehst du."

Ich war gerädert und wollte den Gestank auch aus meinen Haaren waschen, aus meinen Händen, aus meinem Overall, aus meinem Arsch. Ich parkte den frisch gepuderten Datsun vor Lemmys Quattro Stazzione und freute mich auf ein paar ruhige Stunden in meinem Büro, unter der Dusche, in meinem Bett. Mal wieder abschalten und überlegen, wie das mit Happiness weitergehen könnte und wie ich ihr das alles erklären sollte. Morgen, wenn ich sie anrufen würde. Denn vorher musste ich mich noch um meinen Patienten Lemmy kümmern.

Ich sperrte die Tür zum Quattro Stazzione auf und stiefelte hinunter in den Keller, und alter Freak, der Lemmy war, hatte er noch immer den Hörer am Ohr und hörte der Lady am Tonband zu, die zu ihm sagte: „Bitte tippen Sie Ihre 48-stellige Private-Insurance-Nummer ein und drücken Sie die Raute-Taste." Immerhin war er den ganzen Tag beschäftigt gewesen, und eine sinnvolle Beschäftigung war die halbe Miete für einen Mann in seinem Alter.

Kubelka, der Gehirnschlosser, saß auf einem Sessel neben ihm, er hatte die Beine übereinandergeschlagen und beobachtete ihn wie ein seltenes Tier. Als ich eintrat, hielt er sich den Finger vor den Mund und sagte: „Tschhh!" Bei jeder kleinen Regung von Lemmy machte er sich Notizen. Wenn Lemmy ruhig war, steckte er sich den Stift in den Mund und wartete. Als ich näher kam, fragte mich Ku ganz leise: „Wie lange sitzt er denn schon so da?"

Ich flüsterte ihm ins Ohr: „Letzte Nacht hat bei ihm die Schnappatmung eingesetzt. Er leidet wahrscheinlich an einer schweren Bleivergiftung, er müsste mal dringend seine alten Bleileitungen hinten im Anbaugebiet austauschen, über die gelangt nämlich das Blei ins Wasser und über das Wasser in sein Gras."

„Und über das Gras in ihn?", flüsterte Ku.

„Ja", sagte ich. „Bei den Mengen, die er raucht, rächt sich das früher oder später."

Ku sagte: „Geile Scheiße."

Lemmy hatte natürlich alles mitgehört und fragte ganz ruhig: „Was ist Blei?"

Kubelka schüttelte den Kopf und sagte: „Faszinierend."

Ganz so, als wäre er Mr. Spock persönlich.

Dann stand er auf, nahm mich am Arm und flüsterte mir zu: „Ich überlege mir gerade, ob Lemmy überhaupt noch in mein Anforderungsprofil *Mann in der Krise* passt, oder ob er nicht vielmehr das genau Gegenteil davon ist – der totale Triumph des Mannes. Bei ihm ist die Krise nämlich schon beinahe unwirklich, geradezu grotesk. Der Grad an Vergiftung und … nun ja, ich sage jetzt einfach mal: Verwesung ist sensationell. So etwas gibt es normalerweise nicht, er ist der Sieg des Lebens über den Tod."

Ich sagte: „Apropos Tod."

Auf dem Weg hierher war mir eingefallen, dass auch Lemmy Briefe von der Sam A. Terry Luxury Developing Land hätte bekommen müssen, da sein Grab auf demselben Grundstück lag wie das von Seffa Berger. Im Altpapier, das er natürlich auch nie entsorgte, fand ich seine gesamte ungeöffnete Post, getreu dem alten Kiffermotto: Morgen ist auch noch ein Tag zum Briefe öffnen!

Tatsächlich waren die gleichen Briefe darunter, wie sie Josefa Berger bekommen hatte, darin schrieb die FLAME Ltd.:

„Sehr geeherter Herr Lemminger, Sie haben vor vielen Jahren eine Grabstätte am ehemals Ottakringer Friedhof genannten Geläde der nun im Eigentum der Sam A. Terry Luxury Developing Land befindlichen Firma erworben. Höflich weisen wir Sie darauf hin, dass Sie die Rechte an dieser Grabstätte verloren haben, dass Sie sich aber von der Firma FLAME Ltd. kostengünstig verbrennen lassen können, Kostenersatz ist leider nicht möglich."

Dem Brief war eine mit seinen Daten bereits vorgefertigte Patientenverfügung beigelegt sowie ein Gutschein. Er müsse beides nur noch hier und hier und hier unterschreiben, und dann wäre er praktisch schon Asche.

Ich legte den Brief beiseite und sagte zu Ku: „Aber man kann doch Lemmy nicht einfach so verbrennen! Dafür müsste ein hochspezialisierter Sondermüllofen gebaut werden!" Einer, der Lemmys ganzes Blei und die anderen Gifte schlucken konnte, die er sich während eines erfüllten Lebens abseits des Mainstreams über die Lungen oder direkt über das Blut zugeführt hat.

Ich sagte: „Man kann doch als verantwortungsvoller Mensch nicht einfach die Luft mit Lemmy verpesten!" Mir ging darüber hinaus aber insgesamt gegen den Strich, dass sich Lemmy verbrennen lassen sollte, denn irgendwie freute ich mich darauf, im Alter jeden Tag zu Lemmys Grab hinauszufahren, denn auch ich würde im Alter eine sinnvolle und regelmäßige Beschäftigung brauchen.

Ich schaute mir den beigelegten Gutschein der Firma FLAME genauer an, mit Lemmys Kundennummer drauf und einer Hotline, die man anrufen konnte, wenn es so weit war. Sie versprachen einem, die Leiche abzuholen, zu verbrennen, und die Urne auf einem eigens angekauften schönen Gelände neben einer Müllhalde irgendwo in Kalabrien zu entsorgen. Ganz unten wurde die Unterschrift des Arztes verlangt, der den Tod bestätigt. Das war's.

Ich schaute Lemmy an, der abwechselnd seine Schnittlauchlocken und das Telefonkabel zwirbelte, während er den Hörer ans Ohr hielt. Nach jetzigem Stand hatte er also kein Grab mehr, und wie unangenehm es war, mit einer Leiche durchs Leben zu gehen, wusste ich mittlerweile. Aber ich würde ihn auch nicht tage- oder wochenlang hier herunten liegen lassen können, wenn er sich von der nächsten Schnappatmung nicht mehr erholte. Lemmy würde also in Flammen aufgehen müssen, wenn ich nicht rechtzeitig ein schönes Plätzchen Erde für ihn fand. Wenn ich keines fand, dann würde ich ihn mir mitsamt seinem ganzen Blei im Körper um den Hals hängen und uns beide in der Donau versenken.

Wasser war nicht so heiß wie Feuer.

***

Kubelka bat mich zum Tisch, wir nahmen Platz, er tippte auf einen Packen Papier, den er dort liegen hatte, und sagte: „Ich nehme mein Projekt *Mann in der Krise* wirklich sehr ernst, wie du siehst. Ich habe heute vor, während und nach dem Nachmittagstraining in die Mannschaft von Friss-Gras!-Fritz hineingehört, nur in der Dusche war ich nicht mit ihnen, aber ich habe auch so einiges Interessantes herausgefunden."

„Nämlich?"

„Die Mannschaft ist natürlich zutiefst verunsichert", holte er etwas weiter aus. „Wie eine Truppe Pioniere, die motiviert in den äußersten Westen vordringt, dann aber eine Wagenburg bauen muss, weil sie überraschend von Indianerpfeilen beschossen wird. Etwas, was sie noch nie gesehen haben und womit sie schlecht umgehen können. Sprich: ein äußerer Feind bedroht die Truppe."

Er befeuchtete den Daumen und blätterte damit lässig in seinem Büchlein, dann fand er endlich, was er suchte, und sprach: „Die Verunsicherung geht von ihrem Trainer, dem Anführer selbst, aus, der in einer schweren, einer richtig schweren Midlifecrisis steckt, so wie übrigens viele andere in deiner näheren Umgebung auch."

Ich sagte: „Ich nicht!"

„Über seine Krise kann auch sein martialischer Name Friss-Gras!-Fritz nicht mehr hinwegtäuschen. Fritz wurde in seiner Kindheit vermutlich so sehr gekränkt, dass er nie lernte, mit Niederlagen umzugehen. Er erträgt es einfach nicht zu verlieren, weder seine Haare noch seine Potenz noch so etwas Profanes wie Fußballspiele. Also projiziert er die Angst vor seinem eigenen Versagen in dieser seltsamen Sportart auf etwas ihm Unbekanntes, das er in einem Kloster verortet, in dem ein paar alte Mönche leben, die ihrerseits froh wären, wenn sie noch in der Midlifecrisis stecken würden, wo man immerhin mit Viagra noch etwas machen kann."

Ich sagte: „Komm mal zum Punkt, ich bin müde."

Ku kramte nun ein paar alte Ausgaben der *Gosse* heraus und sagte: „Im Winter schossen die Gossisten aus allen Rohren auf das Kloster, weil die Mönche ja dort ein paar Afrikanern Obdach gewährten, vermutlich auch aus Zentral- und Westafrika, was man immer sehr gut an den dicken Nasen erkennen kann. Dort sind die Hochburgen des Voodoo, klingelt's bei dir?"

„Nein."

„Die Schlagzeilen in der *Gosse* lauteten unter anderem: NEGERFREUNDE GEBEN NEGERN ASYL! Oder hier: SCHLECHTE GUTMÖNCHE! Und so weiter."

Wenn der mal anfing zu reden!

„Pater Placidus, der Chef im Kloster", redete Ku weiter, „ist innerhalb des Klerus bekannt als Unruheherd, als soziales Gewissen. Er legt die Bergpredigt etwas wörtlicher aus, als es von der Kurie vorgesehen ist und schlägt sich immer wieder auf die Seite der Schwachen, so wie das dieser Dings gemacht hat … na, wie hieß er noch gleich … der dann am Kreuz hing … na egal. Die *Gosse* wusste, dass der Pater früher als Missionar in Afrika tätig gewesen war, bevor er desillusioniert zurückkam."

Ich fragte: „Desillusioniert wovon?"

Ku sagte: „Nicht von den Afrikanern jedenfalls, sondern von der Kirche! Hast du noch die Hose mit den Löchern drin?"

Ich hatte sie noch im Latz und gab sie ihm. Er schaute sich die Löcher darin noch mal genau an und sagte: „Ich beschäftige mich ja auch selbst ein bisschen mit Voodoo, aber nur als Hobby. Du brauchst, um es praktizieren zu können, etwas Stoffliches, etwas Körperliches von demjenigen, dem du schaden willst – Haut, Augen, Schweiß, Kraushaar oder Schamhaar. Daraus machst du dann Puppen, und die durchstichst du mit Nadeln, wir kennen das auch im Westen – Voodoo-Puppen. Ich hatte also selbst gedacht, vielleicht hat jemand aus dieser Innenhose Haare oder Hautpartikel oder Schweiß herausgeschnitten und daraus Voodoo-Puppen gemacht, mit denen er der Nummer 4 schaden konnte."

Ich fragte „Und?"

Er sagte: „Wusstest du, dass die Frau von FGF bis vor ein paar Monaten die Dressen der Mannschaft gewaschen hat?"

Ich sagte: „Nein, das wusste ich nicht. Kann sie denn Voodoo?"

„Das bezweifle ich. Im Februar ist sie ihm aber davongelaufen, ab dann musste Fritz selbst schauen, wo er die Dressen wäscht, weißt du wo?

„Er bringt sie hinüber zu den Pfaffen."

„Genau. Er bringt sie immer selbst zu den Pfaffen, die dort eine alte, schlecht gehende Wäscherei betreiben. Ein Relikt aus alten Zeiten, als das Kloster eine Art Wirtschaftsbetrieb war, der sich selbst erhalten musste, sie waschen dort die angewichsten Pfarrerskleider der ganzen Diözese. Fritz könnte dort also theoretisch auf einen pechschwarzen Asylanten getroffen sein, der in der Wäscherei ausgeholfen hat, und vielleicht sogar auf einen, der noch immer dort ist. Denn es gab ja immer Gerüchte, dass die Polizei nicht alle von denen herausgeholt hat an jenem Tag, an dem Lemmy ihnen seinen Schwanz gezeigt hat.“

Ich sagte: „Aber wohl keinen mit zwei Köpfen?“

„Nein“, sagte Ku. „Das entspringt ausschließlich der Fantasie des Fritz. Und hier kommen wir zum entscheidenden Punkt. Man muss nämlich wissen, mit wem ihm seine Alte davon gelaufen ist.“

„Sagst du's mir?“

„Mit einem schwarzen Gogo-Tänzer aus der Diskothek The King wie mir seine Spieler erzählt haben. Entweder mit Albano, dem Italiener afrikanischer Herkunft, oder mit Cosmo, dem Nachfahren einer echten Sklavenfamilie, aktuell Boxer und Nebenerwerbs-Gogo-Tänzer, nagle mich jetzt bitte nicht fest, ich hab's mir nicht gemerkt. Während der letztjährigen Weihnachtsfeier des Vereins funkte es zwischen den beiden, was seltsam genug ist, denn sie muss Ende 50 sein, und der Gogo-Tänzer vielleicht Anfang 20.“

Kaum war Willi, der Präsident, einmal den Winter über in Thailand, brach schon alles auseinander!

Ich fragte: „Kann denn dieser Gogo-Tänzer zaubern?“

„Das weiß ich wirklich nicht“, sagte Ku. „Aber stärker als jedes Voodoo ist ohnehin der Hang zur Selbsttäuschung. Fritz hat nämlich in Wirklichkeit nie in seinem Leben einen Schwarzen face to face gesehen. Er bildet sich vielmehr ein, überall einen zu sehen, weil er zutiefst gekränkt ist, dass seine Frau ihn mit ‚so einem‘ verlassen hat, ‚so einem‘ unter Anführungszeichen und keinesfalls abwertend gemeint. Zwar berichten übereinstimmend auch manche seiner Spieler davon, dass sie dort drüben im Kloster während der Spiele ein Monster mit zwei

Köpfen gesehen haben. Aber das kann man getrost unter kollektive Selbsttäuschung nach dem Muster von Sekten subsumieren, Details zu ‚Kollektive Selbsttäuschung nach dem Muster von Sekten' bitte auf Anfrage."

„Und die zwei Köpfe?", fragte ich.

„Zeigen nur umso deutlicher, wie gekränkt Fritz ist und wie unterlegen er sich dem Nebenbuhler fühlt. Er traut ihm übernatürliche Fähigkeiten zu und dichtet ihm sogar zwei Köpfe an, weil er sich einfach nicht vorstellen kann und will, dass seine Alte sich von einem Blacky lieber nageln lässt als von ihm selbst. Dabei weiß man doch genau, was diese afrikanischen Hengste zu bieten haben, abgesehen von samtener schwarzer Haut."

„Gekräuselte Haare!", schrie Lemmy plötzlich von seiner Couch herüber. Er hatte sich immer so sehr Kraushaar auf seinem Schädel gewünscht und litt Zeit seines Lebens unter seinen Willie-Nelson-Spaghettihaaren. „Gekräuselte, wilde Haare wie Jimi Hendrix sie trug!"

Das Blei hing ihm schwer in seinen Spaghetti-Locken und zog sie unweigerlich nach unten. Sogar seine Brusthaare hingen erdwärts und hatten nichts Gekräuseltes, null Spannung. Und seit seinen Samenspender-Tagen, bei denen ich immer dabei sein durfte, wusste ich, dass das sogar für sein Schamhaar galt. Es war also irgendwie verständlich, dass sich Lemmy wildes Kraushaar wünschte.

Ich fragte Ku: „Was willst du mir also sagen?"

„Es gibt keinen Neger, der die Mannschaft verzaubert. Die Spieler von Fritz sind einfach schlecht, Punkt, aus."

„Und die Löcher in der Hose?", fragte ich.

„Die stammen ein für alle Mal und definitiv von Motten. Ende der Debatte."

***

Ich wusste nicht viel über die Kirche, außer, dass man sofort seinen Arsch zusammenzwicken muss, wenn man in die Nähe eines Pfaffen kommt. Und dass sie einem dann Süßigkeiten dafür geben, wenn man doch nicht rechtzeitig davonlaufen kann.

Im besten Fall.

Mein Wissen über die Pfaffen beschränkte sich auf die drei Don-Camillo-und-Peppone-Filme, die alle heiligen Zeiten irgendwo im Fernsehen laufen und die ich liebte. Der alte Kerzenschlucker ist wirklich lustig, man würde gerne die Glocken mit ihm läuten und eine wilde Schlägerei mit diesem Kommunisten Peppone für ihn vom Zaun brechen. Ich weiß auch nicht wieso, aber irgendwie war ich in diesen Filmen immer auf der Seite des Pferdegesichts, obwohl ich doch sonst immer auf der Seite der Kommunisten war und eigentlich keine Pferde mochte.

Die Kirche hat ja gewaltig an Glamour eingebüßt, seit *Das Leben des Brian* nicht mehr im Kino läuft – „Links zur Kreuzigung! Rechts zur Steinigung!“ Damit konnten die Leute noch was anfangen, da kriegte man etwas geboten für seinen Zehner.

Aber heute?

Bischöfe waren nicht mein Spezialgebiet, ich wusste daher auch gar nicht, wo genau der wohnte, den wir gefunden hatten. Ich hätte auf „Stephansdom“ getippt, aber Guttmann wusste es besser: „Wollzeile 10, Innere Stadt.“

Die Innere Stadt war allerdings auch nicht mein Spezialgebiet. Ich fand da mit meinem Datsun nur sehr schwer hinein, nachdem wir den Gürtel überquert und durch Familienhundebezirke Richtung Heldentor gefahren waren. Ab dort bremsten uns Reisebusse, die so viele fremde Kulturen zu uns brachten, die wiederum unsere hochstehende Kultur studieren wollten samt Schnitzel, Spritzwein und Wolferl.

Ich war schon so lange nicht in der Innenstadt gewesen, dass ich gar nicht mehr wusste, wie ein Fiaker überhaupt aussah und wo dieser Stephansdom genau stand. Aber jetzt sah ich ihn, und überall um ihn herum waren diese vielen Schlitzaugen, sodass ich langsam ein Gefühl dafür kriegte, was es hieß, von der Zeit abgehängt zu werden. Diese Reiskocher durfte nun also auch schon in der Welt herumfahren! Schade jedenfalls, dass ich keinen Fotoapparat bei mir hatte, um Guttmann inmitten der gelben Gefahr fotografieren zu können, denn neben diesen säbelbeinigen Maoisten sah sogar Guttmann in seiner Willy-Millowitsch-Ausrüstung gut aus.

Was mir aber besser gefiel: In jeden zweiten Haufen Hundescheiße bohrten sich die Stilettos einer langbeinigen, blonden Sexbombe made in Russia mit zwei Riesenballonen vorne dran und einem Riesenschlauchboot in den Lippen, wie man sie jetzt immer öfter in abartigen Russenpornos mit Titeln wie *Botox-Blowjobs* und *Russian Tit Mountains* zu sehen kriegte.

Dazu waren natürlich die üblichen Legionen deutscher Biertrinker unterwegs, deren Leben vom Saumagen ruiniert wurde, und die anderen, die sich in ihrer Orangenhaut so wohl fühlten, dass man sie Oranjes nannte. Kaum traf beim neuen Mittelstand der Schotter auf dem Konto ein, zogen sie sich alle die kurzen Hosen an und liefen mit schwabbeligem Gewebe hinaus in die weite

Welt. Auf die sehr gute Idee, mal zuhause zu bleiben, kam überhaupt niemand mehr.

Hinter ein paar Fiakern, die über die Verschwörer von der Ostküste schimpften, parkte ich mich ein. Wenn sie schon mal davon gehört haben sollten, dass Gott in der Kirche nebenan alles mithörte, dann war es ihnen egal.

***

Guttmann und ich kniffen den Arsch zusammen, sobald wir vor dem Pförtner des bischöflichen Palais standen. Auch wenn wir natürlich aus dem Alter längst heraus waren, wo man sich für so was mit Süßigkeiten abspeisen ließ – man kann nicht vorsichtig genug sein, wenn ein Kuttenträger in der Nähe ist.

Der Pförtner trug eine und schaute auf ein paar Bildschirme, jede Wette, dass er nicht den Wetterbericht schaute. Guttman zeigte ihm seine Marke und sagte: „Zum Sekretär des Bischofs, bitte." Der Pförtner sagte uns, ohne aufzublicken, wo der Sekretär wohnte, und dann schob er die Hände wieder unter seinen Rock, ohne sich dafür zu genieren. So waren sie.

„Du hast den falschen Job gewählt", sagte ich zu Guttmann, als wir hinauf in den ersten Stock gingen. „Du könntest längst einen Sekretär haben!"

Er sagte: „Ich hab ja dich."

Von draußen donnerten die Glocken des Doms, dass uns die Ohren wackelten. Es war Mittag geworden, als wir einen wirklich sehr langen Gang hinunter stiefelten, entlang wirklich sehr dicker, gekalkter Mauern, und alle zehn Meter war eine Tür.

War es mir draußen fast schon eine Spur zu heiß, so war es mir hier herinnen fast schon wieder eine Spur zu kalt. Ich fragte Gutti: „Ist dir auch kalt?“ Der sagte: „Was bist denn du für eine Scheiß-Tussi geworden?“

Neben einer Tür hing dann endlich ein Schild: MSGR. ERWIN BRAUN, BISCHÖFLICHER SEKRETÄR.

Wir klopften an und traten ein, ohne das „Herein!“ abzuwarten.

Das Zimmer war nicht viel kleiner als der Platz, auf dem unsere Burschen Fußball spielten, wirklich sehr geräumig. Viele Engel hingen an den Wänden, dazu viele alte Bilder von Fettsäcken, die lustige Kappen trugen und dicke Ringe an den Fingern. Und jede Menge Fotos, auf denen der Erwin mit dem Bischof zu sehen war, als er noch lebte.

Erwin saß sehr nahe an einem schweren Holzschreibtisch, der in der Mitte des Zimmers stand, in einer Art tiefer gelegtem, seltsamem Ledersessel mit hoher Lehne. Vor sich hatte er einen Suppentopf und einen Teller stehen, und neben dem Topf saß ein kleines verdammtes Wollknäuel auf dem Tisch, das uns ankläffte, wenn es nicht gerade von Erwins Fingern Suppe leckte. Das war sein Hund, oder das, was heute als Hund durchging. Eine Frittate hing beiden aus dem Beißwerkzeug, und dem Erwin klebte dazu noch reichlich Schnittlauch am Kinn. Wenn er mal irgendwo essen gelernt haben sollte, dann hatte er es wieder verlernt. Aber die roten Flecken in seinem Gesicht waren fast noch ekelhafter, und überall auf seiner schwarzen Kleidung lagen Schuppen. Seine ständig blinzelnden Augen hatten einen Blick, der auf ganz schlechtes Gewissen hindeutete, und bei diesen Pfaffen wusste man ja auch sofort, weswegen. Ich wünschte ihm von Herzen, dass er nicht noch irgendeinen Defekt aufgeladen bekommen hatte, so scheiße, wie er ohnehin schon aussah mit seinem elenden Haarkranz und den viel zu großen Ohren, die man ihm ausreißen wollte wie Unkraut. Aber er brauchte sie für das riesige Brillengestell, das seine unfassbar dicken Gläser halten musste – als hätte er bei einem Weinbauern seine Brillengläser bestellt! Der liebe Gott, wenn es ihn gab, hatte wohl irgendwas ausprobieren wollen mit dem lieben Erwin, aber dann hat er das Interesse an ihm verloren und ihn einfach auf die Erde geworfen. Mit einer Stimme, die an Sängerknaben im Stimmbruch erinnerte, fragte er: „Was wollen Sie?"

Ich sagte: „Mein Name ist Rockenschaub, Superschnüffler. Wir kommen wegen dem Grab von Kurt Lemminger."

Das verstand er nicht, er fragte ehrlich verwirrt: „Wer ist das? Und welches Grab meinen Sie?"

Ich fragte: „Sam A. Terry Luxury Developing Land, sagt Ihnen das was?"

Der Erwin spuckte eine Frittate aus, und der Scheiß-Köter fing an wie verrückt zu kläffen, als ich das sagte. Ich reichte Erwin die Serviette, er machte sich wieder sauber, und dann wurde ich ein wenig konkreter: „Letzte Nacht brachte sich eine Frau auf dem Ottakringer Friedhof um, Witwe eines vorbildlichen Widerstandkämpfers namens Poldi Berger. Und zwar auf einem Teil des Geländes, der früher der Dizöse oder wie das heißt gehörte und nun einer Gesellschaft namens Sam A. Terry International Luxury Developing Land, mit Sitz in Vaduz."

Wieder kläffte der Köter, als ich den Namen erwähnte. Wenn ich was hasste, dann waren das kleine Köter, die kläfften, während ich redete. Ich musste also etwas lauter werden: „Das Problem ist nun einerseits, dass wir uns zwar vorstellen können, wer Sam und wer A. ist, aber wir haben keine Ahnung, wer Terry ist."

Jetzt drehte der Köter richtig durch, und ich schrie: „Das zweite Problem ist, dass mein Freund Kurt Lemminger aka Lemmy dort auch ein Grab hat, und jetzt soll er plötzlich nicht mehr dort liegen dürfen, wenn er abtritt, was aber jederzeit passieren kann, weil er an Bleivergiftung leidet und zur Schnappatmung neigt, verstehen Sie?"

„Nein."

Das Vieh hatte es wirklich drauf. Ich beugte mich jetzt zum Erwin hinüber und schrie ihm direkt ins Ohr: „Die wollen, dass er sich verbrennen lässt, aber wenn Sie Lemmy auch kennen würden, dann würden Sie das nicht begrüßen, also, Bruder Erwin, wissen Sie vielleicht etwas über die Sam A. Terry Luxury Developing Land, insbesondere vielleicht, wer Terry ist?"

Sicher war es Halsweh, das den Erwin plötzlich so heftig schlucken ließ, denn in seinem Zimmer war es wirklich kalt wie in der gefrorenen Hölle, er sagte: „Ich bin gewiss nicht Ihr Bruder. Und ich hab keine Ahnung, wovon Sie reden. Wenn Sie also nicht sofort verschwinden, dann rufe ich die Polizei."

Das war das Stichwort für Gutti. Er zog seine Marke und sagte: „Bin schon da."

Dann erzählte er ihm von dem roten Schuh, der angeblich bei ihm abgegeben worden ist. Die Flecken in Erwins Gesicht wurden nicht weniger, während Guttmann mich immer ungeduldiger ansah.

Ich kapierte endlich, dass ich dem Erwin jetzt den roten Schuh zeigen sollte. Aber in meinem Latz hatte sich in letzter Zeit so einiges angesammelt – eine stinkende

Sporthose, ein Sack Khat von Lovegod, das übliche Säckchen Gras von Lemmy plus die Probepäckchen, dazu Parkscheine und ein Kugelschreiber für die Parkscheine; weiters Brösel und Essensreste, jede Menge Duftbäume und ein Flachmann, aus dem ich nun einen Schluck gegen die Kälte nahm.

Dabei hatte ich den verdammten Blaumann erst seit drei Tagen an!

Guttmann griff nach dem Schnaps, während ich alles fein säuberlich vor dem Erwin auf den Tisch legte. Dann bot er Erwin den Schnaps an, aber der lehnte ab. Lieber betrachtete er meine Sachen auf seinem Schreibtisch, Zeugnis eines insgesamt geglückten Lebens. Zwar waren weder Weihrauch dabei noch Kerzen, aber auch nichts, wofür ich mich hätte schämen müssen.

Außer vielleicht die Duftbäume.

Endlich kriegte ich den Schuh doch noch zu fassen. Ich stellte ihn neben Erwins Teller auf den Tisch und fragte: „Kommt Ihnen der vielleicht bekannt vor?"

Er sagte keck: „Bin ich vielleicht Aschenputtel? Geben Sie ihn weg, er stinkt!"

Endlich schien er doch noch den Rock'n'Roll im Schnaps zu sehen und verlangte nach dem Flachmann, Guttmann war so freundlich, und Erwin kippte ihn weg bis zur Neige, ich sagte: „Wir wollen Sie und Ihre Schafe ja nicht beunruhigen, aber wenn man mal den Schuh von einem findet, und der riecht nicht mehr nach Fuß, sondern nach Leiche, dann darf man getrost in der Vergangenheitsform von ihm sprechen. Dein Bischof wird also nicht mehr lebend hier auftauchen."

Erwin wurde ganz blass im Gesicht, er verlor plötzlich alle Flecken und fragte: „Tot? Mein Bischof?"

„Darauf kannst du deinen Hund verwetten“, sagte Guttmann. „Der Schuh wurde bei Baden gefunden …“

„Bei Wien?“, fragte Erwin.

„Herrgott, ja! Bei Baden bei Wien in einem Weinberg. Das Weingut heißt Sittl und gehört dem Vatikan, sagt Ihnen das vielleicht was?“

„Messweingut Sittl“, korrigierte ihn Erwin leise. „Die Pfarren der Diözese kaufen dort ihren Wein ein, was soll daran falsch sein?“

„Na, zum Beispiel, dass dort gar kein Wein wächst“, sagte Guttmann. „Dafür wachsen dort jede Menge bulliger Türsteher mit Sonnenbrillen, und die sagen ‚Vai, vai, vai!‘ zu jedem, der dort anklopft und um einen Schluck Wasser bittet. Und ab und zu landet dort auch ein Hubschrauber aus dem Vatikan.“

„Vatikan?“, fragte Erwin und gab gekonnt den Bescheuerten. „Ich weiß gar nicht, was das ist, Vatikan.“

„Dann halt aus Schweden“, sagte ich.

Guttmann setzte nach und rückte dem Erwin ein wenig auf den Pelz: „Jetzt mal unter uns: Ist das der neue Trend bei euch Pfaffen, dass Ihr alle mit roten Schuhen herumlauft? Ha?“

Erwin war jetzt sichtlich mitgenommen. Er sank immer weiter in seinen Stuhl hinein, schaute uns dabei richtig böse von unten herauf durch seine dicken Brillengläser an, und dann machte es plötzlich Summmm.

Gutti und ich erschraken richtig, als er mit einem schnittigen Elektrorollstuhl ein paar Meter von seinem Tisch im Retourgang zurückfuhr, einen schnellen Kreisel drehte und wieder in unserer Richtung zu stehen kam. Hätte ich einen Rollstuhl gehabt, ich hätte das sicher auch gemacht, wenn mir jemand zugeschaut hätte, denn es sah wirklich super aus.

Als er wieder zu uns herfuhr, sagte er mit einigem Recht: „Verrät mir jetzt einer von euch zwei Idioten, warum genau ich rote Schuhe tragen sollte?“

Er hatte nämlich gar keine Füße mehr, noch nicht einmal Beine. Sie fehlten ihm ab der Hüfte, und dieser elende Anblick machte mich sofort unsicher. Ich mochte es nicht, wenn einer so scheiße aussah und obendrein noch behindert war, Erwin merkte das natürlich und sagte: „Jetzt tu ich Ihnen leid, nicht wahr?“

Ich sagte: „Mhm.“

„Und Sie denken: Mein Gott, lieber mein eigenes beschissenes Leben als in diesen Prunkräumen zu leben, dafür aber hab ich meine Beine.“

Ich sagte: „Ja, genau.“

Er rotzte einen ordentlichen herunter und wischte sich mit dem Handrücken über die Nase, und weil er sich den Dreck nicht in die Hose wischen konnte, aß er alles auf.

Dann deutete er auf Guttmann und sagte: „Sie kommen da herein auf ihren zwei gesunden Beinen und gehen mir wegen einem Schuh auf die Nerven, als wollten sie mich noch weiter demütigen! Und Sie!“ – Er deutete jetzt auf mich – „Sie haben überhaupt Ihre Hosenbeine hochgekrempelt und lassen mich Ihre Krampfadern sehen, als wollten Sie damit sagen: ‚Sieh her, Erwin, du wirst nie Krampfadern kriegen, weil du nämlich keine Beine hast!‘ Aber vielleicht hätte ich gerne Krampfadern?“

Man glaubte ihm jetzt wirklich, dass er gerne Krampfadern gehabt hätte, und ich hätte ihm gerne ein paar von meinen gegeben, aber das ging leider nicht. Also bot ich ihm ein Taschentuch an, aber das wollte er nicht. Er machte eine theatralisch abwehrende Geste, als wäre er Burgschauspieler, und sagte: „Bitte, bitte, bitte! Tun Sie sich keinen Zwang an, ich bin es ja gewohnt, gedemütigt zu werden, ich war schon immer das ungeliebte Kind, auch, als ich noch Beine hatte …“

Jetzt machte er uns richtig fertig und drückte auf unsere Tränendrüsen. Ich suchte nach einem Sessel, auf dem ich Platz nehmen konnte, aber dort saß schon Guttmann. Erwin schluchzte und sagte: „Im Dorf war ich immer erster Außenseiter …“ – Er deutete auf seine Ohren, seine Haut, seine Nase, seine Schuppen, kurz: sein insgesamt erbärmliches Aussehen – „Es gab niemanden, der mit mir spielen wollte, außer Mutti.“

Ich schaute Guttmann an, aber der schaute zu Boden, als erinnerte er sich gerade daran, wie seine Mutti mit ihm spielte.

„Die anderen“, erzählte Erwin jetzt weinend, „spielten draußen auf der Wiese Indianer oder so was Blödes, und ich saß am Rande der Wiese und las Bücher, kaute Zehennägel, weil ich ja noch Zehen hatte, und drückte Pickel aus. Es war an einem sonnigen Muttertag, als ich über die Wiese lief, und dabei schämte ich mich ein wenig, weil ich so intensiv an Mutti dachte, während ich den Strauß für sie pflückte.“

Ich schaute Guttmann an, der noch immer zu Boden schaute, so als würde er jetzt selbst ganz intensiv an seine Mutti denken.

„Nun, egal“, sagte Erwin. „Ich lag in der Wiese und schlief ein. Ich träumte von Mutti, als Vati mit dem Mäher kam. Er rasierte mir beide Beine ab, ratzfatz, und jetzt fragen Sie mal Ihren Therapeuten, was das bedeuten könnte, tiefenpsychologisch betrachtet, meine ich. Mein

Papi wollte mich anfangs nämlich nicht einmal retten, er sagte: ‚Du dummer Bub, warum liegst du denn so faul herum, geschieht dir ganz recht!' Aber Gott wollte mich noch nicht bei sich haben, und so lebte ich fortan ohne Beine. Mutti hatte etwas Geld gespart, damit kaufte sie mir einen Rollstuhl, und in dem gewöhnte ich mich schnell an Sinnleere, frühen Alkohol und frühe Glatze."

Ich fragte: „An Drogen auch?"

„Nein, nie", sagte Erwin.

„Mal was probieren?", fragte ich. „Das Zeug heißt *Vaya con Dios.* Ist also wie für euch Kerzenschlucker gemacht."

Dieser rotbackige Bauernbub, der in seinem Leben noch nicht viel mehr gesehen hat als seinen Landesvater, die Landesbank, die Dorfkirche und den Bischof beim Predigen, sah mich jetzt gierig an, als wollte er nun doch noch einmal raus aus seinem Rollstuhl und ein bisschen herumfliegen, ganz weit hinauf.

Ich schob ihm ein Päckchen hinüber und nannte ihm die Lieferbedingungen bei Zustellung, weil etwas anderes für ihn ja nicht infrage kam. Und dann drehte ich ihm einen schönen dicken, den er sich mit den größten Streichhölzern anzündete, die ich je gesehen habe.

„Was Drogen angeht", sagte er, als er sich den erste Rauch tief in seine Lungen hineinzog, „bin ich illusionslos, wenn Sie verstehen, was ich meine. Ich hab drüben in einem Gästezimmer schon mal ein paar Kilo Kokain gefunden, die ein Bischof aus Kolumbien hierhergeschmuggelt hat. Aber das Zeug, das ihr raucht, ich muss schon sagen, das ist wirklich gut, gepriesen sei der Herr."

Ich sagte: „Es ist bestimmt der große Gott, der es wachsen lässt."

Er sagte: „So ist es, Bruder. Gott, der Allmächtige."

Ich sagte: „Sagen Sie ruhig Brotha zu mir."

Man verstand sich langsam, und falls wir uns weiter so gut verstanden, würde ich ihn vielleicht sogar noch ins Pornhouse einladen, sobald wir dort endlich behindertengerecht ausgebaut wären.

Mit glasigem Blick erzählte Erwin weiter: „Meine Rettung war die Heilige katholische Kirche, wenngleich ich natürlich als Amputierter nie ministrieren durfte, denn ich konnte mich ja bei der Wandlung nicht niederknien. Aber dann wurde ich zu einer Behinderten-Wallfahrt eingeladen, da war ich 14. Jemand verfrachtete meinen Rollstuhl ins Gepäckfach und mich in den Bus, dort durfte ich ganz vorne sitzen, und dort saß auch ..."

Er legte eine noch dramatischere Pause ein, als wäre er mittlerweile Burgtheater-Direktor geworden, und ich sagte: „Jetzt spuck's schon aus, Erwin. Mach's nicht so spannend!"

Er fuhr zur Wand, an der die ganzen Fotos hingen. Wir watschelten hinter ihm her und sahen: Erwin mit dem Bischof hier, Erwin mit dem Bischof da, beide in vollem Wichs, in Rot, in Purpur, in Grün, je nach Jahreszeit oder weiß der Teufel, wonach diese verdammten Pfaffen sich bei ihrer Kleiderwahl richten.

Sein Köter sprang jetzt zu ihm auf den Rollstuhl, Erwin streichelte ihn, während er die Bilder anschaute und gemütlich rauchte, und ich dachte an den alten Wahrspruch: Willst du geliebt werden, dann kauf dir einen Hund.

Erwin sagte: „Der Autobus fuhr nach Lourdes zur Heiligen Maria Mutter Gottes. Nicht, dass die mich hätte heilen können, wer kann einem schon zwei Beine wachsen lassen? Nicht einmal die Gnadenvolle kann das. Aber sie hat ein anderes Wunder für mich um die Ecke geschickt."

Ich fragte: „Saß es im Bus ganz vorne?"

„Ja, es war Pfarrer Wimmer, in jenen Jahren noch bischöflich konzessionierter Reiseleiter für Wallfahrten, ein wunderbarer Mensch und damals erstklassiger Präfekt des bischöflichen Knabenseminars der Diözese Wien. Schon damals liebte er Behinderte über alles, und unter allen Behinderten, die Gott geschaffen hatte, liebte er die Amputierten am meisten. Ich hätte auch im Zirkus landen können, aber dort wäre ich genauso vergewaltigt worden, allerdings in einem dreckigen, stinkenden Wagen des fahrenden Volkes, und nicht in einem unserer zahlreichen Palais …"

„Sie haben's richtig gut erwischt", sagte Guttmann.

„Ja", sagte Erwin. „Später, da war er bereits Bischof, ließ er sich vom Chauffeur in seiner Limousine gerne die Mariahilfer Straße rauf und runter fahren, wo die rumänischen Bettler herumliegen, denen man irgendwelche Körperteile abgeschnitten hat, damit man Mitleid mit ihnen empfindet und ihnen Geld gibt. Die machten ihn richtig geil. Aber am glücklichsten, sagte er oft, war er auf einer Ruanda-Rundreise gleich nach dem dortigen Bürgerkrieg, Sie kennen Ruanda?"

Ich fragte: „Wie?"

„Ruanda."

„Noch mal, bitte."

„Ruanda!"

„Uganda?"

„Ruanda, Herrgott!"

„Nie gehört."

„Zentralafrikanisches Land, eine Million Tote und Ungezählte, denen im Zuge des Krieges irgendwelche Wilden mit Macheten ein, zwei, drei oder noch mehr

Körperteile abgeschlagen haben, nirgendwo gibt es mehr Amputierte. Es war ein Bildnis der Hölle, wie von Hieronymus Bosch gemalt, aber der Bischof liebte sie alle. Andere mögen rote Schuhe tragen, der Bischof liebte halt Arm- und Beinstümpfe.

Ich sagte: „Wir sind ein freies Land."

„Ja", sagte Erwin. „Ich jedenfalls muss ihm dankbar sein, dass er mich aus meinem Kuhdorf zu sich ins bischöfliche Knabenseminar genommen hat, ich durfte die Schule besuchen, anschließend ermöglichte er mir ein Studium, Theologie im Erstfach, natürlich."

Der Erwin schaute jetzt gleichermaßen verträumt wie verloren, als wäre er im Zentrum einer geilen, verbotenen Liebesgeschichte à la Dornenvögel, nur dass er nicht annähernd so geil aussah wie Richard Chamberlain, und auch der Bischof sah nicht so geil aus. Mit Tränen in den Augen und Knödel im Hals fragte er:

„Ist er wirklich tot, mein Bischof?"

Ich sagte: „Willst du's schriftlich?"

Er weinte jetzt Rotz und Wasser und sagte: „Gott sei Dank hatte ich neben Theologie auch noch Wirtschaft belegt, zur Sicherheit, falls seine Liebe zu mir einmal schwinden oder seine Karriere einen Knicks erleiden würde, was sie ja nun getan hat. Wenn ich Glück habe, dann kann ich vielleicht als Buchhalter im Lagerhaus meiner Heimatgemeinde anfangen, vielleicht."

„Von welcher Karriere redet er denn?", fragte mich Gutti. „Und von welchem Knicks?"

Ich sagte: „Keine Ahnung, ganz ehrlich."

„Die roten Schuhe!", rief Erwin. „Verstehen Sie denn nicht? Der Bischof wollte doch nach ganz oben!"

„Wo ist denn das?", fragte ich.

„Rom! Vatikan!“, rief er. „Unser Kardinal ist doch längst über 90. Da ist abzusehen, dass Gott oder wer auch immer ihn bald zu sich ruft. Die Bischöfe des Landes scharren längst in den Löchern um die beste Ausgangsposition für seine Nachfolge.“

„Und wie weit war der Bischof in diesem Rennen?“, fragte ich.

„Na ja“, sagte Erwin ein wenig zerknirscht. „Nicht sehr weit. Sie lesen doch sicher Zeitung, oder?“

Ich sagte: „Ich nicht, und der auch nicht.“

Guttmann bestätigte, dass er Zeitungen ablehnte.

„Diese verdammten Mönche aus diesem Kloster in Hernals!“, redete sich Erwin jetzt in Rage. „Gutmönche allesamt, wie die *Gosse* sie zu Recht nennt. Sie möchten gemäß der Bergpredigt leben und sich um die Armen kümmern, aber ich bitte Sie, heutzutage ist das doch einfach lächerlich! Sie brachten unsere Diözese dadurch nur in die Schlagzeilen, aber der Heilige Stuhl braucht alles andere als negative Schlagzeilen, er braucht Ruhe, nichts mehr als Ruhe.“

Ich fragte: „Spielst du jetzt vielleicht auf die Sache im letzten Winter an, als die Mönche ein paar Freaks Obdach gewährten?“

„Ein paar Schwarzen!“, schrie Erwin. „Schwarzen Negern! Und als dann noch wild gewordene Fußballfans auf die staatliche Ordnung pissten – dieser ekelhafte Typ, der auf dem Cover der *Gosse* zu sehen war mit seinem entblößten Glied! –, da signalisierte uns Rom, dass der Bischof seine Gemeinde erst mal beruhigen müsste, sonst … es war einfach schrecklich!“

Ich wollte ihm jetzt nicht sagen, dass er gerade das Gras dieses ekelhaften Typen rauchte, von dem er das entblößte Glied gesehen hat. Und ich wollte ihn schon gar nicht fragen, wie es ihm gefallen hat. Ich schaute ihm zu, wie er seinen Kalender nahm und den 29. April aufschlug, das war vor drei Tagen. Er klopfte drauf und sagt: „Nach diesem Termin hier ist er verschwunden."

Er zeigte uns die fragliche Seite im Kalender, da stand „Kloster der Kleinen Brüder der Diener Jesu, 1170 Wien, Mittagessen".

Ich dachte: Verdammt.

Erwin sagte ein wenig eingeschnappt: „Er wollte ja nicht, dass ich mitkomme. Wäre ich mitgekommen, wäre vielleicht alles anders ausgegangen."

Er sagte es, als wäre er ein Ninja mit einem Schwarzen Gürtel in was weiß ich was. Dabei kriegte er nicht mal den Rotz aus seiner Nase.

Ich fragte: „Weißt du denn, was er dort wollte? Die Suppe vielleicht?"

Erwin wusste es ein bisschen: „Es geht in der Kirche doch längst nicht mehr darum, wer die meisten Schäfchen in seiner Diözese hat, sondern um, nun ja, wirtschaftliche Aspekte. Der Bischof war gezwungen, Vermögen der Kirche zu veräußern, um den Gelddurst des Heiligen Stuhles zu stillen und seine Chancen, Kardinal zu werden, wiederherzustellen."

Guttmann fragte: „Er wollte also die Hütte der Mönche verkaufen? War das das Thema bei diesem Mittagessen?"

Erwin sagte: „Ja, vermutlich."

Ich blieb dabei: „Und wenn er doch Suppe wollte?"

Da läutete Erwin kurz ein Glöckchen, sehr bestimmt, sehr herrisch, und eine alte, gebeugte Nonne, die hier den Jungs den Diener machen musste, kam herein. Erwin deutete angewidert auf die Suppe und sagte: „Die ist für die Säue, einfach ekelhaft! Weg damit, vai, vai, vai!"

Guttmann fragte: „Sprechen Sie denn Spanisch?"

Aber Erwin sagte: „Das ist Italienisch, mein Bruder. Die Sprache der Päpste.

„Draußen auf dem Gang erreichten Guttmann und ich gerade noch rechtzeitig die Nonne mit ihrer Suppe, und Guttmann konnte nicht anders, als sie um einen Teller voll zu bitten. Sie erbarmte sich seiner elenden Kreatur, und er aß den Topf mit Freude leer. Während er aß, fragte ich ihn: „Sag mal, ist dir gerade was aufgefallen an dem Typen?"

Gutti sagte: „Dass er keine Beine hat?"

Ich sagte: „Das meine ich nicht. Man kann sicher auch ohne zwei Beine ein angenehmes Leben führen, und seines scheint mir nicht das schlechteste zu sein. Er hat immer gut zu spachteln, auch wenn er die Suppe nicht mochte, und er lebt in hohen Räumen. Und wenn er will, dann bringt man ihm sicher immer was zu ficken, auch wenn er gewiss hin und wieder selbst den Arsch hinhalten muss, nicht wahr?"

Die Frage ging an die Schwester, und die nickte mit wissendem Blick: „Oooooh ja!"

„Das meinte ich also nicht", sagte ich zu Gutti. „Ich meinte, dass immer sein verdammter Hund bellte, wenn ich Sam A. Terry Luxury Developing Land gesagt habe."

***

„Was denkst du?", fragte Guttmann, als wir ein paar Chinesen zur Seite schoben und dann wieder eine halbe Ewigkeit hinter kackenden Fiakern herfahren mussten, vorbei an diesem und jenem Denkmal der guten, alten

Zeit, und dann vorbei am Power-Tower, dem Denkmal der neuen, schlechteren Zeiten. Schließlich ging es über den Ring zurück in unser Viertel, ich sagte: „Man kann sich so einiges zusammenreimen, und wenn man gut im Reimen ist, und dann ist im Grunde alles klar: Diese Mönche haben den Bischof gekillt. Eine Küche werden sie wohl haben, und dort irgendwo ein Hackebeil."

„Dann lass uns hinfahren und sie festnehmen", sagte Guttmann.

Aber mir fehlte der unbedingte Zug zum Tor, um es in der Fußballersprache zu sagen, der eiserne Wille, den Fall auch abzuschließen. Keine Leiche, kein Mörder, kein Fall, das war mittlerweile mein Ziel, darauf sollten wir hinarbeiten. Wir hatten uns da in etwas verrannt, wie ich fand.

„Angenommen, sie haben ihm den Schädel gespalten", sagte ich, „warum haben sie ihm dann auch noch den Zumpf abgeschnitten? Und warum haben sie ihn dann in eine Suppe gelegt und in einen Weinberg gebracht, in dem kein Wein wächst?"

„Wir können sie fragen", sagte Gutti.

„Warum haben sie seinen Arm in Richtung des Gebäudes ausgestreckt, in dem du irgendwelche Mafiosi getroffen hast, die ‚Vai, vai, vai!' sagen, und bei dem ein Hubschrauber aus dem Vatikan oder aus Schweden landet, warum? Weil sie uns damit etwas sagen wollten."

„Und was?", fragte Guttmann.

„Ich will es nicht mehr wissen", sagte ich. „Und ich will auch nicht wissen, warum ein rotbackiger Bauernlümmel ohne Beine, der angeblich nichts gelernt hat in seinem Scheiß-Leben, plötzlich ‚Vai, vai, vai!' zu seiner Dienerin sagt, wenn er die Suppe in den Kübel werfen lässt. Und dabei weiß er angeblich nicht einmal, wo der Vatikan ist!"

Guttmann sagte: „Hm."

„Die Suppe, die du uns eingebrockt hast mit deinem verdammten ‚Wir nehmen ihn mit!', ist mir einfach mittlerweile zu sauer. Ich könnte längst ein zufriedenes kleines Leben mit einer Nutte führen, die sich selbstständig gemacht hat und den Schotter nach Hause bringt, während ich dort die Füße hochlagere und *Vaya con Dios* rauche, das von mir aus auch mit Blei verseucht sein kann oder mit weiblichen Hormonen, aber Herrgottnocheinmal: Ich könnte jemand sein, ich könnte Klasse haben! Stattdessen lass ich mich da in etwas hineinziehen, was ich gar nicht will, und fahre hinter Fiakern her und lache Scheiß-Chinesen an, die mich fotografieren wollen, weil ich in meinem Blaumann so lustig aussehe. Und alles nur, weil du verdammter Verlierer diese Scheiß-Leiche mitnehmen wolltest, ich brauch dann echt mal eine Pause, Alter!"

Es hatte sich einiges aufgestaut bei mir, das rausmusste. Guttmann hatte es sich angehört und sagte beleidigt: „Weißt du was. Nimm du dir ruhig deine Scheiß-Pause und lass mich hängen, deinen einzigen Freund, ohne den du die letzten Jahre nicht überlebt hättest. Aber komm mir bitte nicht damit, dass du ein kleines zufriedenes Leben mit einer Scheiß-Nutte führen könntest!"

„Ach nein? Und warum nicht?"

„Weil keine Nutte dieser Welt einen Kerl haben will, der seine Eier zurückgegeben hat und so verdammt tief in der Krise steckt wie du!"

„Ich stecke also in der Krise?", fragte ich.

Ich musste wirklich lachen über diesen Warmduscher neben mir und sagte: „Siehst du die Ampel da vorne?"

„Ja."

An der Ampel da vorne ließ ich ihn dann raus.

Aber an der nächsten Ampel ließ ich ihn schon wieder rein.

Er atmete schwer, nachdem er keine hundert Meter zu Fuß gegangen war, und setzte sich dankbar neben mich. Ich war weich geworden wie dünne Scheiße, Guttmann bedankte sich artig dafür und sagte: „Wir haben wohl beide überreagiert, was meinst du?"

Früher hätte ich ihm allein dafür die Nase flachgeschlagen, sodass er als Chinese durchgegangen wäre. Und dann hätten wir uns nie wieder gesehen, wie richtige Männer halt.

Stattdessen hatte ich ihn wieder reingelassen, weil mich eine Sache an dem ganzen Scheiß-Fall eben doch interessierte – die verlorenen Spiele meiner Mannschaft. Das nahm ich irgendwie persönlich, wenn das nicht mit rechten Dingen zugehen sollte, und wegen Dirty Willi ärgerte es mich erst recht.

Ich hielt Guttmann also die stinkende Sporthose unter die Nase. Selbst hatte ich mich ja längst an diesen sehr speziellen, sehr schweißigen Gestank gewöhnt, die Nummer 4 unserer Mannschaft muss ein richtiger Bulle von einem Verteidiger sein, jedenfalls roch er so. Guttmann aber hatte noch keine Ahnung vom Fußball, er drehte hastig die Scheibe hinunter und schnappte verzweifelt nach Luft. Aus dem Radio sang Bruce Springsteen *Trouble in Paradise,* und ich sagte: „Von der Hose hab ich dir noch gar nicht erzählt, nicht wahr?"

Er fragte: „Was ist denn mit dieser Scheiß-Hose?"

„Unsere Mannschaft verliert jedes Heimspiel", sagte ich. „Die Mönche, deren Kloster der Bischof verkaufen will, haben ihren Friedhof hinter unserer Tribüne. Sie sind es aber auch, die immer genau wissen, wie die Spiele ausgehen werden, und wetten dann bei Richie Rich darauf. Und jetzt frag ich dich: Was soll das?"

„Betrug?", fragte Gutti.

„Betrug wäre zu einfach, mein Freund!", sagte ich. „Friss-Gras!-Fritz meint, seine Mannschaft wäre verzaubert. Er hat dort in diesem Kloster nämlich schon einen Neger gesehen, wie er das nennt, angeblich ein doppelköpfiges Monster, das – aber jetzt spekuliere ich nur! – ein Überbleibsel aus der Zeit sein könnte, als die Mönche dort Flüchtlinge aufnahmen und unser Freund Lemmy auf dem Cover der *Gosse* landete."

***

Wir paddelten Richtung Heimat und dockten bei Richie Rich an. Ich hatte mit meiner Wette aus einem Zehner vier Zehner gemacht, immerhin steuerfrei. Rich gab mir das Geld, und weil man im Triumph großzügig sein soll, kriegte er von mir einen Ziegel Khat von Lovegod spendiert, ich sagte: „Probier das mal auf deine alten Tage, es wird das Reißen in deinen Beinen vertreiben."

Er lehnte ab und fragte, ob ich stattdessen noch etwas von diesem fantastischen serbischen Slibowitz hätte. Ich schaute Guttman vorwurfsvoll an und sagte: „Lass mich bitte nicht vergessen, dass wir die Flaschen irgendwann auch wieder holen. Falls sie nicht schon explodiert sind."

Dann lehnten wir uns alle drei gegen Richie Richs Tisch, an dem er seine Kasse stehen hatte, und zogen gemütlich einen durch, ich sagte: „Diesmal bin ich auch dienstlich hier, Rich. Ich muss dich etwas Wichtiges fragen."

Er räusperte sich, richtete sich die Krawatte und zog das Sakko gerade, dann sagte er: „Okay, worum geht's?"

„Es ist wegen der Mönche, die du neulich erwähnt hast", sagte ich. „Die haben das Ergebnis wieder erraten, und ich würde gerne wissen, welche Beträge die bei dir einsetzen, wenn sie wetten."

Er sagte: „Sie setzen immer genau einen Hunderter und machen daraus je nach Quote drei, vier, selten neun oder zehn Hunderter."

Von den Pfaffen im Vatikan gesteuerter, organisierter Wettbetrug samt Geldwäsche hörte sich anders an. Das klang eher nach Hausfrau, die sich das Geld für die Knödel zum Fleisch dazuverdienen musste. Die Sache wurde dadurch aber nicht einfacher, ich sagte: „Seit wann geht das denn schon?"

„Seit Beginn der Frühjahrssaison", sagte Rich.

Ich zeigte auch ihm die Hose unserer Nummer 4, ließ ihn aber nicht daran riechen, denn für solche Erlebnisse war er zu alt und gebrechlich.

Ich selbst hatte ja wirklich lange gehofft, dass es Motten waren, die für die Löcher in der Sportkleidung verantwortlich waren, aber jetzt glaubte ich es ehrlich gesagt nicht mehr, ich sagte zu Rich: „Wir leben in einer sehr schlechten Welt, es sollte dich daher nicht überraschen, dass die Spiele, mit denen die Mönche Geld verdienen, vermutlich manipuliert sind."

„Wie?", fragte Rich.

„Mit afrikanischem Zauber", sagte ich.

„Dann sind die Hosen da verzaubert, oder was?", fragte Rich.

Ich zuckte die Schultern, denn genau wusste ich es natürlich auch nicht.

Rich sagte: „Ihr jungen Leute seid schon wirklich verrückt! Das sind doch einfach nur Scheiß-Motten!"

***

Wir fuhren hinüber zum Stadion, Guttmann und ich stiegen aus und schauten beim Training unserer Truppe vorbei. Fritz ließ die Jungs auf und ab rennen, bis sie nicht mehr konnten, er ließ sie Gras fressen und schrie sie an, wie es früher gewesen war, als sie noch echte Lederschuhe tragen mussten, die ein jeder drei Kilo wogen, und, wenn sie erst mal nass waren, noch mal zehn Kilo mehr.

Nicht wenige verzogen sich nach seiner Ansprache in eine Ecke des Platzes, wo Kubelka saß und die Spieler nun „mental betreute", wie er das nannte. Fritz konnte mit seiner Verachtung für Kubelka nicht mehr hinter dem Zaun halten, als er mich entdeckte, fragte er: „Was hast du mir denn da für eine Tussi ins Boot gesetzt? Seit der da ist, wollen meine Spieler nur noch mit ihm reden!"

Sie gruppierten sich in der Ecke um Ku, sodass Fritz nicht sehen konnte, wie der Joint zirkulierte, den Ku ihnen baute und freundlicherweise anzündete, weil sie ja alle kein Feuerzeug in der Sporthose hatten, während Fritz weiterschimpfte: „Sind wir beim Damenfußball? Verweichlichte Waschlappen sind das alle miteinander! Ich kauf ihnen ein paar Röckchen!"

Es war das alte Problem mangelnder Aufmerksamkeit. Die Spieler verbrachten ihre Zeit einfach lieber in der Ecke von Ku, seit dieser „in sie hinein" hörte, als mit Fritz auf dem Platz, der sie nur anschrie. Langsam musste der arme Kerl das Gefühl kriegen, dass ihn gar keiner mehr lieb hatte. Ich wollte ihn trösten, umfasste dafür seine Schulter und sagte: „Warum hast du mir denn nie erzählt, dass deine Alte mit einem Gogo-Tänzer namens Albano durchgebrannt ist?“

„Erzählen?“, sagte er. „Ich bin doch nicht wie die! Vom Reden krieg ich Pustel auf der Zunge! Außerdem heißt die Sau nicht Albano, sondern Cosmo.“

Ich fragte: „Wie?“

„Cosmo.“

„Noch mal, bitte.“

„Cosmo, Herrgott!“

Ich sagte: „Albano gefällt mir aber besser.“

Fritz fand beide zum Kotzen.

Wir versammelten dann alle Spieler im Kreis, ich stellte mich in die Mitte und sagte: „Jungs, die Lage ist folgende: Es kann auch an Lemmys Gras liegen, dass ihr so neben den Schuhen steht, ich sag es ganz offen. Es gibt da nämlich ein paar Probleme mit der Wasserleitung, die zu den Pflanzungen führen, die müssen wir in naher Zukunft lösen. Aber es kann natürlich auch etwas ganz anderes sein, das euch ständig verlieren lässt.“

„Was?“, fragten alle.

Nun stellte sich Guttmann vor und sagte: „Wir sind einer riesigen Verschwörung im kirchlichen Milieu auf der Spur. Eure manipulierten Spiele könnten durchaus sogar mit dem toten Bischof in Zusammenhang stehen.“

„Ist er denn tot?“, fragte einer, der scheinbar aufmerksam die *Gosse* las.

Guttmann räusperte sich und machte aus dem „toten Bischof“ einen „verschwundenen Bischof“, gerade noch rechtzeitig, bevor es zu weiteren unangenehmen Fragen kam.

Dann sagte ich: „Es gibt Gerüchte, dass ein schwarzes doppelköpfiges Monster gesehen wurde, drüben im Kloster, während eurer Spiele."

Gemurmel, Geraune, Gelächter war die Folge.

„Fritz!", sagte ich. „Wo genau hast denn du zum Beispiel dieses doppelköpfige Monster gesehen?"

Fritz deutete vom Platz aus hinüber zum Kloster und zeigte auf ein Fenster ganz oben unter dem Dach. „Dort oben, zweites Fenster von links."

Ich fragte: „Noch jemand, der es gesehen hat?"

Ein paar Spieler hoben langsam die Hand und bestätigten, was Fritz gesagt hatte – „Schwarz, zwei Köpfe, viele Haare, riesig".

Ich sagte: „Danke."

Nur Kubelka wollte es nicht recht glauben.

Er lief uns hinterher, nachdem wir uns bei der Truppe verabschiedet hatten, und flüsterte mir eindringlich zu: „Das widerspricht allem, was ich über Fritz und seine Mannschaft herausgefunden habe. Wenn du ihm das mit dem Monster glaubst, dann hilfst du ihm in seiner Krise einfach nicht weiter! Bald wird er gewohnheitsmäßig seine Umgebung mit erfundenen Geschichten manipulieren, hast du denn vergessen, was ich dir über kollektive Selbsttäuschung gesagt habe?"

Ich schaute ihn skeptisch an und fragte: „Schon mal daran gedacht, dass du ein Buch über dich selbst schreiben könntest?"

***

„Wenn wir Pech haben, dann werden wir aus denen nicht viel rauskriegen", sagte Guttmann, als wir hinübergingen zu den Mönchen, und ich fragte: „Warum denn nicht?"

„Weil die sich neben sexueller Enthaltsamkeit auch zu Armut und Schweigsamkeit verpflichtet haben."

Ich sagte: „Dann unterscheidet sich ihr Leben ja in genau einem Punkt von deinem – du darfst reden. Ist das nicht traurig?"

Wir von der Friedhofstribüne waren bisher nicht schlecht mit den Klosterbrüdern ausgekommen. Die meisten unserer Fans kamen aus der Sozialhilfeempfänger- oder Langzeitarbeitslosenszene, sie schnorrten sich das Geld für ihre Karte zusammen oder zweigten es beim Haushaltsgeld ab, sodass die Kinder halt kein Jausenbrot für die Schule hatten, falls sie es mal in die Schule schafften. Aber so ein Spiel dauerte nur 90 Minuten, das war nicht genug, um sich richtig auszutoben, also verfolgten wir die gegnerischen Fans dann oft noch um ein paar Häuserblocks herum mit Fäusten und Gesängen, und irgendwann standen wir dann alle vor dem Eingang zum Kloster, wo die ihre Armensuppe verteilten. Nicht wenige von uns löffelten die Suppe dankbar, manche heimlich, viele ungeniert. Und die Mönche schickten sie nicht einmal weg, wenn sie den einen oder anderen als Friedhofspisser und Papst-Benedikt-Scheißer erkannten.

So etwas nennt man wohl Barmherzigkeit.

Als wir vor dem Eingang zum Kloster standen, klemmte Guttmann wieder fest den Arsch zusammen und tapste nervös von einem Fuß auf den anderen, als würden ihn da drinnen ganz schlimme Sachen erwarten, ich fragte: „Was ist denn jetzt eigentlich genau dein Problem mit den Pfaffen, hm? Willst du's mir nicht endlich sagen?"

Gutti deutete auf das Kruzifix, das am Eingang zum Kloster angebracht war, und sagte: „Ich hab kein Problem mit den Pfaffen an sich, ich habe ein Problem mit einem beobachtenden, beleidigten Gott."

„Aber wieso denn beleidigt?", fragte ich.

Guttmann erzählte mir, dass er immer an sich herumgespielt hat, als er jung war und noch an sich herumspielen konnte, „aber das bleibt unter uns, okay?"

„Aber natürlich, Gutti", sagte ich. „Außerdem ist das doch völlig okay und normal, dass man als kleiner Bub an sich herumspielt, so lange jedenfalls, bis ein heißes Mädchen kommt und den Job für dich erledigt."

Das Mädchen ist bei ihm aber lange nicht gekommen, dafür hat ihn Mutti oft beim Spielen erwischt, wie er nun weiter erzählte, und dabei hat die Alte scheinbar immer zu ihm gesagt, dass man nicht wichsen darf, weil der liebe Gott einem dabei zuschaut und dann sehr, sehr traurig wird und ein bisschen beleidigt ist.

Ich beruhigte ihn: „Hör zu Gutti, falls es diesen Gott gäbe, dann wärst du ihm bestimmt völlig egal."

„Aber er war traurig und beleidigt", bestand Gutti darauf, dass er Gott nicht egal war. "Was soll ich denn machen? Wäre er böse gewesen, hätte es mir weniger ausgemacht, aber dass er wegen mir traurig und beleidigt war, das machte mich selbst ganz traurig."

Damit muss man natürlich erst einmal fertigwerden.

Höflichkeitshalber fragte ich, ob er wegen dem ganzen Scheiß dann aufgehört hat zu wichsen, weil Gott ja so traurig und beleidigt war, und er sagte: „Ich schon."

„Aber wer nicht?", fragte ich.

Dabei hatte ich plötzlich das ganz sichere Gefühl, dass es jetzt erst richtig interessant werden würde. Und tatsächlich sagte er mir nun, dass seine Mutti dann immer an ihm weiter herumspielte, nachdem er selbst damit aufgehört hatte.

Wenn man so etwas hört, so etwas abgrundtief Trauriges und Ekelhaftes, dann ist man natürlich total überfordert, und man kann nur „Oh mein Gott!“ oder „Du lieber Himmel!“ rufen und sich ein paar Mal kräftig selbst auf die Wange schlagen, aber das half auch nichts. Was wirklich geholfen hätte, das wäre ein Fläschchen serbisches Feuerwasser von Jolanda gewesen, aber wir hatten ja keines dabei, also nahm ich Gutti jetzt einfach ganz fest in den Arm, weil er so zitterte. Und als ich mich wieder halbwegs beruhigt hatte, traute ich mich sogar noch zu fragen, ob Mutti irgendwann auch wieder aufgehört hatte, an ihm herumzuspielen, und er sagte: „Ja, aber da war ich dann schon 17 oder 18.“

***

Ich läutete die Bimmelbammel-Glocke am riesigen Eingangsportal des Klosters, das schwere Holztor, in das eine kleinere Tür eingearbeitet war, wog bestimmt drei Tonnen. Es passierte lange nichts, und ich wollte schon wieder gehen, klopfte stattdessen aber noch mal, denn es war mir mittlerweile zur lieben Gewohnheit geworden, immer das Falsche zu tun.

Endlich hörten wir dann doch noch einen Schlüssel ins riesige Schloss der kleinen Tür fahren, dann dauerte es wieder eine schöne Weile, bis der Schlüssel endlich steckte, und dann noch mal so lange, bis er umgedreht war.

Was die immer für riesige Schlüssel haben!

Ein kleines Männchen schaute uns durch einen Spalt mit trüben Augen an, der Typ war erwartungsgemäß in einen braunen, speckigen Sack gehüllt, aber die Kapuze hatte er nicht über die Rübe gezogen, vielleicht wegen der

Läuse, damit die auch mal etwas sahen. Ein paar Flöhe hüpften auf seiner Kutte herum und wollten zu mir herüber, aber ich wehrte sie ab. Um seine schmale Taille trug er ein Seil, das seinen gebeugten Körper zusammenhielt, und wenn man ihn an den Ohren zog und anhob, dann maß er vielleicht einen Meter fünfzig, ich dachte: Kein Wunder, dass man sie die Kleinen Brüder Jesu nennt!

Dafür waren seine Augenbrauen die längsten, die ich je gesehen habe, seine Hände waren verknorrt und zittrig, und im Mundwinkel hing ihm eine Zigarette, an der er mehr herumkaute, als dass er sie rauchte. Es fehlte nur noch das Stirnband und die satt klingende Mahagoni-Gibson, und er wäre als Keith Richards durchgegangen, es hätte mich nicht gewundert, wenn er gleich *Gimme Shelter* angestimmt hätte. Weil er sich nicht bei mir vorstellte, würde ich ihn einfach Keith nennen, falls wir doch noch miteinander ins Gespräch kommen sollten.

Guttmann zog seine Marke und sagte: „Polizei!"

Keith reagierte nicht, weder freute er sich noch schien er sich zu ängstigen. Er wirkte wie auf einem schweren Trip, so, als wüsste er gerade nicht genau, wo er heute Abend noch sein Konzert spielen sollte. Er ließ einfach die Tür offen stehen und nickte unmerklich, was wohl bedeutete, dass wir ihm folgen sollten, und dann latschte er wortlos voraus, als müsste er wieder zu seinen Weibern in die Hotelsuite, mit denen er noch nicht fertig war. Keith hatte äußerlich nichts Geiles, nicht so wie Mick. Aber trotzdem kam er gut rüber, wenn er sich immer wieder mal kurz umdrehte und uns zunickte, während wir ihm in den Hof folgten. Dort kamen wir am Eingang zur Wäscherei vorbei, wo die Mönche das ganze

Pfaffengewand, das es in Wien gab, wuschen, und auch die Dressen unseres Vereins, seit die Frau von Fritz das Zeug nicht mehr in die Maschine steckte, sondern sich von Cosmo ficken ließ. Da drängte sich die Frage auf, warum Keith seine eigene Kutte nie wusch.

Keine Ahnung.

Auf der anderen Seite des Hofes stand der alte VW-Bus, in den sie immer den Topf mit der Armensuppe stellten. Ich ging die paar Extrameter hinüber und schnupperte daran. Der ganze Bus roch erwartungsgemäß nach Hühnersuppe.

Es dauerte wieder, bis wir endlich den Hof überquert hatten, dann öffnete der Alte die Tür zu einem großen, dunklen Saal, in dem ein großer Tisch stand, an dem hundert Leute Platz gehabt hätten, aber heute war er nur für drei gedeckt. Es roch nach Junggesellenhaushalt, in dem alle ein wenig überfordert waren.

Guttmanns Hand griff zur Waffe, als aus dem finsteren Nichts die zwei anderen Mönche, die scheinbar noch hier lebten, in ihren braunen Säcken angeschlurft kamen. Guttmann hatte ja erst vorhin von dem doppelköpfigen Monster erfahren, das hier angeblich lebte. Vor dem hatte er jetzt beinahe mehr Angst als vor seiner Mutter, und mit diesem verwechselte er die beiden Mönche, obwohl sie jeder einen eigenen Körper zu ihrem Kopf dazu hatten. Sie trugen ihren Kapuzen tief ins Gesicht gezogen wie ein Original Gangster seine Kappe, und ihre Kutten waren noch dreckiger als die von Keith. Man konnte, wollte sich aber nicht vorstellen, wie es darunter aussah. Ich würde den einen Charlie nennen und den anderen Ronnie, falls wir auch mit ihnen noch ins Gespräch kommen sollten. Sabber lief ihnen aus den Mündern, in denen nur noch vereinzelt Zähne steckten, hinein in Bärte, die sich nach Pantene Pro-V Antifett sehnten. Wir hatten es hier mit den Vollfreaks unter den Mönchen zu tun, so viel war klar. Sie erinnerten mich ein wenig an Lemmy, nur dass sie nicht ganz so stoned waren.

Keith nickte dann unmerklich in unsere Richtung, bevor er fragend in Richtung Tisch nickte. Guttmann beherrschte die Nicksprache recht gut und flüsterte mir zu: „Er will wissen, ob wir mit ihnen essen möchten."

Ich hatte keine Ahnung, warum Guttmann flüsterte, nickte ihm aber auch unmerklich zu, was bedeutete, dass ich verstanden hatte, und nickte dann etwas deutlicher in die Richtung des Alten, weil ich mir dachte, dass er vielleicht schwerhörig war und ich deswegen deutlicher nicken müsste. Er verstand mich recht gut, so wie ich nickte, denn er nickte umgehend in Richtung Charlie, der wiederum zackig zurücknickte und sofort abbog in Richtung eines alten schweren Holzschranks, aus dem er zwei weitere Teller herausholte. Als er zurückkam und die Teller auf den Tisch stellte, nickte Keith aber streng in Richtung der Gedecke, und Charlie kapierte sofort, dass er das Werkzeug für die Teller vergessen hatte, nicht vergessen aber hatte er, wie man nickt. Also nickte er in Richtung Keith und bog genervt wieder ab, hinter uns vorbei diesmal und um den großen Tisch herum, hin zum Kasten und zum Besteck, mit dem er dann an den Tisch zurückkam und nickte. Er legte das Zeug neben die Teller und nickte Keith fragend zu, der nickte zufrieden zurück, bevor er sich Ronnie zuwandte, diesem kurz zunickte und dann den Schädel seitlich in Richtung Küche bewegte – „Da geht's lang!" –, was Ronnie auch sofort verstand. Denn er nickte zurück und latschte in die

Küche, von wo her wir schon die ganze Zeit monotones Hacken und Klacken und Tacken hörten, wie ein Hackebeil hörte es sich an, das beständig auf ein Holzbrett niederkrachte, was Guttmann dazu veranlasste, besorgt in Richtung Küche zu nicken und dann mit ängstlichem Blick mir zuzunicken. Aber ich nickte beruhigend zurück, mit zusammengekniffenen Augen, was ihm das sichere Gefühl geben sollte, dass ich alles im Griff hatte.

Keith setzte sich und nickte uns zu. Wir verstanden, dass wir uns auch setzen sollten, denn Charlie, der uns freundlich zunickte, saß bereits. Und als wir auch endlich saßen und uns gegenseitig ausgiebig zugenickt hatten, schwiegen und warteten wir eine Weile, ob noch etwas passieren würde vor Weihnachten oder ob vielleicht einer zu beten anfangen würde, nickend, versteht sich.

Aber die alten Stones rollten nicht mehr richtig, vielmehr schienen sie einzunicken, wohl, weil ihnen der Kopf vom vielen Nicken ganz schwer geworden war, und nur das Tack und Prack aus der Küche riss sie immer wieder aus ihrem Dämmer. Dann schauten sie fragend ihren Teller an und nickten vor sich hin, während Guttmann in Richtung Küche nickte und mir zuflüsterte: „Da drinnen ist noch jemand." Und ich nickend zurückflüsterte: „Weißt du was? Das hab ich mir auch schon gedacht."

Wer kennt das nicht? Stunden- oder tagelang sucht man verzweifelt nach etwas – nach dem Autoschlüssel, dem Joint, dem Feuerzeug für den Joint, nach einer Lösung für ein Problem oder nach Antworten auf Fragen – , und am Ende liegt dann immer alles in der Küche herum und man will gar nicht glauben, dass alles so einfach ist.

Aber bevor wir einen prüfenden Blick in die Küche werfen konnten, fing die Glocke im Turm an zu läuten, es war nun Punkt 19 Uhr geworden und also Essenzeit. Schon kam Ronnie mit dem großen, viel zu schweren Suppentopf hereingewackelt und verschüttete die Hälfte, bevor er den Topf mit letzter Kraft auf den Tisch wuchtete. Wenn schon Suppe, dann jeden Tag Suppe!

Keith nickte uns zu, und dann nickte er in Richtung der Suppe, wir nickten fleißig zurück und bedienten uns, Guttmann etwas mehr als ich, obwohl ich noch gar nichts im Magen hatte außer die paar Krümelchen Gras, die beim Rauchen immer mit runtergingen. Aber ich machte mein Tellerchen trotzdem kaum nass, weil die Suppe voll mit Karotten war und ich ja kein Obst aß.

Mein Problem war, dass mir beim Essen immer schnell langweilig wurde, wenn man dabei nicht rauchen und trinken durfte. Und wenn nur genickt, aber nicht geredet wurde, dann kriegte ich überhaupt die Hummeln im Arsch. Guttmann merkte meine Unruhe und wollte endlich eine Art Gespräch mit den zum Schweigen verurteilten Mönchen in Gang bringen, er nickte begeistert in Richtung der Suppe und fragte die Jungs: „Selbst gemacht?"

Aber Keith nickte nur und versuchte, den Löffel in den Mund zu kriegen, und dabei fiel mir ein mögliches weiteres Buch ein, mit dem Kubelka berühmt werden könnte: *Wenn alte Mönche Suppe essen.*

Ihr Schweigegelübde erstreckte sich nämlich nicht auf die Geräusche, die sie beim Essen machten.

Ich holte mir unmerklich etwas Khat aus meiner Latztasche und steckte es mir in die Ohren. So sehr quälte das Schlürfen und Schmatzen und Hinaufziehen des Rotzes meine empfindlichen Nerven, dass ich mir dann einen Ziegel in die Backen steckte und anfing, darauf herumzukauen, und bald schon hatte ich das sehr gute Gefühl, dass mich heute nichts mehr aus dem Sessel hauen würde. Guttmann löffelte währenddessen jedes einzelne Fettauge von der Suppe, als könnte er sich hier wieder auf Normalgewicht bringen, während den Mönchen alles wieder aus dem Mund herauslief, falls sie ihn überhaupt jemals trafen. Keith schob seinen Teller genervt zur Seite und nickte interessiert in meine Richtung, als wären wir backstage bei irgendeinem Festival und tauschten die geilsten Drogen aus. Ich schob ihm ein Stück Khat hinüber, und ohne Zögern steckte er sich das Teil hinein und fing an zu kauen. Natürlich wollten Ronnie und Charlie sofort in die Hängematte, ich gab ihnen ihr Stück, und sie nickten.

Nun saßen wir also da und kauten und nickten, und dann spuckte ich als Erster auf den Boden, was zunächst noch für große Augen bei den Hausherren sorgte. Aber dann spuckten auch sie ihren Saft aus und hatten großen Spaß daran, nur Guttmann kriegte von all dem nichts mit, er löffelte jetzt den Topf alleine leer, bis er sich zufrieden über den Mund wischte, sich wie ein Bundespräsident räusperte, bevor er endlich sagte: „Ich weiß ja, dass ihr nicht reden dürft, liebe Mönche, weil ihr ja das Schweigegelübde abgelegt habt. Aber das Rezept für die Suppe würde mich schon sehr interessieren."

Letztlich klang er dann doch immer wie eine Hausfrau, auch wenn er sich wie ein Bundespräsident räusperte, und für mich war es wieder mal an der Zeit, mich für ihn zu schämen. Aber die peinliche Situation entkrampfte sich sofort, als die Alten anfingen zu kichern. Keith, der schon sehr entspannt war, sagte zu ihm: „Warum zur Hölle sollten wir denn nicht reden dürfen, du verdammter Spinner?“

Und ich fragte sofort: „Habt ihr vielleicht was zu trinken?“

Keith nickte Ronnie zu, aber der zuckte hilflos mit den Schultern: „Normalerweise haben wir ja Messwein“, sagte er, „den wir in Blut Christi verwandeln, aber heute …“

Er brach mitten im Satz ab, denn er wollte das Gespräch nicht in Richtung Weinberg und Weingut Sittl lenken, wie ich sofort merkte. Ich aber sagte sehr entspannt: „Wir haben dort in diesem Scheiß-Weinberg, wo ihr immer euren Messwein kauft, ein paar Flaschen Schnaps deponiert, kann man denn Schnaps auch in Blut von diesem Dings verwandeln?“

„Ist der Schnaps gut?“, fragte Keith.

„Wie vom Teufel selbst gebrannt“, sagte ich.

„Dann ja.“

Bis wir das Spirituosenproblem endlich gelöst hätten, ließen wir nun einen Joint im Kreis herumgehen, und während wir Gras rauchten und Khat kauten, nützte ich die neu gewonnene Redefreiheit und legte die Füße auf den Tisch, ich verschränkte die Arme hinter dem Kopf und sagte: „Ich will ja nicht weiter ins Detail gehen, Jungs, aber ihr habt wirklich ein paar sehr schwere Anfängerfehler gemacht, als ihr den Bischof gekillt und dort draußen im Weinberg abgelegt habt.“

Die drei Mönche waren mir gar nicht böse, als ich das sagte. Keiner sprang auf und zog eine Knarre, keiner protestierte, keiner lief davon. Sie fielen vielmehr in alte Muster zurück und nickten stumm, der eine oder andere schämte sich auch ein bisschen.

„Die Leiche des Bischofs“, sagte ich weiter, „war nämlich voll mit den Resten eurer verdammten Hühnersuppe“ – ich schob den Topf auf dem Tisch mit den Schuhen ein wenig beiseite –, „über die wir das Verbrechen ohne Weiteres zu euch zurückverfolgen könnten, wenn wir wollten. Außerdem stank er nach Weißwein, als wäre er in einem Heurigenfass abgesoffen. Auch diese Spur könnte uns leicht zum Mörder führen. Ihr habt es uns also wirklich nicht schwer gemacht.“

Sie nickten auch noch ruhig und gefasst, als ich den roten Bischofsschuh auf den Tisch stellte, ja, da kicherten sie sogar ein bisschen. Wir hätten sie jetzt auch in den heißen Suppentopf werfen können, und sie hätten uns trotzdem noch freundlich angelacht, so cool waren sie mittlerweile drauf, so völlig easy, so komplett Rock'n'Roll waren sie, dass sie uns mit ihrem Lachen ansteckten und wir uns schließlich alle den Schuh anschauten und immer wieder schrien: „Rote Schuhe … verdammt, er trug wirklich rote Schuhe!“

Schließlich fühlten wir uns wie ein paar Kicker unter glühender Sonne, die sich lustlos den Ball zuschoben, nur Guttmann wollte das Spiel vorantreiben, er war als Einziger noch halbwegs bei Trost und sagte: „Euer Gebäude ist groß genug, möchte man meinen, sodass ihr den Bischof locker irgendwo hättet vergraben können. Außer natürlich, ihr wolltet, dass man ihn dort draußen im Weinberg findet mit seiner ausgestreckten Hand, die in Richtung des Weingutshofes deutete, von dem man mit Fug und Recht annehmen darf, dass es das Zentrum für dunkle Geschäfte der Kirche mit Schwerpunkt Österreich ist.“

Die Mönche kicherten wieder und nickten, als wären sie sogar stolz darauf, dass ihr Plan aufgegangen war.

Ich sagte: „Wir wissen natürlich nicht, wie einer von euch drei Zwergen einem 185 Zentimeter großen Bischof den Schädel gespalten haben könnte, außer ihr hättet euch aufgetürmt wie die Bremer Stadtmusikanten, aber das schließe ich vollkommen aus. Also wissen wir natürlich auch nicht, wer von euch dreien letztlich der Mörder ist."

Sie kicherten und zuckten die Schultern, als hätten sie mit all dem nichts zu tun. „Was wir aber wissen", fuhr ich fort, „ist, dass euch der Bischof das Kloster unter dem Arsch weg verkaufen wollte. Und wenn man nicht gerade ins betreute Wohnen für Mönche ziehen will, dann wäre das natürlich ein Motiv."

Aber irgendetwas gefiel Keith nicht an diesem möglichen Motiv, er verneinte strikt und sagte: „Das kannst du vergessen. Wir wären natürlich hingezogen, wo er will, ihr dürft nicht vergessen, dass wir Mönche auch zu striktem Gehorsam verpflichtet sind."

Ich fragte: „Was ist denn das, Gehorsam?"

Er sagte: „Wenn man tut, was andere von einem wollen."

Ich fragte: „So ein bisschen wie S&M?"

Er sagte: „So ein bisschen."

„Aber umgebracht habt ihr ihn schon?", fragte Guttmann und wollte damit die Sache zu Ende bringen, aber Keith sagte: „Nein."

***

Guttmann hatte gut zu tun, dass er nicht vom Sessel kippte, und ich, dass ich nicht mein Khat verschluckte, als die Tür zur Küche aufging und das doppelköpfiges Monster hereinspaziert kam, vor dem Guttmann sich so sehr gefürchtet hatte. Man bekam sofort eine leise Ahnung davon, was den perversen Bischof an den beiden fasziniert haben mochte, wenn man natürlich auch nie ganz verstehen würde, was ihn an den Mädels sexuell gereizt hat – ihre Augen waren düster, ihr Blick undurchschaubar.

Und das Rätsel gelöst.

„Die eine heißt Butterblume, die andere Sonnenblume", sagte Keith ruhig, als handle es sich bei den beiden um zwei süße neugeborene Windelträger, die er im Kinderwagen ausführte. Dabei waren sie jeweils zwei Meter groß und hatten sich eine Art Riesenkutte übergeworfen, die sie gemeinsam trugen und mit einem langen Seil um die Taille zusammenbanden. Auf ihren massigen Schädeln mit den fleischigen Nasen im Gesicht trugen sie zwei gewaltige Afros, die mittlerweile zusammengewachsen waren wie zwei Stauden Tomaten, die nebeneinander wuchsen und sich langsam ineinander verhakten. So gingen sie Seite an Seite und Schulter an Schulter, denn der einen fehlte der linke Arm, der anderen der rechte, und – man glaubt es kaum! – der einen das rechte Ohr, und der anderen das linke.

Sie holten den Suppentopf vom Tisch und räumten die Teller ab, und wie sie das machten, das war schon echt zirkusreif, denn die eine Hand von Butterblume arbeitete mit der von Sonnenblume zusammen, als wären sie aus einem Stängel gewachsen. Und das war auch das Geheimnis der ganzen Sache, wie Keith uns freundlich erklärte: „Für sich alleine genommen, sind sie nichts. Aber zusammengenommen sind sie ein normaler Mensch."

Ein bisschen ausgefallen halt für einen normalen Menschen, dachte ich, ein bisschen sehr breit und unförmig. Insgesamt erinnerten sie mich mehr an Halvar von Flake als an einen normalen Menschen, nur dass sie halt vier Beine hatten anstatt wie Halvar zwei, aber dafür hatten sie keinen Helm (und keinen Bart, und kein Schwert). Und ihre zwei Köpfe, die da oben aus der Kutte herausschauten, ließen sie erst recht eher wie ein Monster aussehen als wie ein normaler Mensch, da hatte Fritz schon recht.

Keith merkte meine Vorbehalte, und als wären wir auf dem Viehmarkt, wo er sie an den Mann bringen musste, lobte er ihre Vorzüge: „Ihr müsst sie sehen, wenn sie Hühner zerlegen!"

Ich fragte: „Hält die eine dabei das Huhn, und die andere das Hackebeil?"

Keith nickte, und das brachte mich auf eine weitere Frage: „Dann hielt die eine den Bischof fest, während ihm die andere den Schädel spaltete?"

Keith nickt wieder – das war ihm einfach nicht abzugewöhnen! – und sagte: „Butterblume führte das Hackebeil, während Sonnenblume die Hühner hielt, die in den Topf für die Armensuppe kamen. Es war vor drei Tagen, als der Bischof uns besuchte wegen dem geplanten Verkauf des Klosters. Wir hatten ihn zum Mittagessen eingeladen, es gab Suppe, und irgendwann fragte er, wer denn die Suppe gemacht hat. Wir wollten es ihm nicht sagen, aber er ging in die Küche, und als er die beiden sah, näherte er sich ihnen von hinten und fasste ihnen an den Arsch, beiden gleichzeitig, er hat ja diese Störung, die ihm immer nur dann eine Erektion bescherte, sobald er in die Nähe von Amputierten kam. Die beiden Blumen hatten ihn nicht gehört, denn sie sind ja auch taubstumm, also erschraken sie fürchterlich, drehten sich um, und zack."

Gutti hatte Schwierigkeiten, sich das alles bildlich vorzustellen – den Bischof mit seinem Ständer, die beiden Zwillinge in der Küche, seine Hand an ihrem Arsch … Er hakte immer wieder nach und fragte dies und jenes, bis Keith endlich aufstand und mit Ronnie und Charlie zusammen nachspielte, wie es gewesen war, damit Gutti es endlich kapierte. Ronnie und Charlie gaben dabei mit Bravour die Blumen, was die schwierigere Übung war, während Keith den Bischof mit seinem Ständer spielte. Sie machten das richtig gut, und besonders die Szene, in der sie dem Bischof die Kutte hochzogen und ihm den Schwanz abschnitten, hätte Arnie als Bischof nicht besser hingekriegt, das war wirklich zum Niederknien.

Und während der Show musste ich immer wieder an Poldi Berger denken und seinen ausgeprägten Hang zum Widerstand. Mit den beiden Blumen, dachte ich, hätte das Land endlich wieder mal zwei, die sich auf die Hinterbeine stellten und sich nicht ungefragt an den Arsch greifen ließen. Vorausgesetzt, man gewährte ihnen irgendwann politisches Asyl.

Ich applaudierte heftig, nur Guttmann war noch immer nicht ganz zufrieden. Er sah das mehr als Lokalaugenschein und scheute sich davor, sich das Ganze als Musical vorzustellen, er sagte: „Okay, okay, ihr habt das sehr gut gemacht. Aber im Affekt schneidet man doch niemandem den Schwanz ab!"

„Wenn sie seinen Schwanz haben", erklärte ihm Keith, warum sie ihm den Schwanz abgeschnitten haben, „dann können sie ihn daran bis in alle Ewigkeit wie einen Hund an der Leine durch die Hölle ziehen, als Strafe für das, was er getan hat. Man nennt das Voodoo, und daran glauben sie ganz fest."

Das war ein seltsamer Glaube, wie ich fand. Aber solange man nicht das Gegenteil beweisen konnte, war es doch irgendwie beeindruckend und beängstigend zugleich, falls es wirklich funktionierte. Ich würde in Zukunft jedenfalls deutlich vorsichtiger sein, wenn ich auf dem Klo wieder mal neben einem Schwarzen zu stehen kam.

Wir folgten ihnen nun in die Küche hinein, wo die Blumen kongolesisches Huhn zubereiteten, für sich selbst. Das arme Huhn lag gerupft, aber noch lebendig in einer Pfanne mit ein wenig Öl drinnen, die Füße hatten sie ihm abgehackt, die Flügel und den Schnabel auch. Die abgehackten Teile und die Federn dazu droschen sie jetzt mit einem Fleischschlögel zu Pulver. Diese Naturvölker kochen anders, mit weniger Suppenwürfel, dafür mit mehr Pulver. Sie sehen in einem Tier nicht nur Nahrung, sondern auch die Möglichkeit, es am Schnabel, an den Füßen, an den Federn oder an den Flügeln durch die Hölle zu ziehen, wenn es ihnen gerade gefällt. Bevor das arme Huhn endlich an den Verbrennungen sterben konnte, nahmen sie es aber wieder aus der Pfanne. Die eine Hand von Butterblume hielt es am Arsch in die Höhe, während ihm die andere Hand von Sonnenblume mit dem Hackebeil den Schädel absäbelte. Dann saugten sie abwechselnd und gierig das Blut aus dem zuckenden Körper, bis er ganz weiß war, und das schmeckte ihnen wie dem Deutschen sein Bier. Sie wischten sich zufrieden über den Mund, und wären sie nicht taubstumm gewesen, dann hätten sie bestimmt „Lecker! Lecker! Lecker!“ gesagt, bis in alle Ewigkeit.

Es war nun so verdammt heiß in der Küche geworden, dass ich in die Runde fragte: „Hat mal jemand ein Taschentuch dabei?“

Es war Butterblume, die sofort eines aus ihrer Kuttentasche zog und es mir gab, ein schönes, gebügeltes, blütenweißes, sie arbeiteten ja auch in der Wäscherei. Ich wischte mir damit den Dreck von der Stirn, vom Nacken und aus den Achseln. Und weil ich wirklich überall schwitzte, drehte ich mich kurz zur Seite und fuhr mir am Latz vorbei in die Hose hinein und wischte mir damit den Sack ab. Und dann – ich weiß auch nicht wieso! – gab ich es ihr wieder zurück.

Butterblume lächelte vielsagend und nickte artig, und ich hatte gleich so ein komisches Gefühl in der Magengrube, als sie es zusammenfaltete und sich wieder in den eigenen Kuttensack steckte. Aber noch mehr wunderte ich mich natürlich, dass ausgerechnet sie mir ein Taschentuch gegeben hatte, wo sie doch taubstumm war.

Wir gingen dann wieder hinaus in den Speisesaal, wo Keith uns erzählte, wie sie zu den Mädels gekommen waren, nämlich tatsächlich im letzten Winter, gemeinsam mit den anderen Asylsuchenden. Und als das Kloster schließlich geräumt wurde, „haben wir sie hier versteckt, weil sie eingewilligt haben, bei uns zu bleiben und uns zu helfen, wir können ja alleine keine Suppe für die Armen mehr kochen. Einzige Bedingung ihrerseits: Kein Sex! Sie hatten einfach die Schnauze voll von Sex, ihr könnt euch vielleicht vorstellen, wie viele Traumata die beiden erlitten haben, bevor sie hierherkamen."

„Sagt man Traumata?", fragte Guttmann.

„Ja, wie Dilemmata", sagte Charlie.

Aber Guttmann konnte sich trotzdem nicht recht vorstellen, wie man in so jungen Jahren bereits den Appetit auf Sex verlieren konnte, heute war sein schlechter Tag beim Vorstellen, also versuchte ich es ihm zu erklären:

„Gutti, jetzt hör mal genau zu, es ist doch immer das Gleiche: Hast du eine Dachterrasse, dann nützt du sie nicht, weil du lieber zum Heurigen gehst. Und hast du einen Hometrainer zuhause, dann setzt du dich nie drauf, weil du lieber die Wäsche daran aufhängst. Und kannst du jeden Tag Sex mit einer Rakete haben, dann willst du irgendwann lieber fernsehen, weil du es irgendwann einfach nicht mehr aushältst, jeden Tag Sex mit einer Rakete zu haben, glaub mir, ich weiß, wovon ich rede."

Keith nickte zustimmend, sagte aber einschränkend: „In einem Punkt muss ich dich korrigieren. Sex war dort, wo sie herkommen, nicht das romantische Erlebnis, das es für uns … äh: für euch ist. Sex ist dort eine Waffe des Teufels."

Ich fragte: „Heißt die Gegend, aus der sie kommen, vielleicht Ruanda?"

Keith sagte: „Wie?"

„Ruanda."

„Noch mal, bitte."

„Ruanda!"

„Uganda?"

Ich schrie: „Herrgott, Ruanda!"

Dann lachten sie alle über mich, und ich hatte echt nicht gedacht, dass dieser Schwachsinn ein zweites Mal funktionieren würde, diesmal allerdings auf meine Kosten.

Es war so einfach, die Leute zum Lachen zu bringen. Jeder hatte nun ein Witzchen auf Lager, denn der Rauch und das Khat sorgten dafür, dass wir uns auch ohne Messwein gut verstanden. Ich fragte in die Runde: „Noch etwas Kaugummi?"

Gierig griffen sie alle danach und wir waren nun die „Kirche der Weichen und Breiten der Letzten Tage". Wir sangen noch zwei Stophen *Kum bay ya my lord* zusammen, im Kanon, und Guttmann dachte schon daran, wie er sich die Lorbeeren an den Kopf stecken konnte, denn der Fall war im Wesentlichen gelöst. Und mit dem fortgeschrittenen Alter der Mönche würde sich sogar argumentieren lassen, dass sie sich nicht mehr genau erinnern konnten, wo sie die Leiche abgelegt hatten. Tatwerkzeug, Täter, Motiv – alles da, alles bestens.

Trotzdem war ich nicht glücklich.

Ich musste im Gegenteil aufpassen, dass es nicht zu lustig wurde und Ronnie und Charlie nicht anfingen, mit Guttmann zusammen Kniechen, Näschen, Öhrchen zu spielen, bevor ich die eine, die einzig wichtige Frage gestellt hatte, auf die ich wirklich eine Antwort haben wollte.

Also zog ich die Sporthose aus meinem Latz und legte sie auf den Tisch, und alle hielten sich sofort die Nase zu. Auch die beiden Blumen schauten empört aus der Küchentür heraus, obwohl die ja einiges gewohnt sein mussten von dort, wo sie herkamen, ich sagte: „Also, hört zu Jungs, ihr habt dem Land einen großen Dienst erwiesen, indem ihr den Bischof gekillt habt, dafür muss man euch eigentlich dankbar sein, aber leider habt ihr ja nichts zu trinken hier, also können wir darauf nicht anstoßen.

Was mir aber nicht scheißegal ist: Dass mein Verein jetzt alle Spiele verliert, und dass es Gerüchte gibt, die euch verdammten Kuttenträger und das doppelköpfige Monster da drinnen mit Wettmanipulationen in Zusammenhang bringen."

Ich nickte in Richtung der Löcher in der Hose, während Ronnie und Charlie immer wieder „Das sind Motten! Große Motten!“ schrien und sich zerkugelten vor Lachen anstatt sich zu schämen.

Nur Keith nickte mir zu und sagte plötzlich: „Ich wusste doch, dass ich dich von irgendwoher kenne. Du pisst immer auf unseren Friedhof herunter und scheißt auf Papst Benedikt, nicht wahr?“

Ich war jetzt sogar ein wenig stolz darauf, dass er mich erkannte, und Guttmann war ein wenig beleidigt, dass sein Gesicht ihnen rein gar nichts sagte. Ich nickte bescheiden und sagte: „Erwischt.“

„Leider vergesse ich immer die Melodie zu eurem schönen Text“, schmierte mir Keith Honig ums Maul, „kannst du nicht mal kurz?“

Ich konnte natürlich, und schon standen wir alle auf und sangen miteinander „Scheiß auf Papst Benedikt!“ nach der Melodie von *God Save the Queen.* Butter- und Sonnenblume schauten verwirrt und ein wenig verängstigt durch die Küchentür zu uns, und als wir aufgehört hatten, fragte Guttmann besorgt: „Laufen die auch nicht davon?“

Nachdem uns die Stimmbänder wehtaten, wollte Ronnie noch wissen, ob das Zeug, das wir gerade rauchten, dasselbe war wie das Zeug, das wir immer bei den Heimspielen auf der Friedhofstribüne rauchten, denn: „Wenn der Wind von eurer Tribüne in unsere Richtung herüberweht“, sagte er, „dann kriegen wir immer die volle Ladung Rauch ab, es ist dann wie eine sehr spezielle Gotteserfahrung, und alle unsere Zipperchen sind wie weggeblasen.“

Ich zog ein Päckchen *Vaya con Dios* aus meinem Latz, legte es auf den Tisch und sagte: „Hört mal gut zu, Keith, Charlie und Ronnie, hört mal sehr gut zu: Was wir da drüben rauchen, das wird hergestellt in den finstersten, bestens belüfteten Räumen eines gewissen Lemmy, der am Brunnenmarkt eine Pizzeria namens Quattro Stazzione betreibt, und wenn ihr wollt, dann kann er euch gegen einen kleinen Aufpreis selbstverständlich auch beliefern."

Wenn Lemmy einen Fuß in die Klosterbrüderszene hineinkriegen könnte, dann würde das einen gewaltigen Umsatzsprung für ihn bedeuten, und für den Anfang könnte er ihnen auch das ganze verseuchte *Oregano Speziale* unterjubeln, denn wenn sie bisher nichts geraucht hatten, dann würde ihnen das Blei nicht schaden.

Um ihnen die Sache noch ein bisschen schmackhafter zu machen, zog ich das Exemplar der *Gosse* mit Lemmy auf dem Cover aus meinem Latz und zeigte es ihnen. Es schien sie tatsächlich zu beeindrucken, dass wir mit einem landesweit bekannten Volksfeind befreundet waren, und die Stimmung war nun so ausgelassen, dass man auch mal ein wenig Kritik anbringen konnte, wie ich fand, ich sagte: „Ein Wort vielleicht noch zur Suppe: Wenn ihr das Obst ganz weglassen und mehr Mehl hineingeben würdet, dann könnte man das Zeug auch fressen, wie fändet ihr das?"

Aber Keith fand das gar nicht gut. Er machte bei der Qualität seiner Suppe ebenso wenig Zugeständnisse wie Lemmy bei seinem Gras, er sagte: „Das geht schon alleine wegen der strengen EU-Vorschriften für Armensuppen natürlich überhaupt nicht."

Ich fragte: „Die gibt's?"

Und dann dachte ich: Wenn es schon strenge Vorschriften für Armensuppe gibt, warum sollte es dann nicht auch strenge Vorschriften für Wasserleitungen geben?

***

„Also mal raus mit der Sprache! Was können die beiden Blumen noch, außer lecker Hühnersuppe kochen? Können sie unsere Nummer 4 tatsächlich dazu bringen, dass sie sich vor Schmerzen auf dem Boden krümmt und sich die Eier hält, während der gegnerische Stürmer an ihr vorbeizieht? Und können sie unseren Tormann so schlecht aussehen lassen, dass jeder über ihn lacht, als wäre er ein Fliegenfänger auf billigen Drogen, weil ihm seine Arme so schwer werden wie Blei, sobald ein Ball auf ihn zufliegt?"

Wir waren im letzten Stock unter dem Dach angekommen, zweites Fenster von links, genau wie Fritz es beschrieben hatte. Und alle Bewohner des Hauses schauten jetzt ein wenig betreten zu Boden und schämten sich, anstatt auf meine Frage zu antworten, was Gutti und ich als Schuldeingeständnis werteten. Ich sagte mit tadelndem Unterton: „Wir sind im Herbst eigentlich ganz gut in die Saison gestartet, ein paar Punkte hier, ein paar Punkte da. Aber seit eurer Flüchtlingsaktion geht's mit uns bergab. Und wenn das so weitergeht, dann steigen wir ab, und Dirty Willi, das Schwein, beendet sein Sponsoring, habt ihr übrigens Interesse, mal bei uns im Pornhouse vorbeizukommen?"

Pfaffen konnten oft nicht so richtig mit dem Computer umgehen und waren daher vielleicht empfänglich für Pfaffen-Pornos auf der Leinwand. Allerdings: Die anderen Zuschauer hassten es, wenn Pfaffen auf der Leinwand in einem Porno auftauchten, insbesondere in Orgien. Man musste ihnen dann immer entweder alles erklären, weil sie komplett unbedarft waren, oder sie waren das Gegenteil von unbedarft und führten sich auf wie die Schweine, also oberste Pornhouse-Regel: möglichst keine Pfaffen-Pornos. Sonst flogen immer gleich schmutzige Taschentücher nach vorne auf die Leinwand, und alle schrien „Buuuhhh!“ und „Scheiß auf Papst Benedikt“. Das zweite und viel größere Problem, wenn man unter den Pfaffen nach Kunden fischte, war: Ein Pfarrer hat eigentlich immer eine Gelegenheit zu ficken, also sind da letztlich gar nicht so viele Wichser darunter, wie man sich das landauf, landab vielleicht vorstellt.

Ich zog die Einladung also wieder zurück, und Ronnie, der für die Wäscherei zuständig war – was ich lustig fand, denn er war der dreckigste von allen –, gestand, dass er Sonnen- und Butterblume dabei geholfen hat, aus den Sporthosen kleine Stücke Stoff herauszuschneiden, was aber aussehen sollte, als wären es Motten gewesen, große Motten.

Waren es aber nicht.

Ich fragte: „Warum habt ihr das getan? Was ist der Zweck?“

„In der Innenhose der Spieler befinden sich jede Menge Haare von ihren Eiersäcken, das ist doch klar“, erklärte Ronnie, „Dazu Schweiß und Hautpartikel, also allerpersönlichstes Zeug des Spielers. Das alles eingewickelt in Puppen ermächtigt den Besitzer der Teile, jenem zu schaden, von dem die Teile stammen. Man kann dann mit ihm machen, was man will.“

Guttmann fragte: „Echt?“

Ronnie: „Ja.“

„Ist das Zauber?“

„Nein, Magie.“

Ich hatte so was Ähnliches schon in ein paar Voodoo-Pornos gesehen wie *Night of the Fucking Dead*, wo Männer die Frauen stachen, aber nicht mit Nadeln. Übelstes Zeug.

Unter ihrem Bett, das sie sich auch teilten, holten die beiden Blumen nun ein paar kleine Püppchen hervor, aus Stoff genäht und zusammengebunden mit Zwirn. Auf einem schwarzen war eine Nummer 7 hinten drauf, auf einem gelben die Nummer 1. Ronnie erklärte uns dann, wie das alles genau lief, und da die Jungs unten auf dem Platz noch trainierten, wollten wir uns die Gelegenheit nicht entgehen lassen.

Wir versteckten uns also unter dem Fenster, und Sonnenblume stach auf Geheiß von Ronnie in die Puppe mit der Nummer 7 hinein, zwischen die Beine. Schon hüpfte Kotalik auf dem Platz herum, als wären ihm seine Eier geplatzt. Das war schon witzig, wirklich sehr witzig. Als würde man Play Station oder so was mit ihm spielen. Und ganz sicher war das ein kleiner sinnvoller Zeitvertreib, wenn man Flüchtling war.

Ich sagte zu Ronnie: „Kann Sonnenblume bitte jetzt den Tormann so aussehen lassen, als hätte er Blei in den Händen?"

Sie tat es, und es sah einfach zum Schießen aus, als die Katze plötzlich wie ein Orang-Utan die Hände über das Gras schleifen ließ, weil ihm die Arme so lang geworden waren, ich fragte Keith: „Ist euer Gott denn nicht böse, wenn ihr so etwas Schlimmes tut?"

Aber Keith sagte ruhig: „Welcher Gott denn?"

Da horchte Guttmann interessiert auf.

„Seht mal", sagte Keith. „Wenn es einen Gott gäbe, dann müsste der doch als Einziger wissen, wie eure Spiele ausgehen, oder?"

„Klingt logisch", sagte ich.

„Wir wissen es aber auch, denn wir manipulieren ja die Spiele. Natürlich könnte man jetzt auf einer Metaebene behaupten, dass Gott als Einziger vorher weiß, wie die Spiele ausgehen werden, und dass er uns darauf angesetzt hat, sie so zu manipulieren, damit sie genauso ausgehen, wie er es will."

Gutti fragte: „Dass er da oben im Himmel kleine Puppen hat, die so aussehen wie ihr, und in die er dann hineinsticht, damit ihr tut, was er will. So?"

„Ja, so ungefähr", sagte Keith. „Aber ich bitte euch – wer glaubt denn so einen Scheiß?"

Ich sagte: „Das ist mir zu hoch, ganz ehrlich."

Als Butterblume wieder aufhörte, die Nummer-7-Puppe zu stechen, und bei Kotalik unten am Platz der Schmerz in den Eiern endlich ein bisschen nachließ, da zog der seine Fußballschuhe aus, warf sie Fritz vor die Füße und schrie: „Ich hab genug von dem Scheiß!"

Das war dann nicht mehr witzig.

Guttmann sicherte die Beweismittel, und dann gingen wir wieder hinunter, auf dem Weg dorthin fragte ich: „Und was habt ihr mit dem Gewinn gemacht?"

„Wir haben die Armensuppe damit bezahlt und halt alles, was wir sonst noch brauchen zum Leben", sagte Keith.

Ich dachte: Das kann nicht viel gewesen sein, jedenfalls keine Zahnbürste, keine Seife und keine frische Unterwäsche.

Als wir wieder unten im Speisesaal angekommen waren, sagte ich: „Dann vielleicht noch eine allerletzte Frage: Wo ist der Schwanz von dem Typen?"

Keith stieß Butterblume in die Seite und nickte ihr zu. Sie hob ihren Rock und fingerte dort herum, wo es besonders finster ist. Dann holte sie das Teil heraus und hielt es in die Höhe wie der Fußballer den Pokal. Der Bischof hat ganz guten Durchschnitt getragen, solange er ihn trug. Nur Guttmann fielen die Augen heraus, weil er so etwas Großes noch nie gesehen hatte. Ich bat um ein weiteres Taschentusch, hielt die Hand auf und sagte: „Her damit!"

Guttmann fragte: „Herrgott, was hast du denn vor mit ihm?"

Ich sagte: „Wenn ich wieder nüchtern bin, überleg ich mir was."

Dann steckte ich mir den Bischofsstab in den Latz, zu dem ganzen anderen Zeug dazu, das ich dort schon hatte.

***

Der eine oder andere zeigte dann doch Ermüdungserscheinungen, und Ronnie machte sich langsam Sorgen, wie sie morgen früh ohne Messwein den üblichen Zinnober mit „Dies ist das Blut Christi" veranstalten sollten, denn egal ob sie wollten oder nicht – sie mussten Wein in Blut verwandeln, weil sie ja zu Gehorsam verpflichtet waren. Diese verdammte S&M-Sache!

Ich sagte zu Keith: „Ich bring dich hinaus zum Weingut."

Er war einfach zu breit von den Drogen und insgesamt zu klapprig, als dass man ihn noch selbst mit dem VW-Bus hätte fahren lassen können. Auch wenn er das erst kürzlich getan hat, als sie den toten Bischof hinausbrachten und dort ablegten. Wenigstens verzichteten sie darauf, uns auch das vorzuspielen.

Bei der Gelegenheit würde ich dann auch den Schnaps gleich mitnehmen, denn was ich jetzt wirklich sehr dringend brauchte, das war erstklassiges Feuerwasser, das zu 80 Prozent aus Alkohol bestand, und der Rest war vom Teufel.

„Verhaftet ihr uns denn gar nicht?“, fragte Keith.

Und Guttmann sagte: „Ja, wann verhaften wir sie denn?“

Ich sagte: „So schnell schießen die Komantschen nicht. Die zwei Mädels sind schwarz, sie sind illegal im Land, sie sind zwei Meter groß, und sie haben einen Kirchenmann hingemeuchelt.“

„Ja eben!“, sagte Guttmann.

Beweise gab es wirklich genug, und als kleines Extra für den Staatsanwalt noch die aufgeheizte Stimmung im Volk mit dazu, die nach dem Galgen schreien würde, wenn sich herausstellte, dass zwei schwarze Asylanwerberinnen den Bischof geköpft hatten, mochte er noch so pervers gewesen sein.

Der weltliche Richter würde für die beiden Blumen bestenfalls lebenslang bereithalten, aber auch nur, weil steinigen und vierteilen mittlerweile verboten war. Und was die Mönche betraf: Für Mitwisserschaft und Beihilfe gab es auch noch mindestens zehn Jahre, je nach Schwere, Vorsatz und der Bereitschaft zum Geständnis. Selbst wenn sie uns also die Spur zu einem korrupten Netzwerk des Vatikans mit dem Finanzminister hatten legen wollen, indem sie den Bischof dort draußen beim Weingut Sittl platziert hatten – es würde niemanden interessieren, und niemand würde es anklagen. Zehn Jahre Haft würden für Keith aber bedeuten: Noch ein paar Monate im Bau – höchstens! –, dann Abgang. Länger würde er das nicht überleben. Und wenn er Pech hatte, dann würde er in dieser kurzen Zeitspanne bis zu seinem Tod noch mehr Sex haben als Butterblume und Sonnenblume im Kongo zusammen, *Pope Rape* oder *Prison Gangbang* oder *Priest Beast* waren ein paar ausgewählte Filme, die ich ihm vorher noch hätte zeigen können, um sich auf das Kommende vorzubereiten. Aber eben nur in der Theorie.

Und noch ein Argument fiel mir ein: „Gefangene kosten den Staat Geld, das er nicht hat. Die Steuereintreiber müssten dann vielleicht sogar bei Lemmy andocken, um sich das Geld für die Gefangenensuppe zu besorgen, wollen wir das?“

Wir zogen kräftig an unseren Joints, nickten uns zu, und sagten: „Nein.“

Ich versprach also, mir eine andere, eine für alle Beteiligten bessere Lösung einfallen zu lassen, und packte Keith in den Datsun, während Guttmann mit Ronnie und Charlie zurückblieb und den beiden Mädels weiter beim Hühnerbraten zuschaute, vielleicht lernte er ja was.

Kaum fuhr ich los, musste Keith pissen. Ich hielt an und ließ ihn raus wie einen Hund, und als er endlich einen Baum gefunden hatte, fragte ich ihn: „Bist du uns denn gar nicht böse, dass wir immer auf euren Friedhof hinunterpissen?“

Er sagte: „Du willst nicht wissen, wo ich überall hinpisse, wenn der Tag lang ist. In meinem Alter sucht man nicht mehr das nächste Klo, sondern nur noch die nächste Möglichkeit zum Pissen.“

Wieder im Wagen begann ich in Gedanken ein Gesamtpaket zu schnüren, in dem die zwei Blumen in Richtung Bratislava transferiert wurden, wo sie gut aufgehoben und versorgt sein würden. Man nützte ja die

Talente der Zuwanderer oft viel zu wenig, ließ sie lieber in Heimen schmoren, als ihnen die Chance zu geben, sich wirtschaftlich und persönlich zu entfalten. Lovegod würde die beiden Kampfmaschinen mit Kusshand nehmen und so die Herrschaft über den mitteleuropäischen Methamphetamin-Markt wieder zurückgewinnen.

Ich sagte zu Keith: „Wenn wir jetzt das Richtige tun, dann könnte die Reise deiner beiden Blumen in ein anderes Land führen, wo sie eine für sie wertvolle und erfüllende Aufgabe in einer Zukunftsbranche übernehmen können. Kein gelobtes Land, wo Milch und Honig fließen, aber eines, wo es Schnitzel gibt und sie für einen nigerianischen Brotha kleine oder größere Handlangerdienste erledigen könnten."

Keith fragte: „Geht es um Drogen?"

Ich sagte: „Keine echten, nur Designerdrogen."

Keith schlug aus einem alten Reflex heraus das Kreuz vor meinem Gesicht und segnete den Deal ab: „Wir sind verpflichtet, die Ärmsten und Schwächsten zu lieben, die mit den Geschwüren und die, die stinken und vom Leben abgehängt werden, das nennt man Nächstenliebe. Es wäre mir tatsächlich ein großes Anliegen, wenn Sonnenblume und Butterblume versorgt und abgesichert wären, ich möchte nichts mehr, als dass es ihnen gut geht."

Ich sagte: „Da mach dir mal keine Sorgen. Lovegod ist ein prima Kerl, und schwul ist er obendrein, also werden sie sexuell ihre Ruhe haben."

Als mich Keith aus Dankbarkeit küssen wollte, sagte ich: „Na na, ist ja schon gut, ich nehm die zwei ja nicht aus Nächstenliebe, ich rede hier von einem Deal."

Ich redete von Lemmy, dem Ärmsten und Schwächsten von uns allen.

Als ich an ihn dachte, fühlte ich mich auf einmal sehr christlich, und – verdammt! – es fühlte sich nicht einmal schlecht an. Über diese Form der Liebe zu den Schwachen hatte ich bisher noch gar nie nachgedacht, bisher war ich über *Cum Lovers, Facial Lovers* oder *Love me hard* nicht hinausgekommen, wenn es um Liebe ging. Oberflächliches Zeug alles zusammen im Vergleich zu dem warmen Gefühl echter Liebe, das ich plötzlich für Lemmy empfand.

Ich fragte Keith, ob er im Zuge unseres Deals ein Grab für Lemmy hätte, weil er seines ja wegen dieser Sache am Ottakringer Friedhof verloren hat, und der meinte, das ließe sich bestimmt einrichten.

„Aber mit eigenem Schlüssel für mich!", sagte ich. „Das dauert mir nämlich zu lange, bis einer von euch Spinnern bei der Tür ist, wenn ich ihn mal besuchen will."

„Versprochen."

Dann verriet ich ihm noch Teil drei meines Plans: „Als kleine Zugabe lassen wir den Bischof verschwinden – keine Leiche, kein Mord, kein Fall. Schwamm drüber, hinter uns die Sintflut, aus den Augen, aus dem Sinn, scheiß der Hund drauf. Als hätte er nie gelebt."

Keith fragte überrascht: „Habt ihr denn die Leiche?"

„Ja", sagte ich. „Wir haben die Scheiß-Leiche. Und wenn du mich fragst, dann hatten wir sie lange genug."

***

Wir fuhren auf der A2 in Richtung Weingut, auf dem Weg dorthin überholten uns zwei schwarze Limousinen auf dem Boden und ein gelbblauer Hubschrauber in der Luft. Früher hätte ich mich von solchen nicht einfach überholen lassen, ich hätte den Turbo gezündet und zumindest die Limousinen in Schach gehalten. Aber heute fuhr ich gemütlich dahin wie ein gehorsamer Pfarrer, als hätte ich gar keine Eier mehr.

Nach dreißig Minuten waren aber auch wir endlich draußen im Weinberg. Dort buddelte ich die Schnapsflaschen aus und trug sie zum Wagen, Keith schaute mir dabei zu.

Ich war schon fast fertig und wollte mit Keith zum Weingut, um dort ein wenig Messwein zu holen, als plötzlich ein verdammter Köter zwischen meine Schuhe gelaufen kam, den ich von irgendwoher kannte. Es war das Erdhörnchen aus der Kanzlei des Sekretärs, das sich etwas großspurig Hund nannte, und mich jetzt wieder ankläffte. Er hängte sich an meine raufgekrempelten Hosenbeine, als wollte er dann weiter zu meinem Sack herauf, ich sagte zu Keith: „Das ist der Hund von diesem Bischofssekretär Erwin. Kennst du ihn?“

Keith sagte ruhig: „Natürlich.“

Dann öffnete er eine Flasche Schnaps und schüttete sich ein wenig davon in die Handfläche. Schon lief der Köter zu ihm und leckte alles brav auf. Es schmeckte ihm, was mir das Vieh irgendwie sympathisch machte. Wie ein Indianer, der bereit war zu sterben, legte er sich dann einfach in den Dreck, ließ seine kleine Zunge heraushängen und driftete weg.

Sweet dreams are made of this.

Dann hörten wir Geschrei vom Gutshof her: „Terry! Terry!“

Ich horchte auf und dachte: Ausgerechnet Terry. Wie in Sam A. Terry Luxury Developing Land mit Sitz in Vaduz?

Endlich kapierte ich. Nicht der Bischof selbst zog der Kirche das Geld aus den Säcken, sondern der rotbackige

Bauernbub Erwin. Er war das Teil, das uns in dem ganzen verdammten Puzzle noch fehlte. Das Arschloch, das zum Arsch gehörte.

Ich fragte Keith: „Bist du überrascht, dass der Erwin hier ist?"

Keith schüttelte den Kopf: „Nein. Der Bischof selbst war ein dauergeiler Patient, aber keiner, der sich mit Wirtschaft auskannte. Er hat den Erwin leider Gottes auch Makroökonomie studieren lassen. Der ist ein gottloser Geselle, der im Hintergrund die Pläne schmiedet."

„Der Mann mit den roten Schuhen, der unbedingt in den Vatikan wollte, das war also Erwins Idee?"

„Herrgott, ja. Du entschuldigst, dass ich ständig Gott im Mund führe, obwohl ich gar nicht an ihn glaube, aber das hat sich halt so eingespielt in diesem Land."

Ich sagte: „Grundgütiger, natürlich entschuldige ich."

Schon hörten wir den Elektromotor seines Rollstuhls, auf dem er sich durch die Weinstöcke kämpfte und immer näher kam, und seine aufgeregte Stimmbruchstimme knarzte immerfort: „Terry! Terry! Huuuhuuuu! Mein Liebling!"

Während andere vom Gutshof her nach Erwin riefen: „Wo steckst du denn, Erwin? Der Arsch ist schon da!"

Immerhin hatte es sich bis hierher durchgesprochen, dass der Finanzminister Arsch hieß. Das gefiel mir, und davon würde ich Fink berichten, falls ich ihn irgendwo noch mal sah.

Plötzlich saß Erwin dann vor uns und schaute uns mit großen Augen an.

„Überrascht?", fragte ich.

Dann schob ich ihm die Faust gegen die Nase, sodass er aus seinem unheiligen Stuhl herausfiel und wehleidig

„Aua!“ schrie. Ich kniete mich über ihn, zog ihn an den Ohren und sagte: „Ich dachte, du weißt nicht, was du tun sollst, wenn der Bischof tot ist.“

„Ja, das dachte ich auch“, sagte Erwin.

„Siehst du deinen Hund dort?, fragte ich ihn.

Er schrie: „Um Gottes willen, du lieber Himmel! Heilige Maria! Terry!“

Ich sagte: „Er heißt also Terry? Wie in Sam A. Terry Luxury Developing Land, nicht wahr?“

Er schrie: „Nein!“

Ich reichte Keith meine Knarre, und der hielt sie Terry gegen den Kopf, sehr routiniert, sehr professionell. Erwin wollte schreien, aber ich drückte ihm die Gurgel zu und sagte: „Leise, mein Freund, leise. Also noch mal von vorne: Bist du jetzt Teil dieser Gesellschaft, die sich den Friedhof unter den Nagel gerissen hat?“

„Minderheitengesellschafter.“

„Und warum ist der Minister dabei?“

„Weil er ein Auge zudrückt, wenn es um die kirchlichen Finanzen geht.“

„Und als Gegenleistung bekam er den Friedhof, um dort Immobilien zu entwickeln. Zusammen mit dir, seinem Arschloch.“

„Nun ja“, flüsterte er. „Für Gottes Lohn zu arbeiten ist so eine schöne Metapher, aber keiner weiß wirklich, wie hoch dieser Lohn einmal sein wird. So ein Rollstuhl kostet, auch im Erhalt.“

Er drückte wieder auf die Mitleidsdrüse, ich drückte dafür fester zu.

Sein „Aua!“ klang schon sehr matt.

Ich fragte: „Ist das alles, was du uns zu sagen hast?“

Ich nickte Keith zu, und der legte seinen Finger um den Abzug. Da stammelte Erwin: „Du fällst in kirchlichen Kreisen einfach nicht auf, wenn du die Armen heilst, Klostersuppe verteilst und die Füße von Obdachlosen wäschst. Das ist irgendwie so Zero-Jahre, so als würde der Chef selbst noch herumlaufen in seinen Jesus-Latschen."

„Die sicher nicht rot waren", sagte Keith.

„Nein, das waren sie sicher nicht", bestätigte Erwin. „Aber das ‚Modell Kirche' musste neu überdacht werden, so oder so. Und zwar nicht ‚überdacht' im Sinne von ‚Prefa, stark wie ein Stier', sondern überdacht im Sinne von ‚denken' – was kann, was soll, was darf die Kirche, und auf wessen Seite steht sie."

Die Frage „Und wo steht sie?" erübrigte sich meiner Meinung nach, ich sagte: „Ihr Katholiken seid ein richtig schöner Haufen Scheiße, findest du nicht?"

„Ja, schon", sagte Erwin.

„Lauter!"

„Ja, das sind wir!"

Aber er versuchte sich auf den Bischof auszureden und wollte die Mitleidsnummer spielen: „Ich hatte doch keine andere Wahl, was hätte ich denn tun sollen ohne Beine?"

Ich fragte ihn: „Kennst du Poldi Berger?"

Er sagte: „Noch mal, bitte."

„Poldi Berger."

„Wie?"

Ich drosch ihm die Linke für Poldi und die Rechte für Berger ins Gesicht, so würde er sich den Namen am leichtesten merken. Dann erzählte ich ihm Poldis Geschichte, aber anstatt beeindruckt zu sein, sagte Erwin plötzlich: „Leck mich doch am Arsch."

Er hatte nämlich die beiden Zuckerpuppen aus der Schlägertruppe, die ich vom Friedhof her kannte, vor mir entdeckt. Auch sie streiften hier herum und riefen abwechselnd nach Terry und nach Erwin, aber mit diesem leicht melodiösen südländischen Akzent, mit ganz viel rollendem R: „Terrrrry! Errrrrrwin!"

Sie standen jetzt auf meinen restlichen Schnapsflaschen, und der eine erkannte auch mich sofort wieder. Das merkte ich daran, dass er sich ängstlich an die Eier fasste, noch bevor ich ihn dort packte. Wenn man oft genug von einem die Eier gequetscht kriegt, dann fasst man sich schon an die Eier, wenn man nur ein Foto von dem sieht, so ist das nun mal.

Erwin setzte trotzdem seine letzte Hoffnung in sie, er wollte, dass sie Keith und mich „Tschüss!" machten, und schrie „Vai! Vai! Vai!". Aber ich setzte den Modus der beiden auf Gedächtnisverlust, mit ein paar schnell platzierten Schlägen auf den Schädel und in die Eier. Obwohl ich alles in allem eine komplette Tussi geworden war – das wenigstens hatte ich nicht verlernt! Und da ich wenig Geschlechtsverkehr gehabt hatte in letzter Zeit, übertrieb ich sogar ein wenig und klopfte die beiden windelweich. Aber so war nun mal der Frühling, und die beiden zahlten den Preis für meine Enthaltsamkeit.

Erwin schiss sich in die Hosen, als er das sah, und war nun allzu bereit, seine Haut zu retten, er jammerte: „Wenn du in der Kirche etwas werden willst, dann musst du deine Gemeinde so managen, dass am Ende ein dickes Plus herausschaut. Und davon musst du dann den Gutteil hinunterschaufeln in den stets hungrigen Rachen der Mutter Kirche. Beste Weine, Reisen, Lustknaben, Orgien – die alten Säcke da unten brauchen ganz schön viel Bares. Wir suchten also ständig nach Einnahmen für unsere Diözese …"

„Und dabei seid ihr an Leute wie meinen Freund Willi das Schwein gekommen, dem ihr im Krankenhaus der Kleinen Dienerinnen Jesu das Geld aus der Tasche ziehen wolltet, im Tausch gegen einen sogenannten Vollkommenen Ablass?"

„Ich kenne Willi das Schwein nicht, aber ja, Patienten in kirchlichen Krankenhäusern sind auch eine Geldquelle, aus der wir schöpfen. Allerdings das sind natürlich nur Kinkerlitzchen."

„Und was sind die großen Brocken?"

„Die kirchlichen Krankenhäuser selbst zum Beispiel, die wir verkaufen."

„An Waste?"

„Ja."

„Und die Klöster?"

„Die auch, da kommt Kohle rein. Es ist keine Story, 20 arme Leute in einem Kloster aufzunehmen, denn niemand will etwas von den Armen hören. Es ist aber eine Story, in einem Kloster 20 Eigentumswohnungen zu entwickeln und dann teuer zu verkaufen."

„Oder einen Teil des Friedhofs zu privatisieren?", fragte ich.

„Noch besser!", sagte er. „Da kommt Tabubruch dazu, Sie haben Presse und Aufmerksamkeit und das, was man den Kick nennt. Das Geld verteilen wir auf die Pfarren, und die kaufen dann damit Unmengen von Messwein, den es gar nicht gibt, in diesem Weingut hier, das gar kein Weingut ist. So kommt das Moos direkt in den Vatikan, denn das Weingut hier gehört der Vatikanbank selbst."

Ich fragte: „Mit Sitz in Vaduz?"

Er sagte: „Mit Sitz im Vatikan."

Ich sagte: „Hört sich an, als wäre der Bischof gar nicht schlecht unterwegs gewesen in seinen roten Schuhen hinunter in Richtung Vatikan."

„Das stimmt", bestätigte Erwin. „Das Einzige, was Bischof Wimmer im Weg gestanden ist, war seine wohlbekannte Neigung zu Amputierten, das schätzte man als Risiko ein."

Ich sagte: „Zu Recht."

***

Ich setzte ihn wieder in seinen Rollstuhl und fragte Keith: „Wollt ihr denn wirklich dort ausziehen?"

„Eigentlich nicht", sagte der. „Wir würden die Fußballspiele vermissen, und die Armen unsere Suppe."

Ich zog Erwin noch mal kräftig an seinen Ohren und redete ihm ins Gewissen: „Also hör gut zu, du Freak. Wenn du deinen Scheiß-Köter noch mal sehen willst, dann wirst du jetzt zu denen dort zurückfahren, verkaufen, was immer du willst, aber das Kloster der Kleinen Brüder Jesu eben nicht, denn der hier fühlt sich sehr wohl da drinnen, ist das klar?"

„Vollkommen."

„Sobald die Brüder eine schriftliche Garantie von dir erhalten haben, dass sie dort drinnen bleiben dürfen, solange sie wollen, rufen wir dich an. Dann kannst du ein wenig mit deinem Köter reden, und wenn du brav bist, schicken wir ihn dir im Ganzen zurück. Wenn nicht, kommt er in Scheiben."

Nachdem er sich auf den Weg gemacht hat, rief ich ihm noch nach: „He, Erwin! Wegen deiner blutigen Nase: Sag ihnen, dass du gestürzt bist."

Als wir ihm nachschauten, fragte Keith: „Und wenn er unser Kloster trotzdem verkauft?“

„Das wird er nicht tun“, sagte ich. „Hast du noch ein wenig Zeit?“

„Machst du Witze?“, sagte Keith. „Natürlich hab ich Zeit. Wo sollte es mich denn hinziehen?“

***

Ich hatte nun so oft „Kennst du Poldi Berger, den Widerstandskämpfer, und seine Frau Seffa?“ zu irgendwelchen verweichlichten Feiglingen gesagt, dass ich mich auch mal ehrlichen Herzens fragen musste: Wie gut ist denn eigentlich dein eigener Widerstandsgeist geschärft, Superschnüffler? Hm?

Es war also an der Zeit, uns von den schweren Füßen, die uns allen die ganze Zeit auf den Zehen herumstanden standen, zu befreien und ein paar Sachen in diesem verkommenen Land geradezurücken, sodass die Alten wieder was Ordentliches zu futtern kriegten in ihrer Betreuungsanstalt, und Steuerprüfungen dort durchgeführt wurden, wo etwas zu holen war. Wie sagte Fink einmal: Es macht einfach keinen Spaß, wenn man nicht hin und wieder irgendwelche Köpfe abschneidet.

Das Leben hatte sich in den letzten Minuten dramatisch zum Besseren verändert. Lovegod hatte mit Sicherheit noch ein paar Bazookas, und ich hatte plötzlich ein Zielobjekt ausfindig gemacht, von dem Kubelka behauptete, dass es für ihn so wichtig wäre – keine Eichen, sondern was Echtes.

Also rief ich ihn an und fragte, ob er nach wie vor an gutem Personal interessiert wäre, und er sagte sofort: „Hell, yeah!“ Er fände entweder nur junge Leute, die nicht auf ihn hörten, klagte er, oder verdammte Drogensüchtige.

„Ich hätte für dich eine Two-handed-and-four-feeted-fight-machine“, sagte ich. So eine Art zweihändige, vierbeinige Kampfmaschine also, nach dem Motto: „Nimm zwei, zahl eine.“

Natürlich wusste er sofort, dass es auf einen Deal hinauslaufen würde, einen Deal aber, bei dem er endlich mal eine seiner vielen Bazookas im Häuserkampf ausprobieren konnte. Ich konnte fast riechen, wie er sich in die Hose schiss vor Freude, als ich sagte: „Hast du Lust, einen Auftragsmord zu erledigen?“

Ich gab ihm die Koordinaten durch, die er in sein GPS eingeben sollte, und dann warteten wir.

Und während wir auf ihn warteten, zeigten sich langsam ein paar Sterne an einem nachtblauen Himmel über uns, die Vögel verabschiedeten sich aus dem Weinberg, der gar keiner war. Ich bot Keith einen Schluck aus der Flasche an, mit der er Terry flachgelegt hatte, er zögerte nicht und ließ ihn sich schmecken, dann sagte er, was alle sagten, die Jolandas Feuerwasser schluckten: „Gott ist groß!“

Ich selbst schüttete ordentlich nach. Wir waren richtig gut drauf und wussten bald nicht mehr genau, worum es eigentlich ging und warum wir hier waren. Aber dann schaute ich Scheiß-Idiot zum Himmel hinauf wie der Scheiß-Idiot, der ich war, der es zu nichts gebracht hat, der keinem eine Schlagzeile wert war und der keinen Fußabdruck in der Geschichte hinterlassen würde, obwohl der Fuß groß genug war. Keith, der nichts von der Liebe wusste, fragte: „Was ist mit dir?“

Ich sagte: „Na gut, wenn du schon so blöd fragst: Ich hab da ein Problem mit meiner Alten, oder glaubst du, ich lauf den ganzen Tag freiwillig im Blaumann herum?“

„Nein, das dachte ich nicht“, sagte Keith. „Als ich dich heute das erste Mal sah, da dachte ich eher, du bist der Bermudas-Typ.“

„Du findest also, ich kann mir mit meinen Beinen Bermudas leisten?“, fragte ich.

„Das mein ich ganz bestimmt“, sagte Keith. „Krieg ich noch Kaugummi?“

Ich war geschmeichelt und gab ihm Khat, dann sagte ich: „Meine Alte hat vor Kurzem ein Geschäft eröffnet, ich erzähl dir jetzt nicht genau, welches. Aber dort muss sie gewisse behördliche Auflagen erfüllen, so wie du mit deiner Suppe, und deswegen hab ich mir den Scheiß-Blaumann angezogen, weil ich zu ihr gesagt habe: ‚Die Wasserleitungen stemme ich für dich, Baby!‘ Aber ich hab eigentlich gar keine Lust mehr, sie zu stemmen.“

„Weil dir klar geworden ist, dass du sie nicht liebst?“, fragte Keith.

Ich war überracht, dass er es gleich geschnallt hat, ich sagte: „Neulich kam keiner der üblichen türkischen Ziegenhirten, die ihren Grant an ihr ausleben wollen, mit ihr aus dem Separee, sondern einer im Ruderleibchen, halblange schwarze Haare, gut gebaut. ‚So sure of himself, his head in the air‘, wie Roy Orbison singt. Und ich? ‚Running scared‘. Ein verdammter Scheiß-Pole. Er hat ihr die Elektroleitungen gestemmt und die Verputzarbeiten gleich mit dazu erledigt, noch bevor ich mich an die Wasserleitungen machen konnte, du hast sicher schon eine ungefähre Ahnung, wohin der Hase läuft?“

Keith nickte.

„Der Typ war braun gebrannt und trug kurze Hosen, und er kann es sich verdammtnochmal echt leisten. Man glaubt gar nicht, wie diese Scheiß-Polen sich entwickelt haben in den letzten zwanzig Jahren, die sehen heute nicht mehr aus wie Lech Wałęsa mit seiner käsigen Haut und seinem verfilzten Schnauzer."

„Okay, und dann?", fragte Keith.

„Dann begannen die Probleme: Meine Lady machte auf zugewanderte Nigerianernutte ohne Ersparnisse im Strumpf, also bezahlte sie ihn in Naturalien, und ich brauche dir jetzt nicht sagen, was bei einer Nutte Naturalien heißt: Blowjob, Handjob, Assjob, Footjob, Titjob und so weiter. Immer wenn ich sie abholen wollte, ließ sie mich plötzlich warten, mal eine Stunde, mal zwei, und wenn sie dann mit dem Wojtyła herauskam, strahlte sie wie der junge Tag und sagte, sie musste ihm noch die Überstunden abgelten. Zwar ist sie eine Nutte, und normalerweise stört es mich nicht, wenn sie andere Typen fertigmacht. Aber in diesem Fall war es anderes, in ihren Augen hab ich gesehen, dass sie mich betrügt, verstehst du?"

Keith nickte.

Ich sagte: „Diesen Naturvölkern bedeutet die Ehe letztlich gar nichts, aber sie wird schon merken, was sie davon hat, wenn sie meine Unterschrift auf den Scheidungspapieren braucht."

Ich nahm noch einen kräftigen Schluck und schaute zu ihm hinüber, er sagte: „Schick sie zum Teufel, Rock!"

„Meinst du?"

„Ja."

„In die Hölle, wo schon der Bischof ist? Und Idi Amin Dada?"

„Und wenn schon", sagte Keith. „In der Hölle ist für alle Platz."

***

Ich wollte die Sache dann schon abbrechen, da kam Lovegod doch noch angefahren, bremste seinen Firebird auf der Geröllhalde ein, stieg aus und sagte: „Hey brotha, whazzup?"

Wir shakten die Hände, und ich fragte: „Hast du die Bazooka dabei?"

Er holte sie aus dem Kofferraum und zeigte sie mir, ich schaute sie an und fragte: „Warst du damals wirklich unglücklich, als du auf die Eichen geschossen hast?"

Er fragte: „Warum?"

Ich sagte: „Weil es nur Eichen waren!"

Er sagte: „No! It was fuckin' great!"

Er schaute mich so komisch an, als wäre ich ein Vollfreak mit einem besoffenen, ohnmächtigen Hund in der linken Hand und einer Flasche Schnaps in der rechten. Ich dachte, er würde mich jetzt vielleicht wegen dem Hund anquatschten, aber er deutete auf den Schnaps und fragte: „What the fuck is this? This shit smells great."

Leider verfallen die meisten Afrikaner, kaum dass sie im Westen ankommen, den schlechten Gewohnheiten der neuen Heimat und greifen zum Dosenbier, mit dem sie dann durch die Stadt laufen, bis zu einem absehbaren Ende auf irgendeiner Parkbank.

Lovegod hatte bisher auf das Dosenbier verzichtet und ausschließlich auf Designerdrogen gesetzt, um sich wegzuschießen. Aber jetzt, wo er dieses verführerisch scharfe Zeug aus meiner Flasche roch, lief ihm noch mehr Sabber im Mund zusammen, als er durch dieses verdammte

Khat ohnehin schon drinhatte. Richtige rote Sturzbäche kamen ihm aus den Mundwinkeln heraus, also gab ich ihm eine Flasche zur Probe. Er roch daran, befand sie für gut, und trank sie in einem Zug leer. Wie alle sagte er: „Aaaaaah!“ Aber bei ihm hörte es sich an, als würde ein Löwe in seiner Höhle furzen, so tief war sein Organ. Dann rülpste er zufrieden und sagte: „More!“

Wir latschten zu meinem Kofferraum, ich öffnete ihn und warf den Hund hinein. Dann zeigte ich Lovegod meinen Vorrat an Feuerwasser. Ich erkannte sofort seine maßlose Gier und somit die Chance, die sich mir plötzlich bot, um alle Probleme von Jolanda zu lösen, ich fragte ihn: „How many?“

Er sagte: „All!“

Das trieb natürlich den Preis in die Höhe, auch unter Brothas. Zwar waren wir Freunde, aber bisher hatte er nicht gewusst, was Schnaps ist. Man weiß einfach so wenig voneinander. Auf dem Weg hierher hatte er sich auf klassisches Old-School-Business besonnen und eine kleine Bank ausgeräumt, jetzt holte er einen Packen Hunderter aus einer der vielen Taschen an seiner Hose und wollte damit in bar bezahlen, als wechselte gerade eine Tonne kolumbianisches Kokain den Besitzer. Dieser schwarze Idiot hatte einfach überhaupt kein Gefühl dafür, was ein Liter Milch kostete oder ein Sack Butter, und deswegen sagte ich: „More!“

Er legte noch mal das Dreifache drauf, und der kleine Teil, den ich davon an Jolanda weiterreichen würde, würde locker genügen, um ihr damit die immer erträumte Kreuzfahrt zu finanzieren, plus die absehbare Steuerschuld, die man ihr auf jeden Fall umhängen würde. Denn keine Steuerprüfung ohne Steuerschuld.

Ich selbst kam mir mit dem Packen Geld in der Hand plötzlich gar nicht mehr so elend vor, weil alle um mich herum neuerdings investierten, Geschäfte eröffneten und etwas im Leben erreichen wollten. Plötzlich spürte ich selbst die Gier, ich nickte noch mal vieldeutig und sagte noch mal „More!". Lovegod griff noch mal tief in seine Tasche hinein, und wenn ich vorher schon zufrieden war, dann war ich jetzt aus dem Häuschen und blickte auf ein paar Jahre sorgloses Leben, die vor mir lagen. So sah sozialer Aufstieg aus. Natürlich hätte ich den Schnaps zu Jolanda zurückbringen müssen, denn er gehörte streng genommen ihr. Aber die hätte ihn auch nur verkauft, um sich damit etwas dazuzuverdienen, und das Wichtigste beim Dealen war schließlich – buy low, sell high. Und das so schnell wie möglich.

Ich steckte mir das Geld in den Latz, dann schlugen wir ein. Lovegod holte endlich die Bazooka, und wir räumten die Flaschen aus meinem Kofferraum heraus und in seinen hinein, ich sagte: „Da müssen dann aber noch die zwei Blumen hinein, wenn du sie nach Bratislava mitnehmen willst."

Er fragte: „The two fuckin' what? Did you say flowers?"

„The two lean mean fight machines aus dem Kongo, Brotha, schwärzer als schwarze Schuhcreme. Sie werden verdammt froh sein, dich zu sehen, weil du auch schwarz bist."

Ein Blick zu Keith verriet mir, dass er zustimmend nickte.

„Du packst sie einfach ein", sagte ich. „Sobald wir den Job hier erledigt haben, und sagst ihnen vorher, dass du ‚A Holiday Ride' mit ihnen machen wirst, nach Brazzaville, das ist ihre Hauptstadt und klingt sogar so ähnlich wie Bratislava. Sag ihnen, dass sie dort Tätowierungen kriegen werden und alles, was sie haben wollen, außer Sex, den wollen sie definitiv nicht."

„No! You kidding?"

„Sie haben Spaß in der Küche und beherrschen Voodoo für Anfänger und Fortgeschrittene, die Vietnamesen werden also sehr viel weinen müssen durch ihre Schlitzaugen, wenn du mit diesen beiden Blumen auftauchst und ihr es schafft, an ihre getragenen Unterhosen heranzukommen, das kann ich dir garantieren. Aber auf den Strich wirst du sie ganz sicher nicht schicken können. No means no."

***

Lovegod erklomm nun das Dach seinen Firebird, als wäre der ein mittlerer Achttausender. Der kleine Feuervogel wackelte bedenklich unter seinen 150 Kilo, und er selbst wackelte noch mehr, als ich ihm die Bazooka hinaufwuchtete und er sich das Teil auf die Schulter legte.

Man musste kein Speed gefressen haben, um sich auf dieses Feuerwerk zu freuen. Eine Vorstellung vom jähen Ende seiner Zeit hatte sich der jugendlich-dynamische Finanzminister mit Sicherheit noch nicht gemacht. Seine parfümierten Haare würden bald lichterloh brennen, und sein teurer Anzug, sicherlich ein Geschenk, wäre nichts mehr wert. Sein starkes Kinn wäre bald Asche, und eine Erdbestattung für ihn würde in ein paar Sekunden kein Thema mehr sein. Gleich würde ich etwas vorzeigen können, das größer war als der Scheiß, auf den Lemmy stolz war.

ATTENTAT AUF FINANZMINISTER!
BISCHOFSSEKRETÄR UND MITARBEITER DES VATIKANS EBENFALLS TOT!

Der verdammte Pole würde morgen die *Gosse* aufschlagen und lesen, dass jemand ein Massaker unter elenden Betrügern angerichtet hat, in einem Weinberg bei Baden bei Wien. Zwar würde dort nicht stehen, dass ich es gewesen war, aber jeder, der mich kannte, würde es sich denken können. Ich spürte dieses gewisse Kribbeln der Vorfreude, als meine Schelle läutete, ich drückte auf Grün und sagte: „Superschnüffler Rock Rockenschaub löst auf alle Fälle alle Fälle, was kann ich für Sie tun?"

„Ich bin's, Fink."

Ich sagte: „Was gibt's?"

Er wollte von mir wissen, was genau neulich die geile Story war, als wir uns trafen. Er gab zu, dass er am Ende zu besoffen war, um sich noch an irgendwas zu erinnern, nur so viel, dass es um einen roten Schuh ging.

„Oder war er grün?", fragte er.

Ich sagte: „Schlaf weiter."

Dann legte ich auf.

Endlich hatte Lovegod den Finger in den Abzug gepresst. Weiß der Teufel, warum, aber irgendwie war er seit seiner Verkaufsshow im slowakischen Steinbruch noch gichtiger geworden, und es dauerte wirklich ewig, bis er endlich „Ready?" sagte.

Da fiel mir noch etwas ein, ich hob die Hand und sagte: „Moment!"

Ich holte einen Stift aus meinem Latz und kletterte hinauf zu ihm aufs Dach. Dann schrieb ich groß SEFFA und Poldi auf das Geschoß, im Angedenken an die beiden. Lovegod schaute mich dabei mit seinen blutunterlaufenen Augen an und begann plötzlich zu schielen, auf eine sehr verzauberte, afrikanische Art. Oder hatte er jetzt überhaupt nur noch ein Auge? Jedenfalls schien der ganze Schnaps in seinem Kopf zu kochen und ihm dabei irgendwie die Augen herauszudrücken. Für einen revolutionären Akt wackelte alles sehr bedenklich, Lovegod, seine Bazooka, sein Auto und ich. Mit schwerer Zunge fragte er mich noch einmal: „Ready?"

Ich nickte, wie ich es von Keith gelernt hatte.

Dann hörte ich dieses leise „Zissssschhhh!", und die Rakete machte sich auf den Weg. Aber nicht in Richtung Gutshof, wo der Abschaum unseres Landes versammelt war, sondern hinauf Richtung Mond, und irgendwo hinter Polen würde sie dann irgendwann wieder hinuntergehen. Das konnte ich noch ungefähr sehen, während der Original Gangster und ich vom Firebird fielen, ich vor ihm, und er auf mich drauf.

Als wir unten im Dreck lagen, der Koloss auf mir drauf, lachte Keith, und ich sagte zu Lovegod: „Super Sache, Brotha. Du bist ein echtes Ass. Als du ‚Zielen' gelernt hast, war ‚Treffen' gerade nicht in Mode, was?"

Unser Widerstand war abgebrannt.

Das ist die größte Gefahr bei der Revolution, dass man letztlich einfach zu besoffen ist, um sie auch durchführen zu können. Viele Revolutionen versanden einfach im Suff, noch bevor irgendeine Rübe abgeschnitten werden kann. Nur die Kubaner können saufen und kiffen und schießen gleichzeitig, und die sehen dabei auch noch verdammt gut aus. Bei uns hat das aber einfach keine Tradition, also lässt man es wohl am besten überhaupt bleiben. Ich war als Widerstandskämpfer kolossal gescheitert. Niemand würde je über mich reden wie über Poldi Berger, keiner würde an mein Grab kommen und meiner Tat gedenken.

Lovegod stammelte: „Man braucht auch etwas Glück, Brotha. Aber falls du möchtest, ich hab noch eine zweite im Kofferraum."

Ich hatte keine Lust mehr, wieder einen Kofferraum zu öffnen, dafür sagte ich endlich wieder mal, was ich wirklich dachte: „Nein, lass gut sein. Ich will nicht mehr."

Ich war wieder Herr meiner selbst, der große Nein-Sager.

Das fühlte sich auch nicht schlecht an.

***

Die beiden Blumen legten sich dann umstandslos zu Lovegod in den Firebird hinein, als wir wieder beim Kloster angekommen waren, nach eines langen Tages Reise. So umstandslos, dass ich mich fragte: Wie machen die das? Sie haben vor ein paar Tagen einen Bischof gekillt, ihm den Schwanz abgeschnitten, und davor und danach haben sie Hühnersuppe gekocht und Fußballern mit Voodoopuppen die Eier gequetscht. Und nun geht ihre Reise weiter zu einem neuen Ziel, als wäre nichts gewesen. Entweder sind diese Naturvölker wirklich robuster an der Seele als wir, oder sie haben schon so oft gemordet, dass es ihnen gar nichts mehr ausmacht und sie gar nicht darüber nachdenken?

***

Ich hatte endgültig genug von dem Scheiß und kaufte einen billigen Sarg, nicht ohne mich von dem Sarg-Typen fragen lassen zu müssen, wofür ich denn einen Sarg brauche. „Normalerweise kaufen bei mir nur bestimmte Berufsgruppen einen Sarg", sagte er.

Ich sagte: „Ach wissen Sie, ich schlafe in letzter Zeit so schlecht, da dachte ich …"

Wir wurden auch dann keine Freunde. Er fing sein Verkaufsgespräch mit robuster Eiche an, und ich fragte immer wieder, ob es nicht etwas Billigeres gäbe, Fichte zum Beispiel, von der ich gehört hätte, dass sie gerade groß in Mode wäre. Aber er stritt das ab und sagte, Mahagoni wäre der heiße Scheiß. Sargverkäufer und Duftbaumverkäufer müssten sich da vielleicht in Zukunft noch genauer miteinander absprechen, dachte ich.

Schließlich entschied ich mich für den Aluminium-Mustersarg „Asylant", den der Staat für die ganzen unerwünschten Schwarzen kauft, deren Leichen er wohl oder übel zurück in ihre Heimatländer transportieren muss, nachdem sie von heimischen Bullen totgeschlagen oder erstickt worden sind. Der Sargverkäufer half mir dann nicht einmal, den Sarg auf meinen Datsun zu wuchten, aber ich schaffte es auch ohne ihn und fuhr damit zu Lemmy.

Bei Lemmy war natürlich auch Kubelka. Egal zu welcher Tageszeit man ihn antraf, er wusste irgendwie nie, was er tun soll. Also hing er bei Lemmy herum.

Aber jetzt strahlte er wie die Sonne. Er hatte den Scheiß-Köter von Erwin, den ich bei Lemmy zwischengeparkt hatte, hinter einem Plattenregal gefunden, wo er es sich seit ein paar Tagen gemütlich machte. Ich hatte mich nicht mehr bei Erwin gemeldet, nachdem unser Attentat auf ihn grandios gescheitert war, also wusste ich sowieso nicht, was ich mit dem Vieh anfangen sollte.

Kubelka schon. Er hatte sich in Terry verliebt und wollte ihn gar nicht mehr hergeben, wie ein verdammter Idiot stammelte er die ganze Zeit: „Das ist jetzt mein süßer Schnuffelbuffel, den kriegst du nicht mehr! Mein süßer Schneffelbuffel! Darf ich ihn behalten?"

Ich sagte: „Von mir aus."

Er konnte nun ein neues Buch schreiben: *Erwachsene Männer, die mit kleinen Schoßhündchen Liebe machen. Eine Krankheit unserer Zeit.*

Denn am *Mann in der Krise* hatte er sein Interesse verloren.

Immerhin half er mir, Lemmys verseuchte *Oregano Speziale*-Ernte abzuräumen und das Zeug säckeweise in den Sarg zu legen. Dann versprach ich Lemmy, dass ich ihm während der nächsten Tage die Wasserleitungen stemmen und austauschen würde, damit er nur noch beste Qualität *Vaya con Dios* anbieten konnte, garantiert bleifrei.

Dann bat ich ihn um die Patientenverfügung der Firma FLAME samt Gutschein für die Verbrennung seines Leichnams, auf der nur noch seine Unterschrift fehlte und der Teil, den der Arzt ausfüllen musste, der ihn für tot erklären würde. Lemmy unterschrieb umstandslos und ich sagte „Danke!". Ich stellte ihm den Futternapf hin und schob ihm einen Ziegel Khat in den Kaubereich, der ihn für ein paar Stunden beschwerdefrei und ruhig atmend hier liegen lassen würde, so lange, bis ich wieder nach Hause käme und unser altes Leben seinen gewohnten Lauf nehmen würde.

Ich strich ihm über seine fettigen Spaghettihaare und sagte: „Du bist ein echter Held, Lemmy, weißt du das? Die Mönche im Kloster hinter unserer Tribüne bewundern dich, seit sie dein Foto in der Zeitung gesehen haben."

Er fragte: „Was sind Mönche?“

Kubelka legte mir verständnisvoll seine Hand auf die Schulter und sagte: „Mach dir lieber keine allzu großen Hoffnungen, mein Freund, das wird nicht mehr besser werden mit ihm.“

Ich sagte: „Hoffnung ist wirklich das Letzte, was ich habe.“

Dann schaute er auf seine Uhr und fragte: „Was machst du denn jetzt?“

Ich nahm ihn mit. Vollgepackt wie ein alter Zigeuner-Benz fuhren wir zur Biene Mayr in die Forensik. Eigentlich fehlte nur noch, dass der blinde Italiener im Radio *Time to say goodbye* sang, aber das tat er nicht. Stattdessen schob ich *Only the lonely* von Roy Orbison hinein, das fand ich gerade passend. Ku erfasste sofort das Dramatische der Situation, sah meine innere Dunkelheit und war besorgt wegen meiner gekrümmten Körperhaltung, er fragte: „Was ist mit dir, Blues Brother?“

Dabei streichelte er seinen Scheiß-Hund, aber nicht mich. Der Hund war ihm wichtiger.

Ich sagte: „‚Willst du gelten, mach dich selten‘ war dein Rat, nicht wahr?“

„Ja.“

„Ein Pole hat für Happiness die Elektroleitungen gestemmt, habe ich dir das eigentlich schon erzählt? Sie hat ihn in Naturalien bezahlt, auch die Überstunden.“

„Rein beruflich natürlich?“

„Ja.“

„Das ist eine Schutzbehauptung, weil sie dich nicht verletzen wollte.“

„Möglich.“

„Weil ihr auch schöne Zeiten hattet in den letzten Jahren, ein paar zumindest."

„Ja."

„Aber es gibt natürlich kein Zurück mehr für dich, weil der Pole jünger ist und besser aussieht als du?"

Roy sang: „Only the lonely know why I cry."

Ich zerdrückte ein paar Tränen und sagte: „Kann sein, dass er jünger ist."

„So sind die Frauen", sagte Ku, „So sind sie alle. Du ziehst hinaus und gewinnst einen Krieg, und dann fragen sie dich bei deiner Rückkehr, warum du die Milch vom Greißler nicht mitgebracht hast."

Ich nickte.

„Wenn du weiter mit mir darüber reden willst", sagte Ku, „dann können wir das gerne als Erstgespräch verrechnen, und für jede weitere Sitzung bekommst du jetzt einen Zehn-plus-eins-Gratis-Gutscheinblock, der ist ein Jahr lang gültig ab Einlösung des ersten Gutscheins, siehst du, hier reißt du sie ab. Die Stunde dauert allerdings nur 50 Minuten, das sag ich dir lieber gleich, bevor du dann blöd fragst."

Ich nickte wie ein Mönch und deutete auf das Armaturenbrett, dann sagte ich: „Du bist ein echter Freund, Ku. Leg sie da hin."

***

Ich parkte den Datsun unten im Polizeigebäude, wir läuteten die Biene heraus und trugen den leeren Sarg hinein. Sie fragte: „Na, was läuft denn mit euch zwei Helden, läuft noch was?"

Sie war frühlingshaft gut gelaunt und trug ein enges Kleid, das ihre Speckröllchen betonte und mich endlich wieder ein bisschen scharf werden ließ. Ich sagte zu Ku, dass sein Scheiß-Köter noch nicht stubenrein sei und dass er mit ihm draußen ein bisschen herumspazieren und ihn pissen lassen soll.

Als er weg war, zog ich der Biene das Kleid hinauf und sie mir die Latzhose hinunter, und auf dem Tisch nahm ich sie wild und ungestüm, jedenfalls war das mein Eindruck.

Während wir es trieben, umriss ich ihr kurzatmig mein Anliegen: „Wir vervollständigen den Gutschein der Firma FLAME Ltd., der auf Kurt Lemmy Lemminger lautet, legen dann aber an seiner Stelle den Bischof in den Sarg."

Die Biene verstand, denn sie sagte zu allem: „Ja, ja, ja!"

Auch wenn sich ihr „Ja!" früher begeisterter angehört hatte, wenn wir es miteinander getrieben hatten.

Sie fand sogar genug Atem und Zeit, mich zu fragen: „Und was passiert dann mit meinem Lemmy, wenn er umfällt?"

Die Biene und Lemmy mochten sich nämlich seit jenem Winterabend, als sie sich betrunken auf sein Eisenrohr draufgesetzt hatte, und irgendwie kam mir nun vor, als würde sie sehnsüchtig an diesen gewaltig harten Ständer von Lemmy denken. Ich mochte es nicht, wenn ich das Gefühl hatte, dass die Lady an einen anderen Schwanz dachte als an meinen, ich sagte zunehmend erschöpft: „Für Lemmy hab ich ein Grab hinter unserer Friedhofstribüne organisiert, falls es bei ihm so weit ist."

Sie fragte: „Und wann ist es bei dir so weit?"

Ich versuchte noch ein paar kräftige Stöße und keuchte: „Bald."

„Und was ist mit dem Schwanz vom Bischof?", hörte sie nicht auf, von fremden Schwänzen zu reden. „Willst du den nicht mit verbrennen?"

Ich sagte: „Der kommt in die Küche."

Sie zog skeptisch die Augenbrauen hoch, anstatt vor Lust die Kontrolle über ihre Gesichtsmuskeln zu verlieren, und fragte: „Ist das auch alles gesetzestreu, was ihr da macht?"

Es ärgerte mich, dass sie die ganze Zeit redete und sogar an Gesetze dachte, während ich es ihr besorgte, ich sagte: „Es geht doch nicht immer darum, gesetzestreu zu handeln. Es muss doch auch mal darum gehen, das Richtige zu tun."

Sie fragte: „Und wann besorgst du es mir endlich richtig?"

Ich wurde immer schwächer und kleiner und verschwand schießlich ganz in ihr, bis sie endlich sagte: „Lass uns einfach Freunde bleiben, Rocky, okay?"

Ich sagte: „Natürlich. Aber sag doch bitte trotzdem nicht Rocky zu mir, ich heiße immer noch Rock wie der Felsen und nicht Rocky wie das Felschen."

Sie sagte nicht Ja, aber auch nicht Nein.

In stiller Freundschaft gingen wir auseinander, bevor Kubelka zurückkam und uns begeistert erzählte, wo und wie oft „er es gemacht hat". Die Biene schüttelte mitleidig und vorwurfsvoll den Kopf, weil ich „es" scheinbar zu selten gemacht hatte, und ich fragte mich, ob nicht sie das Buch über uns *Männer in die Krise* fertig schreiben könnte.

Wir holten die Leiche des Bischofs aus dem Kühlschrank und legten sie in den Sarg, zu dem ganzen Gras dazu, das ihn weich bettete. Dann warf ich noch den roten Schuh hinein, und Deckel drauf. Das war's mit dem Bischof. Im Traum wird er nicht daran gedacht haben, dass er als Kurt Lemminger verbrannt werden würde. Dass er Zeit seines Lebens von Beinstümpfen träumte und nur solche ficken wollte, denen etwas fehlte, das wollte ich dann noch gesagt haben, damit hier niemand glaubte, dass es schade um ihn wäre. Kubelka kannte diese Krankheit, er nannte sie beim Namen und sagte: „Manche lassen sich sogar einen Körperteil entfernen, um einem Gegenüber ihre Liebe zu beweisen."

„Aber da braucht man schon einen befreundeten Chirurgen", sagte die Biene, „Damit da nichts schiefgeht."

Dann legte sie sich den Totenschein zurecht und fragte: „Was soll ich als Todesursache eintragen?"

Ich sagte: „Schnappatmung infolge Bleivergiftung."

„Eintritt des Todes am … um …?"

Ich sagte: „Heute um 12 Uhr mittags."

„Unterschrift des Arztes wo?"

Ich sagte: „Hier."

Die Biene unterschrieb den Totenschein und klebte ihn auf den Sarg, bevor sie ihn versiegelte. Ich rief die FLAME-Hotline an, kam sofort durch, nannte der Lady Lemmys Mitgliedsnummer und sagte: „Es ist so weit!"

Die Lady empfand Mitleid mit mir, sie fragte: „Ging es denn schnell mit ihm, oder kam es überraschend?" Ich sagte: „Ach wissen Sie, letztlich musste man jeden Tag damit rechnen!"

Ich zerdrückte noch ein paar falsche Tränen, und sie fragte: „Soll ich Sie zum hauseigenen psychosozialen FLAME-Notdienst-Center verbinden, ein Gespräch kostet 5,87 Euro die Minute, dabei werden Sie hervorragend betreut und bewältigen die Trauer um ihren lieben Angehörigen viel schneller."

Ich fragte: „Von Leuten, die in Bangladesch sitzen?"

Sie sagte: „Europäer hören Ihnen für 17,57 Euro die Minute zu, einheimische Traumaspezialisten für 27,67 Euro."

Das war billiger als Kubelka, aber immer noch nicht überzeugend.

Ich sagte: „Ich schaff's auch alleine, ich habe ja meinen Freund Ku."

Sie fragte: „Wen?"

„Ku."

„Noch mal, bitte."

„Ku, den Gehirnschlosser!"

„Na dann!", sagte sie spitz, „ich wollte es ja nur erwähnt haben. Wann und wo sollen wir die Leiche abholen?"

„Sofort!"

Die FLAME-Jungs, ein paar Nebenerwerbs-Erntehelfer von irgendwo weit östlich, holten den Sarg ab und schoben ihn in ihren schwarzen FLAME-Kastenwagen hinein, der mit einem schönen Flammenmuster bemalt war, schöner als die Flamme auf Lovegods Firebird.

Kubelka und ich fuhren hinter ihnen her und ließen sie nicht aus den Augen, wer wusste schon, was diese FLAME-Leute wirklich mit dem Sarg machten.

Während wir fuhren, fragte mich Kubelka, wie es denn Lovegod so ginge.

Ich sagte: „Gut. Und deinem Hubschrauberpiloten?"

Er sagte: „Auch gut. Ich gewöhne ihn gerade wieder an das Gefühl von Höhe. Zu diesem Zwecke schauen wir uns alte *Magnum*-Folgen an, insbesondere der Vorspann, wo Magnum in seinem Hubschrauber die Sandstrände Hawaiis entlangfliegt, gefällt ihm sehr gut."

„Ja", sagte ich. „Der ist wirklich gut, der gefällt auch mir."

„Und die eine Pippi-Langstrumpf-Folge, wo sie im Heißluftballon fliegt und den Räubern den Geldkoffer mit einem langen Haken zurückstiehlt, die gefällt ihm auch, es geht also aufwärts mit ihm, bald wird er wieder fliegen."

Endlich erreichten wir die FLAME-Verbrennungsanlage, die Knechte luden den Sarg ab, und der Meister des Feuers übernahm ihn. Er prüfte die Papiere, nickte zuerst skeptisch, dann aber zufrieden, als ich ihm einen Hunderter zusteckte, und dann schob er den Sarg hinein in den Ofen wie Hänsel die Hexe.

Er fragte: „Irgendwelche Musikwünsche?"

Ich sagte: „*Hells bells* vielleicht?"

„Haben wir nicht."

„*Highway to hell?*"

„Nie gehört. *Ave Maria* vielleicht?"

Ich fragte: „Wie?"

„*Ave Maria.*"

„Noch mal, bitte."

„*Ave Maria,* verdammt!"

Ich sagte: „Brauchst du noch lange?"

Dann drehte er endlich die Flamme auf „Pizza", und der Albtraum war zu Ende. Der Sarg züngelte erst ein wenig, dann brannte er lichterloh, und schon bald würde vom Bischof nichts mehr übrig sein, außer ein paar Jackettkronen und schlechte Erinnerungen an Gruppenreisen zu Wallfahrtsorten.

Draußen begannen die Leute, in der frühlingslauen Nacht die frische Luft zu inhalieren, gesättigt mit Lemmys *Oregano Speziale,* und bald würde die ganze Stadt stoned sein und vielleicht endlich einmal richtig glücklich und entspannt.

Noch bevor es vorbei war, gingen wir.

Der Typ am Ofen rief uns nach: „He! Was mache ich mit der Asche?“

Ich sagte: „Ins Klo damit!“

***

Dann fuhr ich zu Jolanda, gab ihr das Geld, das ich von Lovegod bekommen hatte, und sagte ihr, sie soll es gut in ihren Strümpfen verstecken und damit bezahlen, was immer sie bezahlen müsste. Sie umarmte mich, küsste mich, und sagte: Du hast bei mir einen Gefallen gut.

Sie fasste mir an die Hose.

Aber ich packte den Schwanz des Bischofs aus meiner Serviette aus, und mit dem gingen wir in die Küche. Sie machte ein leckeres Sülzchen daraus, wie ich es wollte, und dann packte ich es in eine Plastikdose, die sie mir gab. Ich drückte ihr einen Kuss auf die Stirn und ging.

Mit dem Sülzchen fuhr ich am nächsten Tag zum Power-Tower. Dort wartete ich ein paar Tage lang, bis endlich der verdammte Türke kam, der im gelb-violetten Kostüm eines Feinkostladens aus dem ersten Bezirk für den Minister seine Lieblingsspeise lieferte. Genau so, wie es der Steuerprüfer gesagt hatte.

Ich steckte dem Kerl einen Zehner in die Brusttasche und tauschte sein Sülzchen gegen meines. Er schaute mich an und sagte: „Zwanzig!“

Diese verdammten aufstiegswütigen Zuwanderer!

Ich gab ihm noch einen Zehner und die Drohung mit auf den Weg, dass ich ihn finden würde, falls er mit dem Sülzchen davonlaufen und es selbst essen würde.

Er schüttelte den Kopf und verschwand damit in den Power-Tower, und ich latschte hinüber zum

Superpower-Tower, der den Power-Tower bereits überragte. Dort brachte ich ein paar moldawische Schwarzarbeiter zunächst mit gutem Zureden und dann mit Präzisionsdresche dazu, mir ihre Biervorräte und dann ihren Platz im Lastenaufzug zu überlassen, der mich entlang der Fassade bis ganz nach oben brachte, von wo aus ich einen schönen Rundumblick über das durch und durch verkommene Land hatte. Und auf das verglaste Penthouse vis-à-vis, in dem der Minister saß und sich von einer blonden Lady die Finger maniküren ließ.

Ich fiel in meinem Blaumann nicht weiter auf, als ich es mir auf dem Dach gemütlich machte und das Bier der Moldawier austrank. Ich hatte noch den Feldstecher von Lovegods Verkaufsshow dabei, und durch den beobachtete ich den ARSCH, wie er die blonde Lady wegschickte, als es an seiner Tür läutete. Er nahm das Sülzchen von dem Türken entgegen, schloss die Tür und war nun alleine.

Er stieg die Treppe hinauf zur Terrasse des Power-Towers, setzte sich mit seinem Mittagessen an einen Tisch und schaute über seine Stadt, sein Land, das er während der letzten Jahre ausgesaugt hatte. Er schien zufrieden mit sich und der Welt. Dann beugte er sich vor zu seinem Tischchen und langte herzhaft zu, es schmeckte ihm.

Endlich entdeckte er mich herüber auf dem Superpower-Tower, denn ich winkte ihm wie ein Verrückter zu. Der Minister wusste nicht recht, was er von mir halten sollte, und das war manchmal schlimmer als eine Kugel im Kopf, ich schrie gegen den pfeifenden Wind an: „Mahlzeit!"

Der Minister hielt sich die Hand ans Ohr und schrie vermutlich: „Was?"

„Mahlzeit!“
„Noch mal, bitte!“
„Fick dich, du Arsch!“
Erstmals seit vielen Tagen verspürte ich ein warmes Gefühl der Zufriedenheit in mir.
Es war vielleicht doch nicht alles schlecht, was ich machte.

***

Ich kam dann vom Match zurück, wohin ich mit Willi gegangen war. Es war sein erster Ausflug nach seinem mehrmonatigen Krankenhausaufenthalt gewesen. Er war noch etwas schwach auf den dürren Beinen, aber die paar Bierchen hatten ihm gutgetan. Seine Prostata jedoch kam mit den Anforderungen eines ganzen Matches nicht mehr zurecht. Schon während der ersten Halbzeit hatte er alle zwei Minuten hinunter auf den Friedhof gepisst, von drüben hatten uns Keith, Ronnie und Charlie fröhlich zugewunken. Sie waren also immer noch dort, und das immerhin war ein gutes Zeichen. Mit Begeisterung hatten sie mitgesungen: „Scheiß auf Papst Benedikt!“

Fritz’ Frau war von ihrem Gogo-Tänzer wieder zu ihm zurückgekehrt. Sie hatte „die Schnauze voll von Sex“, wie sie sagte, was ihn aber nur bedingt freute. Aber letztlich war er froh, dass sie zurückgekommen war und wieder die Dressen wusch.

Unsere Jungs hatten das Spiel gegen die verhassten Währinger auch ohne Voodoo verloren. Ein kleiner quirliger Spieler, den alle, die ihn aus der Dusche kannten, nur „Bumsti“ nannten, brach uns das Genick. Schon an der Linie sprang er auf und ab und hüpfte herum wie ein

Gummiball, er war nicht zu bremsen und knallte uns vier Dinger hinein. Ich konnte sehen, wie sich auf der Tribüne im Bereich der gegnerischen Fans ein paar verdammte Vietnamesen darüber freuten. Sie hatten ihr Verkaufsgebiet scheinbar ausgedehnt und belieferten nun auch die Spieler reicher Fußballklubs mit Speed, so viel war klar. Man hatte gegen die sich ändernde Wirtschaft einfach keine Chance, wenn man selbst nur Gras im Angebot hatte. Das musste man akzeptieren, oder man rannte wie ein Irrer gegen eine Wand. Aber was war mit Lovegod los und seinen beiden Blumen?

***

Ich trödelte dann ein paar Tage in meinem Büro herum, räumte dies hier- und jenes dahin, so gewann ich ein bisschen Zeit, bevor ich wirklich zu Lemmy hinuntergehen und anfangen würde zu stemmen.

Ich las sogar den neuen *Schmetterling*, um Zeit zu schinden. Fink schrieb darin über eine Schuhfabrik irgendwo im Waldviertel, wo sie rote und grüne Schuhe herstellten, Gesundheitslatschen für Teetrinkerinnen und Sacktittenträgerinnen. Wie es aussah, hatte er sein Thema gefunden.

Als ich gerade die Hosenbeine hinaufkrempeln wollte, läutete die Schelle, ich drückte auf Grün und sagte: „Superschnüffler Rock Rockenschaub, was kann ich für Sie tun?"

„Ich bin's, Lovegod."

Ich sagte: „Lovegod, my brotha! Wie läuft's denn so mit den beiden Sistas, bist du zufrieden mit ihnen, kommt ihr gut miteinander aus?"

Er sagte: „Weißt du was? Die können reden."

Ich sagte: „Oh! Das stand dann wohl nicht in der Packungsbeilage. Sind sie wenigstens taub?"

„Auch nicht."

Ich schüttelte den Kopf und sagte: „Ts, ts, ts."

Diese Afrikaner sind störrisch und eigensinnig, das wusste ich von Happiness. Und diese beiden Spitzenexemplare hatten es wirklich ein paar Monate lang geschafft, so zu tun, als könnten sie überhaupt nicht reden, auch wenn ich mich damals natürlich schon wunderte, warum mir ausgerechnet Butterblume ein Taschentuch in die Hand drückte, als ich nach einem gefragt hatte.

Ich sagte: „Was erzählen sie denn so?"

„Nun", sagte Lovegod, „sie erzählen, dass ihr in Österreich die verdammt schlimmsten Freaks seid, die sie je gesehen haben, und sie haben wirklich viel gesehen. Nur die Brüder im Kloster sind astrein, sagen sie, nicht die Brothas, die Brüder. Die sind voll die Jesus-Typen, sagen sie, und wenn einer Papst werden sollte, dann Keith."

„Ja", sagte ich. „Der hat es echt drauf. Aber warum haben sie denn nie etwas gesagt?"

„Es hat sie einfach nie einer gefragt, ob sie reden können", sagte Lovegod.

Diese verdammten Mönche mit ihrem Scheiß-Nicken, dachte ich, bevor ich fragte: „Na und jetzt?"

„Na ja", sagte Lovegod. „Deswegen ruf ich dich an. Die beiden Süßen haben mich um eine kleine Nadel gebeten, die ich ihnen blöderweise auch gegeben habe. Ich glaube, die sind ein bisschen verspielt und unreif, so eine richtig große Hilfe sind sie mir bisher nicht."

Mir wurde gerade ein wenig kalt am Rücken, und ich fragte: „Eine Nadel? Wofür denn?"

„Die eine hat so eine Scheiß-Puppe in der Hand, die aussieht wie ein Installateuer mit einer blauen Latzhose. Ich will nicht sagen, dass sie genauso aussieht wie du, aber doch ein bisschen so wie du. Und die andere hält die Nadel in der Hand, sag mal, hast du ihnen vielleicht irgendwann mal irgendwas von dir gegeben – Haare, Schweiß, Haut?"

Ich dachte an das Taschentuch, mit dem ich mir den Schweiß sogar vom Sack gewischt und das ich ihnen wieder zurückgegeben habe. Ich Vollidiot! Wie verrückt muss man sein? Aber bei diesen Flüchtlingen denkt man immer: Gib es ihnen lieber wieder zurück, wer weiß, ob sie es nicht dringender brauchen als man selbst.

Ich sagte: „Und jetzt?"

„Jetzt soll ich dich fragen", sagte Lovegod, „ob du schon etwas spürst?"

Ich schluckte und sagte: „Nein, noch nicht."

„Und spürst du jetzt was?", hörte ich Lovegod dann noch fragen, als mir der Schmerz in den Sack hinein fuhr und mich in die Knie zwang.